战典 ⑩

李 涛 著

第三野战军征战纪实

作家出版社

前　言

　　中国人民解放军是中国共产党缔造和领导的人民军队，诞生在武装斗争中，成长于浴血奋战里，至今已经走过了八十八年的辉煌历程。

　　这支历经磨难、英勇善战、百炼成钢的军队自诞生起便展现出历史上一切剥削阶级军队从未有过的风貌，英勇顽强，不怕牺牲，冲破艰难险阻，纵横山河疆塞，战胜了一个个强悍凶恶的敌人，创造了无数个军事史上的奇迹，上演了一场场气势恢宏的英雄活剧。众所周知，我军所走过的并非一条平坦大道，是极其曲折和无比艰辛的。其间经历过苦难，遭受过挫折，甚至陷入过绝境，充满着鲜血与泪水。八十八年来，我军历经大大小小上千次战役战斗，既有陆战、海战、空战，也有山地战、平原战、丛林战；既有敌后游击战、运动战、阵地战，也有大兵团围歼战、追击战、攻坚战；既有进攻战、伏击战、奇袭战，也有防御战、遭遇战、突围战；既有运筹帷幄、决胜千里的经典传奇，也有英勇果敢、以柔克刚的战争奇观；既有酣畅淋漓的大胜，也有刻骨铭心的失利……这一次次战役战斗汇成了人民军队从无到有、由弱转强的发展壮大史，令世人叹为观止。

　　习近平总书记指出：历史是最好的教科书，也是最好的清醒剂。只有熟悉历史、读懂历史、借鉴历史，才会认清昨天、珍惜今天、放眼明天，不会为浮云遮望眼；才会热爱党、热爱祖国、热爱人民军队，不会迷失政治方向；才会以史鉴今、承前启后、继往开来，不会在前进的行途中走弯路。在不久前召开的全军政治工作会议上，习近平着眼实现中国梦强军梦的战略运筹，强调要着力培养有灵魂、有本领、有血性、有品德的新一代革命军人。军队因战争而存在，军人以打赢而荣耀。当前，我军由机械化向信息化迈进任重道远，必须牢记强军目标、坚定强军信念、献身强军实践，认真学习和研究人民军队的战争史，从历史的角度加以审视，用辩证的眼光加以剖析，更好地把握治军规律、带兵要则、指挥方略，不断提高驾驭未来信息化战争的能力，勠力同心追寻强军兴军的光荣梦想。这也正是编写《战典》丛书的初衷。

本丛书按照土地革命战争、抗日战争、解放战争和抗美援朝战争四个历史时期，分别撷取了中国工农红军第一方面军、第二方面军、第四方面军和西北红军；八路军、新四军和东北抗日联军；中国人民解放军第一野战军、第二野战军、第三野战军、第四野战军和华北野战部队，以及中国人民志愿军所属各支部队具有鲜明代表性的近300个战例，力求在浩瀚的史料中寻找那幅血与火、生与死的历史画卷和不朽传奇。需要指出的是，这些林林总总的战役战斗，根本无法穷尽人民军队所走过的惊心动魄的战斗历程、所书写的荡气回肠的英雄传奇、所孕育的凝心聚魂的革命精神，只是力图运用权威的文献资料、珍贵的历史照片和当事人的亲身经历，以纪实的手法和生动的语言，崭新的视野和独到的见解，还原历史真相，讲述传奇故事，展现英雄本色，揭示我军血脉永续、根基永固、优势永存的根本所在。

由于作者水平及查阅资料等因素所限，书中难免有不当之处，恳请读者批评指正。在编写过程中，参考了一批历史文献和当事人的回忆文章，得到了军事图书资料馆等单位和有关同志的大力支持与帮助，并由军事科学院军史专家进行审读把关，军事科学院政治部宣传部包国俊副部长为丛书的最终付梓付出了艰辛劳动，在此表示衷心感谢。

李　涛

2015 年 3 月

第三野战军征战纪实
目录

1. 苏中战役

1946年7月上旬，国民党军调集58个旅约46万人大举进攻华东解放区。

作为华东解放区东南前哨的苏中解放区，南濒长江，北连淮阴、淮安，东临黄海，西抵京杭大运河，直接威慑国民党统治中心南京，是国民党军进攻的主要方向之一。

蒋介石命令国民党第一"绥靖"区司令官李默庵指挥5个整编师（军）15个旅约12万人，集结于长江北岸南通、靖江、泰兴、泰州一线，企图先占如皋、海安，而后再沿通榆公路和运河一线向北攻击前进，配合向淮南、淮北进

苏中解放区部队集结待命

攻的国民党军，夹击苏皖边解放区首府淮阴。

这时，华中野战军驻守海安、如皋一线的部队是第1、第6师和第7纵队，共19个团3万余人。

国共双方兵力对比是4∶1。

蒋介石得意忘形，扬言要"在7月中用两个星期夷平苏北解放区"。部署就绪后，便优哉游哉地带着夫人宋美龄到庐山避暑去了。然而蒋委员长做梦也没有想到，等待他的是粟裕的当头一棒。

当苏中大地战云密布时，中央军委曾设想：以晋冀鲁豫野战军和山东野战军进击豫东、津浦（天津—浦口）铁路徐州至蚌埠段；以华中野战军由苏中西出淮南，进击津浦铁路蚌埠至浦口段，作为策应。

华中野战军司令员粟裕认为，苏中地区物产丰富，补给方便，部队指战员多系苏中人民子弟兵，熟悉地形、民情，在苏中作战更为有利，遂向中央军委建议：华中野战军主力先在苏中作战，而后出击淮南。

7月4日，中央军委采纳了这一建议，指示：胶济、徐州、豫北、豫东、苏北等地国民党军可能同时发动进攻，我先在内线打几仗，再转外线，在政治上更为有利。

"对付敌人，不单斗力，更要斗智。"面对四倍于己的敌军，粟裕信心百倍，苏中战幕尚未拉开便显示出运筹帷幄的能力。

10日，江苏海安，华中野战军司令部作战会议正在召开。会前粟裕刚刚得

苏中战役组织指挥者、华中野战军司令员粟裕

到情报：敌人可能在 15 日同时进攻黄桥、如皋、姜堰、海安等地。

粟裕认为："敌众我寡，敌强我弱，等敌人攻到跟前再抵御就晚了。不能硬拼，只能巧取。"

在分析了当前敌情后，他提出发起宣（家堡）泰（兴）作战，把初战的战场选择在苏中解放区的前部地区，把装备最好、战斗力最强，也是最骄傲的蒋介石嫡系整编第 83 师作为首歼对象，并一改我军诱敌深入的传统战法，决心先发制人，主动出击，大胆歼敌于进攻出发地。

这是一个异乎寻常甚至是有悖常理的决策。后来的事实证明：这一决策完全符合实际，完全出乎敌人的预料。粟裕回忆道：

> 对于敌人的几个进攻出发地，我们作了如下的分析和比较：泰州之敌，离我海安较近，踞我侧背，对我威胁较大。但泰州是中等城市，难以迅速攻克。若围攻其前出据点，求歼援敌，这一带地形又不利，从泰州直到海安，是水网地区，河川纵横如棋盘，有些地方没有桥梁，难以通行，南面是较宽的运粮河，大兵团很难行动，而且每个村庄都有水圩子，易守难攻。打这一路如不能速决，南通、靖江方向的敌人将乘虚而入，占我如皋、海安。东南方向的南通、白蒲一路，距离较远，如我远出寻歼该敌，泰州、泰兴、靖江的敌人必然会三路并进，可能很快突破我阻击阵地，威胁我海安如皋。只有打宣家堡、泰兴这一路最为有利。……敌人占据不久，民心不顺，情况不熟，虽然临时赶修了一些工事，但远非南通、泰州可比，实际上是临时驻守之敌。打掉了这一路，西北路泰州之敌和东南路南通之敌的间隔就扩大了，我军可以转用兵力，连续作战，打开局面。这一路敌人是整编第八十三师的前出部队，只有两个团，比较孤立、分散，利于我同时分别歼灭。整编第八十三师，是蒋军嫡系部队、第二绥靖区司令王耀武的基本部队之一，美械装备，美国教官训练，抗日战争后期曾作为远征军到过缅甸作战，战斗力较强。首战打这个强敌是否没有依据？不，这个部队有一个很大的弱点就是骄傲，他们做梦也不会想到我军敢于主动向他们进攻，并且到他们的进攻出发地去打。我们定将收到出其不意、攻其不备的奇效。

会议研究确定了具体的作战部署：除以第 7 纵队 3 个团监视东路之敌、第 10 纵队 3 个团牵制邵伯方向之敌外，集中第 1、第 6 师共 12 个团的兵力围歼宣

苏中解放区部队进行战前动员

家堡、泰兴的 2 个团。

"敌人 12 万人马进攻我们 3 万多人，是 4 打 1。我们这么一来，还他一个 6 打 1！"粟裕豪情万丈。

13 日，常州，国民党第一"绥靖"区召开作战会议。主持会议的是刚刚走马上任的中将司令官李默庵。

粟裕没有上过一天正规的军事院校，是从战争中学习战争，"青山大学"的毕业生。而他的对手李默庵，却是正宗黄埔军校毕业的，还是第一期。更令人吃惊的是，李默庵早年曾是共产党人，后来投靠蒋介石，成为反共悍将。在对中央苏区的第五次"围剿"中，正是李默庵部最先攻占了瑞金，深受蒋介石的喜爱。在那个大动荡的年代里，人们的性格自然也被赋予了大动荡的色彩。

尽管兵力占有绝对优势，但有着与共军多年交手的经验，李默庵对此次作战行动还是比较谨慎，一一征求各位师长的意见。

整编第 83 师师长李天霞有些不耐烦了，赌气地说："干吧，老拖着干嘛！我那里没有问题。如果再拖下去，或许拖出问题来。"

整编第 83 师是这次苏中作战的主力。初来乍到的李默庵不好当面驳斥李天霞，只是提醒说："苏北赤化严重，共军素来狡猾，粟裕工于计谋，不得不防啊！"

就在李默庵下达按原计划于 15 日发起进攻的命令后不久，华中野战军的宣

泰兴、宣家堡战斗前，突击队员们待命出发

泰作战打响了。

驻守宣家堡、泰兴的是李天霞的整编第 83 师第 19 旅第 56、第 57 团及旅属山炮营。

接到战报后，李默庵大吃一惊。他没有料到粟裕会一反常规，先啃硬骨头，拿战斗力最强的整编第 83 师开刀，连忙打电话给已回到泰州的李天霞核实情况。

李天霞满不在乎地回答："'敌驻我扰'嘛！还不是游击战的老一套。人马不多，请司令官放心。如果共军打下宣家堡，那么他们可以倒扛着枪，一弹不发进南京。"

李天霞狂妄，并非没有一点原因。整编第 83 师原为第 100 军，装备多为美械，曾作为中国远征军赴缅甸作战，根本看不起"小米加步枪"的"土八路"。

粟裕正是利用了李天霞的"骄横狂妄"心理，为更好地麻痹敌人，在战斗开始时故意"示弱"，只投入少量兵力。直到傍晚时分，才以优势兵力发起总攻。

等李天霞感到情况不妙时，已是回天乏术了。

激战至 15 日拂晓，除据守泰兴城核心据点庆云寺的第 57 团团部外，华中野战军共歼国民党军整编第 83 师 2 个团另 2 个营 3000 余人，首创歼灭美械装备的蒋介石嫡系部队的纪录。

苏中战役初战告捷。

1938年，指挥韦岗战斗的粟裕

宣泰战斗的硝烟尚未散去，粟裕严密注视着各路敌人的动向，筹划下一步作战方案。这就好比高明的棋手对弈，在出招的同时，就要考虑到对手会如何应招，自己的下一步又该怎么走？

遭到粟裕当头一棒后，李默庵恼羞成怒，急于寻找华中野战军主力报复。当他得知华中野战军主力仍在泰兴、宣家堡地区后，立即调整作战部署：命令整编第65师由扬中火速北渡，会同靖江的第99旅，增援泰兴，进攻黄桥；命令整编第49师昼夜疾进，由南通、白浦进攻如皋，增援泰兴，截断华中野战军东去之路；命令整编第25师第148旅由泰州东进，进攻姜堰。

李默庵的这一部署的确狠毒，妄图以三路重兵夹击华中野战军主力于如皋、黄桥之间。

敌人的作战部署很快就被华中野战军侦察得知。粟裕原本打算在宣泰战斗后，集中兵力打击增援泰兴的整编第65师。不料，局势发生意想不到的变化。

17日，整编第49师部率第26旅前进至如皋东南鬼头街、田肚里地区，第79旅前进至宋家桥、杨花桥地区，准备合击如皋。

战机稍纵即逝。

粟裕立即决定主力转兵东进，不顾疲劳，长途奔袭，直插如皋以南，以四倍于敌的兵力出其不意地合击立足未稳的整编第49师；以一部兵力协同苏中军区第1、第9军分区部队加强如皋、黄桥、姜堰地区的阻击；同时以第6师部分兵力继续围歼泰兴城内残敌，故布疑阵，造成华中野战军主力仍在宣泰地区的假象，诱使东面敌人放心大胆地向如皋进犯。

华中野战军第1、第6师和第7纵队主力，发扬"打得、跑得、饿得"和连续作战的作风，在经过两昼夜激战后，又急行军100余里，及时赶到预定作战地域如皋东南地区。

18日，战斗打响了。第1师占林梓、克丁堰，断敌退路，由南向北攻击整编第49师侧后，并在第7纵队一部配合下，将其师部及第26旅包围于鬼头街、田肚里地区；第6师将第79旅包围于杨花桥、宋家桥地区。

激战整整四昼夜，华中野战军歼灭整编第49师师部、第26旅全部及第79旅大部共1万余人，生俘少将旅长胡坤以下6000多人。整编第49师师长王铁汉被俘后化装潜逃。

一次歼敌如此之众，解放战争还是第一次。战斗结束当天，中央军委和毛泽东就致电华中野战军：庆祝你们打了大胜仗！

华中野战军连续作战10天，实现了作战预定目标，但已十分疲劳，遂主动撤离如皋县城，主力转移至海安东北地区休整待机。

宣泰、如南两战皆负。消息传到南京，蒋介石和参谋总长陈诚大为震惊。眼看两个星期就要过去了，苏北解放区不但没有"夷平"，反倒是国军连遭重创，尤其那个叫王铁汉的师长全军覆没，简直把国军的颜面都给丢尽了，蒋介石又怎能不窝火生气，连忙派陈诚赶到南通，主持召开党政军联席会议，检讨失利原因。

李默庵连输两仗，深感面上无光。但毕竟在官场混了大半生，深谙为官之道，自然不会愚蠢到把战败之责主动揽到自己头上。

会上，他慷慨陈词，大谈国军如何英勇奋战、浴血拼杀，给予共军沉重打击，目前共军已无力再战，被迫北撤……

众将随声附和，齐赞李司令长官运筹帷幄，决胜千里，一举歼灭粟裕"匪

在如南战斗中，机枪手在房顶上阻击增援之敌

1.
苏中战役

李默庵

部"万余人……

检讨会竟变成了表功会。

不过，李默庵的这番话倒是把陈诚打动了。参谋总长没有再继续追究李司令的失利罪责，反而大加勉励了一通，并重申苏中"剿匪"决心，决定乘胜追击粟裕"残部"，命第二梯队6个旅10余万人渡江北进，协助李默庵进占海安。

海安，东临黄海、西通扬州、泰州，南达长江，北连盐城、阜宁，通榆公路、通扬公路、海（安）黄（海）公路和串场河、运粮河在此交汇，被称为"南北跳板"，历来就是兵家必争的咽喉要地。

此次进攻苏北，国民党军把攻占海安作为第一步作战的重要目标，企图构成西至扬泰、东达海边的封锁线，以巩固苏中南部占领区，打通苏中通向淮北的门户。然后再与徐州南下部队会攻两淮，实现其"解决苏北"的战略目标。为此，汤恩伯坐镇南通指挥，白崇禧也赶到徐州督战。

李默庵心里清楚：如果这次拿不下海安，自己就是浑身上下长满了嘴，也无法向蒋校长交代。于是重新调整部署：以整编第49师余部由如皋向北，以第160、第187、第148旅自姜堰、大白米一线向东，在几十架飞机支援下，企图两路夹击海安，与华中野战军主力决战。

黄埔一期生并非浪得虚名。经过宣泰、如南两战，李默庵也摸到了粟裕用兵的一些规律。此次进攻海安，为防止被各个击破，李默庵改用锥形攻势，严令各旅在正面不足30里、纵深10余里的地域，靠拢前进。

重兵压境，形势危急。要不要固守海安，是粟裕反复思考的问题。

在分析敌我态势、权衡利弊得失后，粟裕认为适时撤出海安是必要的。对此，许多人想不通。粟裕回忆道：

当时还处于战争初期，中央军委、毛泽东同志关于以歼灭敌人有生力量为主要目标，不以保守或夺取城市和地方为主要目标的战略方针，还没有为大多

位于江苏海安的苏中七战七捷纪念碑

数干部所掌握。有的同志认为敌人没有什么了不起，我军已经打了两个胜仗，为什么不敢在海安同敌人决战？打了两个胜仗还要放弃海安，前两仗岂不白打了！

撤出海安，事关华中全局，必须慎之又慎。

当时中共中央华中分局和华中军区的领导只有粟裕在海安，其余都在淮安。粟裕决定立即赶赴淮安，请华中分局和华中军区领导同志集体讨论决定。两地相距300多里，时间紧迫，必须日夜兼程。为争分夺秒，粟裕把一切可以利用的交通工具统统用上了。

战争年代，粟裕要求身边工作人员除具备作战指挥能力外，还要掌握骑马、游泳和驾驶等技能。他率先垂范，练骑马、学开车。有一次练习摩托车，他摔进河里，断了一根手指。

28日下午4时，粟裕带上一名警卫员，驾驶摩托车从海安出发了。

这天烈日当头、骄阳似火，汗水很快就湿透了他们的军装。粟裕一边擦汗，一边催促警卫员再开快点儿。二人经东台、盐城，赶到了湖垛镇。前面是草荡、水网地带，摩托车不能行驶了。

粟裕无可奈何地摇摇头："从现在起，向北绕道益林镇，要靠我们的小车了。"

"什么小车？在哪儿呢？"警卫员疑惑不解。

粟裕笑着指了指双脚："就是它。"

缴获敌人的美制吉普车

"司令员，从这里到淮安还有100多里路呢？！"警卫员惊讶地瞪大了眼睛。

"小鬼，还愣着干啥，出发！"粟裕大步流星向前走去。

大约走了50里路后，他们借到了一辆自行车。可一车两人，如何走？

"司令员骑车，我跟着跑。"

"乱弹琴！那还不如两人都走路哩。"

粟裕思考片刻，决定一人骑车一人搭乘，交替前进。

警卫员只好服从命令。但由于他刚刚学会骑车，技术不好，大部分路程不得不由粟裕骑车带着他。

身材高大的警卫员看着瘦弱矮小的首长累得满头大汗，不禁热泪盈眶……

经过一天一夜的急行军，粟裕他们终于赶到了淮安。华中分局紧急召开常委会议，经慎重研究，同意粟裕提出的主动撤出海安、在运动中歼敌的作战方案。

为了一次战役的决策，战区指挥员竟日夜兼程300多里，去请求上级领导机关集体讨论决定，这在古今中外战史上是没有过的。

从7月30日起，华中野战军第7纵队以4个团3000多兵力在海安外围实行运动防御，英勇抗击5万多敌军的轮番猛攻，不断迟滞、消耗敌人。在连续阻击5天后，8月3日，第7纵队主动撤离海安。

此战，华中野战军第7纵队以伤亡200多人的代价毙伤敌3000多人，创造

华中野战军某部先敌发起进攻

了敌我伤亡 15 比 1 的新纪录，并为野战军主力赢得了宝贵的休整时间。与此同时，从淮南撤出的原新四军第 2 师第 5 旅和华中军区特务团奉命调至苏中前线东台一带，粟裕手中的兵力增至 23 个团。

苏中战役正一步步走向高潮……

"快向南京报告！海安大捷！通电全国，向全国民众报喜！"李默庵激动得忘乎所以。

是啊，自官拜第一"绥靖"区司令长官以来，这位李中将就没过上一天好日子。没有"胜利"，更没有"大捷"，倒是骂声四起，南京在骂、同僚们在骂、国人也在骂。对这一切，他只有忍着，谁让他的部队不争气，屡战屡败。但今天不同了，他终于可以在老头子、国人面前露露脸了。

"我国军将士勇猛无比，苏北共军一败涂地，被歼两万余人，主力第一师、第六师已溃不成军，下海北逃……我各路大军，刻以雷霆万钧之势，分途追击，预计即可尽数聚歼。"

看完"海安大捷"的电文，蒋介石兴奋无比，一面重奖诸将，一面严令各部加强"清剿"，巩固收复区，准备继续北进。

夸大战斗，虚报战果，在国民党军队中早就不是新鲜事。李默庵不是第一人，也绝非最后一人。几十年后，旅美著名华人作家江南一句话颇令人深思："国军'屡战屡胜'，如果按其战报前后统计相加，共军被歼人数甚至超过了当时全国的人口。"

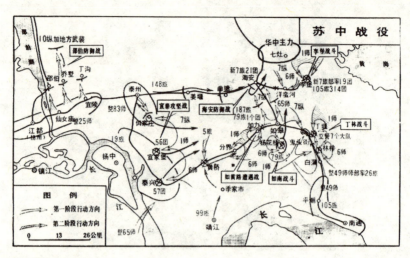

苏中战役示意图

这或许就是蒋介石三年便败出大陆的原因之一。

8月6日，粟裕收到华中野战军司令部"四中队"的情报：进占海安之敌分兵东进，整编第49师第105旅由海安向李堡进犯。

被粟裕赞为"无名英雄"的"四中队"是一支掌握当时"高科技"的技术侦察队伍。他们利用无线电侦察、破译敌人的作战部署和各种密令，为野战军首长掌握敌情、做出决策提供可靠的情报。

敌军分兵"清剿"，战线延长，兵力分散，有利于各个击破。战机已然出现，粟裕绝不会错过，当即向中央电请调在淮南的第5旅参战，准备围歼李堡之敌，并准备迎歼可能由海安东援之敌，打开主力南下作战的通道。

8日，毛泽东复电表示同意。华中野战军政治委员谭震林率第5旅和军区特务团奉命东进海安集结。

这时，国民党第一"绥靖"区正按照预定作战计划，忙着调兵遣将，分兵占地，在东起海边西至扬州的300里地段上摆出"一字长蛇阵"的封锁线，企图"清剿"封锁线以南占领区。

9日，整编第65师经海安去泰州、黄桥接替整编第25师和第99旅防务。10日，新编第7旅由海安东进，接替第105旅在李堡的防务。

国民党军的频繁调动，自然逃不过"四中队"的"火眼金睛"。这也正好给了华中野战军在运动中歼敌的大好时机。

李堡，位于"一字长蛇阵"的东端，李默庵把第105旅第314团孤零零地摆在那里。

10 日中午时分，新 7 旅旅部及 1 个团赶到李堡接防。

新 7 旅原系滇军，刚刚调到苏中地区打内战。由于不是蒋介石的嫡系部队，不仅装备差，而且处处受到排挤。此次换防李堡，又是苦差一件，没有多少油水可捞。

带队的副旅长田从云是土生土长的云南人，满头花白头发，可能是大烟抽得太多，瘦小枯干，如果不是军装领子上那颗金灿灿的将星，谁都不会想到这个干瘪的小老头竟会是堂堂的国军少将。

从海安出发后，田从云就有种不祥的预感：一路上碰不见个老百姓，路不清道不明，没饭吃没水喝，谍报人员、坐探派出去一批又一批，可就是不见回来，沿途倒不时有民兵施放冷枪。弄得这位少将副旅长提心吊胆，正如战后他所供称的"遍地是民兵，分不清哪个是兵，哪个是民……我们成了睁眼瞎了"。

好不容易抵达李堡。田从云悬了一路的心总算是放下了，顿时呵欠连天，泪涕交流，原来是紧张过后大烟瘾犯了。

就在田从云躺在李堡指挥部里的床上喷云吐雾时，华中野战军第 1 师按作战部署隐蔽接敌，在敌人完全不知不觉的情况下将李堡围了个水泄不通。

入夜，李堡里的交防者刚刚拆除电台、电话，接防者的电台、电话还未架设好。突然，枪炮声大作，四周火光冲天，把李堡照得如同白昼一般。

华中野战军第 1 师向李堡发起了猛攻。新 7 旅被打得措手不及，阵脚大乱，

《七战七捷》（连环画）

1.
苏中战役

苏中战役中，军民在修筑防御工事

没过多长时间便全军覆没，田从云束手就擒。

此时已是 11 日清晨，第 1 师迅速追歼第 105 旅第 314 团。该团在李堡交防后开至杨家庄、尼姑庵一带，被第 1 师追上。又是一场激战，至当日下午该团被全歼。

接到旅部遭共军突袭的消息后，新 7 旅旅长黄伯光亲率 1 个团从海安向李堡火速增援。当进至洋蛮河时，落入华中野战军打援部队第 6 师和第 7 纵队预设的"口袋"里，难逃被全歼的命运。

此战前后仅用 20 小时，华中野战军歼敌 1 个半旅 8000 余人。中央军委发来贺电："庆祝你们第二次大胜利。"

从 7 月 13 日发动宣泰作战起，短短一个月内，华中野战军四战四捷，共歼敌 3 万余人。蒋介石"用两个星期夷平苏北解放区"的誓言成了笑柄。

这时，李默庵手中的机动兵力已经不多，难以继续全面进攻，不得不调整"清剿"计划：东面重点扼守南通经如皋到海安的公路干线，西面由扬州沿运河北上进攻邵伯、高邮，正面加强海安至泰州线以南占领区的"清剿"和防御。

具体部署是：整编第 49 师余部及整编第 65 师主力置于海安、如皋地区；整编第 83 师位于泰州、曲塘及口岸等地；交通警察第 7、第 11 总队共 7 个大队位于丁堰、林梓方向。

与此同时，粟裕设想：避开正面，攻击敌人兵力相对薄弱的侧翼，在南通、如皋之间打开缺口，直接威胁敌之后方基地，打乱其部署，制造良机，寻歼敌人于运动之中。

8月13日，中央军委致电粟裕，指示："苏中各分散之敌利于我各个击破，望再布置几次作战。即如交通总队，凡能歼灭者一概歼灭之。你们如能彻底粉碎苏中蒋军之进攻，对全局将有极大影响。"

据此，粟裕决定以第7纵队袭击海安、立发桥，第1军分区部队佯攻黄桥，第9军分区部队进逼南通，迷惑国民党军；以主力第1、第6师和第5旅、特务团等共3万余人从海安、如皋东侧隐蔽南下，在丁堰、林梓打开缺口，插到敌人侧后去打。

丁堰、林梓是（南）通如（皋）公路上的两个集镇，位于封锁圈中部，交通警察总队的7个大队在此驻守。

由抗战时期的"忠义救国军"和上海税警团改编而成的交通警察总队，名义上属国民政府交通部，实则为军统掌握，由美国特务梅乐斯和国民党特务头子戴笠合作训练。这支部队政治上极其反动，全部美械装备，每人配备长短枪各一支，号称国民党的"袖珍王牌军"。

许多同志对这个作战计划表示了担心，认为：3万多主力部队钻进敌人封锁圈里去打仗，太过于冒险。

粟裕说："这个行动好比孙行者打牛魔王的办法，钻到敌人肚子里去打，带有危险性。为什么我们敢于走这步险棋呢？"

他接着解释："敌人的封锁圈曾是我们的老根据地，那里的人民群众斗争觉悟高，参加和支援自卫战争的热情也高。有他们作后盾，我们有必胜的

华中野战军在林梓附近的阻击阵地

信心。"

正如粟裕所说的，深入敌后的华中野战军如鱼得水，行动自如。国民党军则成了"聋子"、"瞎子"，对华中野战军的行动一无所知。许多年后，粟裕回忆道：

这是一着奇兵，也是一步险棋。这个地区，南是长江，东、北、西三面都有敌人许多据点连成的封锁线。封锁圈东西百余里，南北仅数十里，我们竟用三万作战部队插进去，定将大出敌人的意料。

21日晚，华中野战军第1、第6师和第5旅犹如三把钢刀，突然向丁堰、林梓发起攻击。激战至22日，全歼丁堰、林梓之敌，并乘胜攻占丁堰以北的东陈镇，从而切断了南通至如皋的公路，打开了主力西进泰州、扬州的通道。

此战，华中野战军共歼5个交警大队5000余人，缴获了大批军火物资，包括美国制造的十轮卡车、机枪、卡宾枪以及堆满几间房子的标有"USA"字样的手铐脚镣。

换上美械装备的华中野战军如虎添翼。战士们抚摸着崭新的卡宾枪，个个笑逐颜开："蒋介石这个运输大队长真不错，知道我们的汉阳造不好用，就给送来了卡宾枪，连收条都不要。我们来多少，收多少，欢迎再来！"

丁堰、林梓战斗后，苏中敌我形势仍十分复杂。

北线国民党军已占领淮北睢宁，正准备向华中解放区首府淮阴、淮安进

战士们观看从敌人手中缴获的卡宾枪

犯。李默庵判断华中野战军将要进攻如皋，急令黄桥守军第99旅增援如皋，增强防御；同时命令整编第25师沿运河北上，向邵伯、高邮方向进攻。他认为，华中野战军主力集中在如皋东南，如要增援邵伯，就必须从北面绕过封锁圈，需要不少时间。利用这段时间，整编第25师完全可以攻下邵伯，然后挥师北进，配合北线国军进逼两淮。

对这一作战部署，李默庵非常得意：既救了东头，又拣了西头，东西呼应，可谓一举两得。

李默庵的如意算盘打得很精，但可惜他遇到了更为高明的对手。

粟裕采取的对策是：攻黄（桥）救邵（伯）打援，一举三得。以第10纵队和第2军分区2个团坚守邵伯；以第7纵队佯攻海安、姜堰；以第1、第6师和第5旅及特务团由丁堰、林梓西进，准备围攻泰州，调动整编第25师回援。

23日夜，华中野战军主力刚过如（皋）黄（桥）公路，突然接到停止前进的命令。

原来"四中队"截获了敌人的重要情报：增援如皋的第99旅惧怕在运动中遭受打击，迟迟不敢轻进，反而要如皋守军接应，实施东西对进。计算时间，两路敌军恰好与我军撞个满怀。

送到嘴边的肥肉，焉能不吃！

粟裕立即下令部队以战斗队形行进，并严密注意敌情，准备在如黄路上打一场预期的遭遇战。

解放军的重机枪阵地

果如粟裕所料。25 日晨，黄桥的第 99 旅在如皋的第 187、第 79 旅接应下东进。中午，华中野战军主力与东西对进的国民党军遭遇，立即先敌展开。

经短促激战，第 6 师将第 99 旅包围于分界地区，第 1 师将第 187 旅等部包围于加力地区。国民党军依仗精良的美械装备，拼死抵抗，企图固守待援。激战一夜，分界和加力两地都未能解决战斗。

此时，苏中战场上国共双方指挥官不约而同地把目光集中在激战正酣的邵伯。

如果攻下邵伯，国民党军就可挥师北进，南北夹击华中野战军。可谓：一招得手，盘活全局。为此，李默庵把进攻邵伯的重任交给了黄百韬的整编第 25 师。

整编第 25 师前身为第 25 军，曾在"皖南事变"中进攻新四军立下"战功"。中将师长黄百韬，原籍广东，早年在军阀李纯手下当传令兵，不久投靠张宗昌，当上旅长。张宗昌被蒋介石打垮后，黄百韬转而归顺蒋介石，荣升师长，并入陆军大学学习，在那里结识了冯玉祥。抗战初期黄百韬在冯玉祥第六战区司令长官部任参谋处长，后调任国民党军事委员会中将高参和顾祝同第三战区的参谋长，从此成为顾祝同的亲信。1944 年 2 月出任第 25 军军长。

让既非黄埔系又非中央军出身的黄百韬指挥国民党军嫡系部队，可见蒋介石对他的喜爱和信任。同时也说明黄百韬并非等闲之辈。

8 月 23 日，黄百韬指挥整编第 25 师兵分三路，在飞机、炮艇配合下，向邵伯、乔墅、丁沟三地猛烈进攻。

七战七捷陈列馆

李默庵对进攻邵伯的黄百韬寄予厚望。粟裕对坚守邵伯的第 10 纵队充满信心。

第 10 纵队是华中野战军中成立时间最短的一个纵队。这年 3 月才由华中军区第 5 军分区及在盐城起义的伪军部队合编而成，辖 6 个团。5 月整编为 5 个团。司令员谢祥军是 1930 年参加革命的老红军，曾任红四方面军团长，新四军军部教导特务团团长，华中军区第 5、第 9 军分区司令员。

面对强敌猛攻，谢祥军沉着应战，指挥第 10 纵队在第 2 军分区 2 个团的配合下，采取各团轮番守备的战法，顽强阻击，并连续进行白刃战和反冲击，打退了敌人的多次进攻。

一方攻得猛，一方守得坚。国共双方在邵伯地区展开了一场矛尖还是盾固的激战。25 日，整编第 25 师突破了第 10 纵队在乔墅的阵地，形势骤然紧张起来。

邵伯一旦失守，战局将发生逆转，与我军极为不利。粟裕认为当务之急是集中优势兵力，迅速解决分界和加力之敌。可三处战场处处军情如火，处处需要兵力，而他又没有预备队可调？怎么办？

粟裕使出擅长的绝招：及时转用兵力，造成兵力对比上的绝对优势，各个歼灭分界、加力之敌。他果断命令第 1 师第 1 旅西调，配合第 6 师首先歼灭分界之敌第 99 旅。

26 日，第 6 师和第 1 师第 1 旅、特务团以 5 比 1 的绝对优势兵力，向分界

苏中战役中俘虏的敌第 187 旅官兵

之敌发起进攻。只用两个小时就全歼第99旅2个团3000多人，生擒少将旅长朱志席、少将副旅长刘光国。

按照粟裕的部署，第6师、第1师第1旅、特务团随即东进加力，形成15个团对3个团的绝对优势，对敌实施围歼。战至27日，第187旅和第79旅1个团大部被歼。

数百名敌军拼死突出包围圈，惶惶如丧家之犬向如皋逃窜。正所谓：天网恢恢，疏而不漏。途中，这股残敌恰好被第5旅迎面拦住了去路。

一个极富戏剧性的场面出现了。

第5旅身着黄色军服，与苏中部队的灰蓝色军服不同，而与国民党军的黄绿色军服颇为近似。敌军误以为援兵来到，顿时欢呼雀跃，奔入黄色大军，在兴高采烈中当了俘虏。

此时，驻守黄桥的第160旅5个连已孤立无援。第5旅乘胜扩大战果，一夜急行军，将黄桥团团包围。

31日，突围无望的敌人全部缴械投降，黄桥再次回到人民手中。与此同时，第7纵队攻占白米、曲塘等地。

此战打得干净利落，歼灭蒋军两个半旅1.7万余人，创造了解放战争以来一次作战歼敌数字的新纪录。

当黄百韬得知第99旅被全歼的消息后，大吃一惊，自己侧后已受到严重威胁，如果再打下去恐怕是凶多吉少，遂于26日黄昏向扬州、仙女庙撤退。历时

苏中人民群众欢迎子弟兵胜利归来

4 天 4 夜的邵伯保卫战以华中野战军共毙伤敌军 2000 余人而告结束。

至此，从 7 月 13 日到 8 月 31 日，华中野战军在苏中战场上，以 3 万多人对抗国民党军 12 万余人，七战七捷，首创一个战役歼敌 5.3 万余人的纪录，歼敌总数为华中野战军参战兵力总数的 1.76 倍，打出了神威，创造了战争史上的奇迹，成为当时震撼神州大地的事件。

党中央和毛泽东都给予了高度评价。延安总部发言人称这次胜利加上中原突围、定陶战役，"这三个胜利，对于整个解放区的南方战线起了扭转局面的重要作用。蒋军必败，我军必胜的局面是定下来了。"并称赞"粟裕将军的历史，就是一部为民族与人民解放艰苦奋斗的历史。今天，粟裕将军成了苏皖军民胜利的旗帜"。

毛泽东还亲自为中央军委起草电报，将这一战役作为我军执行"集中绝对优势兵力、各个歼灭敌人"的范例通报全军。

2. 宿北战役

1946 年 6 月全面内战爆发后，以蒋介石为首的国民党统治集团凭借军事力量和经济力量的优势，采取全面进攻、速战速决的战略方针，调集 193 个旅约 160 万人的兵力，配以航空兵、炮兵、坦克兵，按照先关内后关外的战略步骤，企图用 3 至 6 个月的时间，占领各解放区，消灭共产党。

华东地区包括山东和苏皖两大解放区，是国民党军进攻的重点方向，也是国共双方投入兵力最多、仗打得最激烈、规模最大的战场。蒋介石在华东战场上共投入了 25 个整编师（军）68 个旅（师）的兵力，由他的心腹爱将、国民党徐州"绥靖"公署主任薛岳统一指挥。

薛岳，又名仰岳，字伯陵，绰号"老虎仔"。国民党陆军一级上将。1896 年生于广东乐昌。早年先后毕业于广东陆军小学堂、武昌陆军第二预备学校。1911 年加入同盟会。1918 年，在保定陆军军官学校第 6 期深造尚未毕业

人称"老虎仔"的薛岳

的薛岳，参加了孙中山新建立的援闽粤军，任司令部上尉参谋。

1921年5月，薛岳与叶挺、张发奎分任孙中山总统府警卫团营长。1922年6月，陈炯明叛变革命，围攻越秀楼和总统府。叶挺指挥警卫团第1营坚守总统府前门，薛岳指挥第3营固守后门，多次击退叛军的进攻。激战持续了十多个小时。叛军断水断电，企图困死叶、薛两营。两人齐心合力，保护孙夫人宋庆龄突围。叶挺营在前面开路，薛岳营在后面殿后，冒着枪林弹雨，终将宋庆龄安全护送到岭南大学校长钟荣光寓所石屋。

当年的薛岳，的确是孙中山的忠诚卫士。他后来又带领少数卫士冲破封锁，上了孙大总统蒙难的永丰舰（也就是中山舰）。舰上，薛岳与蒋介石各立于孙中山一侧。

1924年，年仅28岁的薛岳任粤军第1师少将副官。次年2月，任第1军第14师副师长兼第14团团长。在第二次东征陈炯明的战斗中，薛岳展露了其超群的军事才能，常常以少胜多。1926年7月升任第1师师长，率部为北伐军先遣队，进军浙江。这一年，他刚过而立之年，成为北伐军中一颗耀眼夺目的"将星"。

薛岳骁勇善战，官运亨通，但与蒋介石的关系却是差到了极点。

1927年3月底，蒋介石、李宗仁、白崇禧等国民党新军阀在上海密谋"清党"。第1师师长薛岳和第2师师长严重被视为"具有左倾迹象"，靠不住。

理由一，薛岳擅自调动部队进入上海，支援上海工人武装起义。3月21日，

北伐军一部正在进军

上海工人在周恩来等共产党人领导下发动第三次武装起义，要求北伐军立即进驻上海支援。北伐军前敌总指挥白崇禧对工人的要求不屑一顾。而薛岳却不顾白崇禧坚决反对，应上海总工会代表的要求，率第 1 师开进了上海。

理由二，薛岳通过第 1 师政治部与共产党人建立了较为密切的联系。

于是，蒋介石与白崇禧联手对薛岳开刀了。

4 月 2 日，蒋介石下令解散第 1、第 2 师政治部。恰逢武汉政府军事委员会总政治部秘书长、共产党人李一氓率总政治部先遣队赴上海开展工作。他带来了总政治部主任邓演达写给同乡好友薛岳的一封亲笔信，薛岳乘机把对蒋介石的不满统统向李一氓倾诉出来，并称"情况不好"，要李"谨慎小心"。

这时，薛岳又意外获知第 1 师将被调离上海的消息，预感到事情不妙，便亲自赶到上海的中共中央驻地，建议"把蒋介石作为反革命抓起来"。

虽然当时国民党反共的气氛日益浓重，但陈独秀领导的中共中央依然在盲目遵从共产国际指示，小心翼翼地避免同蒋介石发生冲突，对薛岳的提议自然不予采纳，反而建议薛岳装病，以拖延第 1 师的撤离时间。

蒋介石却不容薛岳拖延下去。4 月 5 日，第 1 师被调离上海，"赴京沪线护路"。一周后，蒋介石、白崇禧等人在上海大开杀戒，发动了四一二反革命政变。薛岳随即被解职。

丢掉兵权的薛岳只得南下回到老家广东，投靠了第 4 军军长李济深，担任广东新编第 2 师师长。从此，这个曾建议共产党抓蒋介石的薛岳仿佛换了一个

蒋介石在上海发动四一二反革命政变，国民党反动派大肆屠杀共产党员和革命群众

人，由"具有左倾迹象"变成了"反共悍将"。

在那个大动荡的年代里，人们的性格自然也被赋予了大动荡的色彩。

南昌起义失败后，贺龙、朱德、叶挺等率起义军南下广东，进驻潮梅一带地区，计划在此建立革命根据地，重新北伐。薛岳奉李济深命令率新编第2师迅速开赴揭阳、普宁地区，在汤坑与起义军展开激战。他的对手，就是当年的好友、曾在总统府共同掩护孙夫人宋庆龄突围的叶挺。

战斗中，薛岳所部4个团都被击败，师部也被包围，全师覆灭在即。关键时刻，叶挺部营长欧震叛变革命，阵前倒戈。薛岳乘机抓住机会，与赶来增援的粤军邓龙光部向起义军展开猛烈反攻。

汤坑之战，在南昌起义部队的战史上占有重要一笔。南下广东建立根据地、重新北伐的设想在这里被击碎。朱德率第9军教导团和第25师留守三河坝，未西进汤坑，后来和陈毅一道，率部突破敌军包围，上了井冈山，与毛泽东率领的工农革命军胜利会师。

这年11月16日，张发奎、黄琪翔在广州发动政变，夺取李济深在广东的军政大权。薛岳也公开叛变李济深，转而投靠了张发奎，任由新编第2师改编的第4军教导第1师师长。

12月11日，张太雷、叶挺等共产党人领导和发动了广州起义。薛岳奉张发奎电令镇压起义，其部第4团连续5次向广州起义总指挥部发动攻击，最终占领了起义军总指挥部，使白色恐怖笼罩全城。

张发奎、黄琪翔等屠杀广州革命群众的野蛮行径，不仅遭到人民群众及舆

在广州起义战斗中，被工人赤卫队捣毁的敌人铁甲车、汽车

论界的谴责，同时也遭到桂系军阀的攻击和国民党内部其他派系的非议，被迫离穗赴港。缪培南和薛岳分别担任第4军军长、副军长。

1928年1月24日，薛岳和缪培南率部北上投靠蒋介石。

从孙先生、孙夫人的忠实护卫，到上海总工会的朋友、建议先下手捉蒋介石的"左"倾师长，再到攻打南昌起义部队、镇压广州起义、率部投靠蒋介石，薛岳只用了短短5年时间，便完成了他人生中几个最重要的转折。

那的确是一个大浪淘沙的时代。

然而，蒋介石并没有接纳薛岳。是年9月中旬，第4军缩编为第4师，副军长薛岳竟连一官半职也没有捞到，被迫再次离队南下，到九龙闲居。

投蒋不成反而丢了官，薛岳越想越生气，干脆来了个一百八十度大转弯，参加汪精卫、陈公博等人的反蒋活动。

1930年2月，第4军在花县讨蒋失败不久，薛岳在广东廉江归队，任第25团团长。不久，李宗仁将桂军一部分部队充实第4军的编制，薛岳随即升任该军第10师师长。中原大战结束后，他又被李宗仁任命为柳州军校校长。

1932年1月，薛岳看到国民党内部派系林立、政局复杂，而自己苦于手无兵权，心灰意冷，主动辞职再次回到九龙闲居。

有道是：否极泰来。就在薛岳心灰意冷之时，陈诚出现了。正是他在蒋介石面前的极力保举才彻底改变了薛岳的命运。

其实薛、陈二人之间并无多少交情，而且薛岳资格甚老，与陈诚的恩师严重同辈。1927年北伐军挺进上海时，薛岳和严重同为师长，陈诚只不过是严重

宜黄县黄陂蛟湖。中央苏区第四次反"围剿"中，红军在此设伏全歼国民党军第59师

手下的一个团长。

改变这一切的起因缘于对中央苏区第四次"围剿"中陈诚空前的失败。

在那次"围剿"中，陈诚出任中路军总指挥，统率中央军嫡系12个师，担当主攻。但中路军出师不利，第52、第59师先后被歼，两个师长一个自杀、一个被俘。随后陈诚的起家部队第11师在草台岗陷入红军重兵包围，遭到歼灭性打击。蒋介石急得跺脚直说：这是"有生以来最大之隐痛"。战后，陈诚因"骄矜自擅，不遵意图"，遭到政敌各方面的群起攻讦，被降一级，记大过一次。

就在陈诚损兵折将、急需帮手的时候，粤籍将领罗卓英、吴奇伟向他推荐了薛岳。陈诚转而在蒋介石面前保举薛岳。

1933年5月，薛岳出任第5军军长，随后任北路军第六路军副总指挥兼参谋长，参加对中央苏区的第五次"围剿"。未几，陈诚升至北路军前敌总指挥兼第三路军总指挥，即让出第六路军总指挥之职，保荐薛岳继任。第三、第六路军是第五次"围剿"中最大的主力兵团。

陈诚在宣布薛岳就任第六路军总指挥的军官集会上，还说了一句后来在国民党军官兵中广为流传的话：剿共有了薛伯陵，等于增加十万兵。

话虽说得太大，徒增薛岳之轻狂，但也可见此人绝非等闲之辈。

薛岳果然没有让陈诚失望，成为第五次"围剿"中进攻红军最凶狠、取得战果最辉煌的国民党军将领。

中央红军长征后，薛岳亲率8个师，由江西兴国为起点开始长追，结果从江西到大西南，再到川北，直至甘肃，转战湘、黔、川、滇数省，对红军进行追击作战，竟也走了两万里。

长衡会战中，中国守军坚守阵地

全国抗日战争爆发后，薛岳历任第19集团军总司令，第九战区第1兵团总司令，第九战区副司令长官、司令长官，参加了淞沪会战、武汉保卫战、三次长沙会战、长（沙）衡（阳）会战等，多次重创日军。

1946年5月，薛岳出任徐州"绥靖"公署主任，指挥大军向山东、华中野战军发起猛攻。至当年11月，国民党军以损失10万余人为代价，占领了苏中、淮南、淮北地区和鲁南解放区的部分地区，打通了胶济（青岛—济南）铁路，对苏北和鲁南形成了一个由苏中东台到鲁南峄县（今属枣庄），长达1000余里的弧形半包围态势。

在这个弧形战线上，薛岳部署了4个作战集团共计12个整编师（军）28个旅（师）20余万兵力。其中，盐阜兵团，司令官欧震，下辖整编第83、第44、第25、第70师，位于东台地区；淮涟兵团，司令官李延年，下辖整编第28、第74师和第7军第171师，位于淮阴、淮安地区；峄临兵团，司令官冯治安，下辖整编第77、第26师和第1快速纵队，位于峄县地区；宿新兵团，司令官胡琏，下辖整编第69师、第41旅、预备第3旅，位于宿迁地区。

此时，山东、华中两大野战军分别在淮北和苏中战场上歼灭敌军有生力量后，逐步收缩后撤，会师于淮阴以北，休整补充，准备再战。

11月中旬，国民党政府召开"国民大会"。为壮声势，蒋介石从后方抽调5个整编师（军）约16个旅到内战前线，继续维持对解放区的全面进攻，进攻

蒋介石视察国民党军

重点仍然放在华东战场。并决定从郑州"绥靖"公署的序列中，抽调精锐主力整编第11师划归徐州"绥靖"公署，由薛岳统一指挥，立即组织一次对苏北地区的大规模攻势作战，限定在攻势发起后半个月内"结束苏北战事"。

对蒋委员长的命令，薛岳自然不敢怠慢，立即拟制出一个以25个半旅约20万人，从东台、淮阴、宿迁、枣庄和峄县分四路会攻苏北的作战计划：

以盐阜兵团的5个旅由东台地区向盐城、阜宁进攻；以淮涟兵团的5个旅，其中包括号称国民党军"五大主力"之一的整编第74师，由淮阴地区向涟水进攻；以峄临兵团的9个旅，其中包括第1快速纵队，由峄县地区进犯临沂；以宿新兵团的6个半旅，其中包括号称国民党军"五大主力"之一的整编第11师，由"绥靖"公署副主任吴奇伟指挥，由宿迁地区向沭阳、新安镇进攻。

四路大军中，又以从宿迁和淮阴出犯的两路为主力，企图先占苏北，消灭分别集结于峄县以东和盐城、涟水地区的山东野战军和华中野战军主力，或迫使其北撤，然后与其在山东境内决战。

12月初，徐州"绥靖"公署发布作战命令：以迅速击溃共军主力于陇东（指陇海铁路东段）以南地区，再向鲁南追击之目的，决定先攻占阜宁、南新安镇（今灌南县）、涟水、沭阳、北新安镇（今新沂市）、兰陵、傅山口、向城各要点，以利而后之进剿。并规定进攻时间为12月13日。

山东、华中两大野战军会师后，主力分别集结于鲁南和苏北盐城、涟水一带，共有近10万人的兵力，为下一步打较大规模的歼灭战准备了必要的条件。然而，无论从兵力和态势上，山东、华中野战军都处于相对劣势和被动局面。毕竟从三面向他们扑来的是包括国民党军"五大主力"的整编第74师和整编第11师在内的20万敌军，且已形成半包围态势。要化劣势为优势，变被动为主动，必须迅速找到突破口。

摆在他们面前的最重要的问题是：选择哪一路敌军作为首先打击的对象。

12月6日，新四军军长、山东野战军司令员兼政治委员陈毅得到整编第11师正向宿迁开进，准备会同整编第69师进攻沭阳，以及其他各路敌军将同时配合行动的情况后，立即向中央军委提出"以集中主力确保沭阳，歼击十一师之一路为最好"的作战构想。

7日，陈毅又电示华中野战军："集中兵力首先歼击由两淮进犯涟水之敌，而后集中山野、华野全力夹击进犯沭阳之敌。"

正在盐城以南指挥作战的华中野战军司令员粟裕接到电报后，认为在四路

宿北大捷纪念碑前的陈毅雕像

敌军中以由宿迁东犯沭阳、新安镇的一路威胁最大。只有集中力量歼灭这一路敌人，才能化被动为主动。

由于当时华中野战军主力正在盐南作战，已无力阻击东犯沭阳、新安镇之敌，粟裕和华中野战军政治委员谭震林商议后决定联名致电陈毅：建议山东野战军主力迅速南下，至少进至陇海路边，以便能在两日内赶到宿迁、沭阳地区参战。

9日，陈毅复电同意，率领山东野战军主力连夜转移至苏鲁交界处的码头、沂河北岸机动位置。

11日，刚刚指挥完盐南反击战的粟裕昼夜兼程赶到位于涟水、沭阳交界处的华中军区驻地张集，同从鲁南南下的陈毅会合。

12日，在陈毅的主持下，召开了山东、华中野战军主要领导人参加的作战会议，专题研究行动方案。

会议认为：敌军虽是四路进攻，但进攻正面宽达600多里，间隙大，应援不便，难以协同。其中东台、两淮、峄枣三路敌军曾遭我军打击，行动谨慎，唯有宿迁一路敌军以为我军主力尚在鲁南、苏北地区，乘虚冒进，孤立突出，且处于山东、华中两野战军之间，便于就近机动兵力实施围歼。据此决定集中山东野战军第1、第2纵队和第8、第7师（欠第19旅）及华中野战军第9纵队等部共24个团，迎击由宿迁出动之敌。

13日，整编第69、第11师由宿迁出动，兵分两路，向北、向东发起进攻。其中，整编第69师师部率第60旅及第92旅1个团，并指挥整编第57师预备

第3旅、整编第26师第41旅等部共3个半旅为左翼，向新安镇进攻，一部占领宿新公路上的晓店子、峰山、嶂山镇各要点，一部进占路东之罗庄、傅家湖、邵店、人和圩地区；整编第11师为右翼，向沭阳进攻。

面对敌军咄咄逼人的攻势，陈毅、粟裕等分析认为，在这一路敌军中，右翼整编第11师装备精良，兵多将骄，又刚从中原战场调来，对淮北地形、气候、民情不熟；左翼整编第69师是由三个不同建制的旅合编而成的，内部矛盾较多，战斗力一般，且师长戴之奇军事指挥无能，政治上却极端反动，是三青团中央委员，加之新晋升中将，必会贪功冒进。于是决定出其不意，集中兵力，先打弱敌，首先围歼整编第69师于宿迁、沭阳、新安镇三角地区，同时分割、阻击整编第11师，而后再视情转兵歼灭整编第11师。具体部署为：

第9纵队沿宿新、宿沭公路进行运动防御，迟滞国民党军的行动；第1纵队、第8师由新安镇附近，以急行军赶在15日拂晓前隐蔽开进至嶂山镇、晓店子西北地区；第7师第5旅由西鲍圩南渡沭河，配合第1纵队、第8师围歼宿新公路上及其东侧各点之国民党军；第2纵队及第1纵队一部东西对进，楔入整编第11师与整编第69师的接合部，切断该两师的联系，而后会同各参战部队分割歼灭被围之整编第69师。

在这个作战命令中，第一次使用了"华东野战军"的名义，署名为"华东野战军司令员兼政治委员陈毅，副司令员粟裕，副政治委员谭震林，参谋长陈士榘"。

14日，陈毅、粟裕把作战部署电告中央军委。作战命令下达后，陈毅、粟裕将前线指挥所设在宿迁东北阴平西面的叶庄。这是一个独立家屋，三间坐北朝南的草房，前面是土墙围绕的小院子。

黄埔军校潮州分校，戴之奇于该校第三期毕业

时任淮海区第三中心县委和第三支队负责人章维仁曾经奉命到前线指挥所，目睹了陈毅、粟裕指挥宿北战役的情景。《粟裕传》中是这样描写的：

12月15日清晨，章维仁走进草房，只见墙上挂满了地图，粟裕副司令员站在一条板凳上，一手按着地图，一手拿着话筒，正在与前线指挥员通话。他有时对站在左边的陈毅司令员讲几句话，陈毅点点头，又继续与前线通话。大约过了半小时，才与前线通话完毕。

陈毅司令员转过身来，对章维仁说："这次我们布了一个口袋阵，六十九师已经被我军完全包围。"他哈哈大笑，用右手指指军服上的口袋说："这一仗是瓮中捉鳖，我们完全有把握在一周之内消灭它！"

15日黄昏，宿北战役打响了。

从陇海铁路北以强行军赶至作战地区的第1纵队和第8师由西北向东南突然攻击，打了敌军一个措手不及。第1纵队一部插至整编第11师师部所在地曹家集附近，经一小时激战，歼其工兵营和骑兵营大部，攻占了曹家集。第8师首先集中兵力，攻击位于嶂山镇与晓店子之间的关系战役全局的制高点峰山。

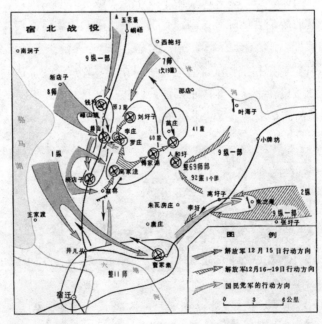

宿北战役示意图

峰山高约 500 余米，山脚筑有能相互支援的独立集团工事，山顶构筑围寨，四周挖宽 6 米、深 3 米的外壕，壕外设置鹿寨、铁丝网等防御工事。山前即是宿新公路，南距晓店子 12 里，北距峰山 8 里，占领峰山制高点即可控制整个战场。据守峰山的是预备第 3 旅的 1 个加强营。

山东野战军第 8 师是一支擅长攻坚的部队。为了不误战机，第 8 师经过连续 6 天急行军，于 15 日赶到战场。当晚，第 23、第 24 团从西南、西北两面会攻峰山。

自西南进攻的第 23 团第 1 营，连续组织 3 次强攻，一度突入山顶之外壕。由于沟深壕宽，在敌人密集火力下受到重大杀伤，进攻受阻。

此时，天将拂晓，第 1 营副政治教导员张明重考虑到峰山能否及时攻克，将直接影响整个战役的进程，立即组织全营仅存的 40 余名干部战士，冒着炽烈的敌火，重新选择突击路线，组织第 4 次冲击。第 23 团也集中全部轻重机枪进行火力掩护。

第 1 营选择较隐蔽的接敌地形，迅速排除鹿寨、铁丝网，跳进外壕，搭人梯爬上沟崖，在由西北方向进攻的第 24 团配合下，终于在拂晓前攻占峰山主阵地，全歼守军。

为挽回不利态势，国民党军第 60 旅、预备第 3 旅等部，在飞机、炮火掩护下多次猛烈反扑峰山，均未成功。

第 8 师牢牢控制了峰山制高点，不仅割裂了据守宿新公路上嶂山镇、晓店

山东野战军某部机枪阵地

子各部国民党军的联系，而且直接威胁路东各点国民党军的侧翼，为战役的顺利发展创造了有利条件。

能否切断整编第69师向宿迁的退路以及与整编第11师的联系，是此役成败的关键所在。这一重任交给了叶飞的第1纵队。叶飞回忆道：

> 我纵决心以第一旅在前，第二旅在后，打开老虎洞后，直插傅家湖；以第三旅第七团一个营攻占许庄，保障纵队翼侧安全，两个营向南直插，控制三台山高地及其以东张林、蔡林一线阵地。
>
> 十六日黄昏，我率第一旅、第二旅借夜幕掩护，利用敌照明柴火光，从敌军占领的村落的间隙，大胆隐蔽穿插。第一旅第二团攻占老虎洞，第一团攻占高庄，打开缺口，揳入敌阵，前锋直指傅家湖。第二旅第四团包围罗庄之敌，第六团控制老虎洞阵地。第三旅第七团自老虎洞西南地域揳入，攻占晓店子以北的许庄，随即以第三营转入防御，团率第一营、第二营利用破晓前的浓雾，继续隐蔽猛插，攻占张林、蔡林、三台山、高家洼。我纵经一夜穿插，完成了对敌整十一师和整六十九师的战役分割，也完成了对敌预三旅与第十六旅、第四十一旅的战术分割任务。我随即调整兵力、火力，构筑工事，积极准备抗击南逃北援之敌。

与此同时，第2纵队、第9纵队第7师主力也分别由北向南、由东北向西南、由东向西发起攻击，协同第1纵队等构成了对整编第11师的阻击正面，并

宿北大捷指挥所旧址

完成了对整编第69师主力的分割包围。

随后，第1纵队第3旅在宿沭公路北侧的高家洼、蔡林一线构成对整编第11师的阻击正面；第1纵队主力与第2、第9纵队等部将整编第69师师部及第41、第60旅和预备第3旅分割包围于宿迁以东以北之人和圩、苗庄、罗庄、晓店子等地。

陷入重重包围之中的整编第69师惊惶失措，师长戴之奇连电徐州"绥靖"公署副主任吴奇伟、整编第11师师长胡琏，哀求支援，"拉兄弟一把"。

吴奇伟一面令戴之奇收缩兵力，固守各村落；一面令胡琏北援策应，"请你强渡六塘河，向戴先生靠拢！"

17日上午8时，胡琏指挥整编第11师在飞机、重炮的支援下，沿宿新公路向北增援，猛扑第8师的峰山阵地和第1纵队第3旅的三台山、蔡林、巷庄等阵地。整编第11师不愧是国民党军的王牌主力，在相继攻占蔡林、巷庄后，集中2个团的兵力向第3旅第7团坚守的高家洼阵地发动猛攻。

战况十分激烈。叶飞回忆道：

第七团扼守的最后阵地是座小山，东西只有一公里，南北不到两公里。第三旅参谋长谢忠良指挥该团，我下了死命令，要他无论如何必须死守。他表示："人在阵地在。"亲自在山头指挥。敌王牌军整十一师第一一八旅步兵在十二架"空中堡垒"和榴弹炮团火力的掩护下，发起多次猛烈的集团冲锋，我张林、高家洼阵地上的工事大部遭受摧毁。同时，敌以一个营自张林、高家洼之间揳入，猛攻我沈庄阵地，企图打通与晓店子的联系。北面之敌第六十旅企图与北援的整十一师打通联系，晓店子预三旅亦多次北犯我许庄阵地，企图封锁老虎洞缺口，断我通路，陷我于绝境。我纵受敌三面夹击，战斗引向最后阵地。我用望远镜看得清清楚楚，敌人第一次攻击后，一个营的阵地丢失了，只跑回来五六个人。敌人又开始第二次进攻，又是密集队形的集团冲锋，中间一个营的阵地又失守，只跑回来六七个人，……局势危急，必须当机立断！我下决心，决定提前一个小时出击。命令一下，第一团、第二团，排成连方队，端起刺刀，向正在进攻我七团阵地敌人翼侧猛烈冲击。我突击部队以锐不可当之势，以一当十，杀向敌阵。敌整十一师在我突然、猛烈的反击下，猝不及防，全线溃退。我乘胜奋勇追击，直至唐湖地域，逼近宿迁运河边。

宿北战役中饮弹自尽的整编第 69 师师长戴之奇

当紧邻整编第 69 师师部人和圩南侧的整编第 11 师第 118 旅撤退后，胡琏不禁哀叹道："戴先生不堪设想了！"

战后，国民党政府国防部评述：此次整编第 11 师撤退，未能适时通报，以致影响整编第 69 师蒙受到重大损失。

为不给敌人以喘息之机，山东、华中野战军参战各部密切协同配合，以迅速勇猛的动作，对被包围在人和圩、苗庄、罗庄等村落的整编第 69 师展开逐点攻歼。

下午 2 时，陈毅、粟裕命令第 9 纵队归第 2 纵队指挥，并于今日集中全力解决人和圩之敌。

第 2、第 9 纵队迅速调整部署，运动接敌，但直到 18 日零时仍未展开攻击。陈毅、粟裕下令：务限于 18 日拂晓前坚决攻下人和圩！

各部奉命发起攻击。但由于准备不足，加之残敌凭借工事，以猛烈火力负隅顽抗，进攻多次均未成功。后来，粟裕曾多次谈起，他在解放战争的战役指挥中有三个最紧张的战役，宿北战役便是其中之一。他回忆道：

我协助陈毅同志指挥宿北战役，深感责任重大，心情紧张。这一仗是山野和华野会合后第一次协同作战，也是华东战场上化被动为主动的关键一仗。直接参战的部队大部分属于山东野战军，指挥机关也是山东野战军司令部，我对指挥机关和参战部队不熟悉，感到心中无底。中央军委早有要求，"两军会合第一仗必须打胜"。如何完成中央军委交给的战役指挥任务，又处理好上下左右的关系，是一个棘手的不得不认真考虑的问题。但是，考虑到战争全局的利益，考虑到中央军委的重托，决心打消一切顾虑，把这一仗打好。

18 日黄昏，经过充分准备后，各部发起总攻。

人民解放军在宿北战役中缴获的野炮

眼见援军无望，为摆脱全军覆没的命运，戴之奇命令所属部队"速设法相机突围"。但为时已晚。激战至 19 日，山东、华中野战军全歼整编第 69 师师部和 3 个半旅，中将师长戴之奇自杀，中将副师长饶守伟、少将参谋长张东彝被俘。

此役全歼国民党军整编第 69 师，并给整编第 11 师以沉重打击，共计歼敌 7 个步兵团、1 个工兵团 2.1 万人。这是解放战争以来一次作战歼敌人数最多的战役，也是山东野战军和华中野战军会师后的第一个胜仗，初步取得了大兵团协同作战的经验。

陈毅当即赋诗一首：

敌到运河曲，
聚歼夫何疑？
试看峰山下，
埋了戴之奇。

粟裕在回忆录中写道：

宿北战役是两支野战军会师后的初次协同作战。这仗打胜了，有助于增强兄弟部队间的彼此信任；也有助于两支野战军合并后的新的领导机构与所属部

2.
宿
北
战
役

宿北大捷纪念碑

队间的相互信任；有利于为华中野战军由苏北撤向山东转好思想弯子，并为打大规模歼灭战积累了经验。因此，宿北战役是华东战场的一个重大转折。

捷报传来，毛泽东致电表示祝贺："此战胜利，整个苏鲁战局好转。"

3. 鲁南战役

1946 年 12 月初，国民党徐州"绥靖"公署主任薛岳指挥所辖 25 个半旅约 20 万人，从东台、淮阴、宿迁、枣庄和峄县分四路会攻苏北解放区。

19 日，新四军军长、山东野战军司令员兼政治委员陈毅和华中野战军司令员粟裕指挥山东、华中两大野战军取得宿北大捷，全歼整编第 69 师师部和 3 个半旅 2 万余人，将四路进攻的半包围圈打开了一个缺口。

在宿北战役即将结束之际，陈毅和粟裕就开始考虑下一次战役该如何打？这就好比一名高明的棋手，每走一步棋就已把后面几步都想好了。

某部在鲁南地区转战中

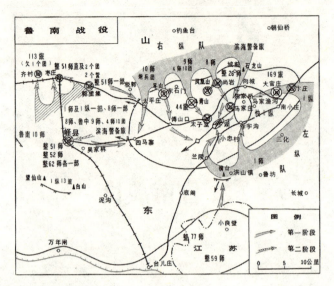

鲁南战役示意图

陈毅、粟裕均认为，宿北战役虽然对一路敌军进行了歼灭性打击，初步扭转了战局，但其他三路敌军并未改变进攻企图。其中，盐阜兵团的5个旅在攻占盐城后，继续向阜宁进攻；淮涟兵团的5个旅在攻占涟水后，沿六塘河南岸转入防御；峄临兵团的9个旅，包括第1快速纵队，占领了台枣路以东的向城、卞庄（今苍山县）、邳县、长城、兰陵等城镇。从总的战略态势来看，我军尚未完全摆脱被动局面，必须组织新的战役，再次给予一路敌军以歼灭性打击，从根本上改变战略态势。

摆在山东和华中野战军面前的问题是如何选择有利的作战方向和打击目标。这也正是中央军委一直在关注的问题。

12月18日，中央军委电示陈毅、粟裕："第二步作战，似以集中主力歼灭鲁南之敌，并相机收复枣（庄）峄（县）台（儿庄），使鲁南获得巩固，然后无顾虑地向南发展，逐步收复苏北、苏中一切失地。"

就在这时，陈毅、粟裕又得到一重要敌情：薛岳令整编第74师和第7军第171师由涟水向北进攻，并限令于23日前攻占沭阳。

陈毅、粟裕立即召开作战会议，紧急商讨行动方针，认为国民党军果真北上，势必会孤军冒进，有利于我军就近转移兵力将其歼灭于运动战中。经反复研究决定：除以一部兵力北上攻歼邳县地区之敌外，集中主力南下歼灭运动中的整编第74师。该师是国民党军"五大主力"之一、蒋介石的"王牌军"，也是这次进攻解放区的骨干和急先锋，歼灭它必将震撼整个敌军，给敌以实力上和精神上最沉重的打击，极大地鼓舞我军士气，进而完全挫败敌人的进攻。

19日、20日，中央军委连发两电，同意陈毅、粟裕的作战计划，指出："七十四师向沭阳前进，先打该师，甚为必要。只要有好仗打，在内线多歼灭几部分敌人再转外线作战更为有利。"

宿北战役后，山东、华中野战军士气高涨。根据敌情变化，部队在陇海路上南来北往，期待着更大的胜利。部队的宣传人员还编写了一首快板诗：

> 山东起得早，
> 赶快打背包；
> 华中吃中饭，
> 追上敌人了；
> 包围四处打，
> 把它歼灭光。
> 运动战，就是好！
> 运动战，就是好！

然而，战场情况瞬息万变。

正当山东、华中两大野战军将士们摩拳擦掌、准备打一场痛快淋漓的歼灭

鲁南战役前，某部作战斗动员

战时，整编第 74 师师长张灵甫却按兵不动，与第 7 军、整编第 28 师等部互相衔接。

陈毅和粟裕召开作战会议，就下一步的作战方向反复磋商：一是集中兵力出击淮北，调动进攻苏北、鲁南的国民党军回援，歼其于运动中。但需充分估计在国民党军不被调动的情况下，将在淮北战场陷入被动。二是就近转用兵力，歼灭由涟水北犯沭阳的整编第 74 师等部。但该部进至六塘河一线后即转入防御，难以割歼。

《孙子兵法·虚实篇》中说："水因地而制流，兵因敌而制胜。兵无常势，水无常形，能因敌变化而取胜者，谓之神。"既然敌军重兵猥集，不易分割，陈毅、粟裕果断决定放弃原定计划，率山东、华中野战军主力从苏北迅速移师鲁南。

中央军委对此深表赞同，于 24 日电示：如放弃围歼整编第 74 师计划，似宜集中 25 个团的兵力在鲁南地区歼灭整编第 26 师，迫退冯治安部。

次日，军委再次电示："鲁南战役关系全局。此战胜利即使苏北各城全失亦有办法恢复。你们必须集中第一、第六、第八、第四、第九、第十各师及一纵、警旅等部，并有必要之部署准备时间，以期打一比宿北更大的歼灭战。"

这时，向鲁南进犯的国民党军仍停留在临沂西南地区。其中，马励武指挥的整编第 26 师和第 1 快速纵队位于峄县以东的马家庄、太子堂地区，除以小部控制路北沿山各要点外，第 169 旅主力位于卞庄、安家庄地区；第 44 旅主力位于傅山口、太子堂地区；师部位马家庄。第 1 快速纵队位于向城、作字沟地区。周毓英指挥的整编第 51 师主力位于枣庄、齐村，师部占领郭里集、税郭。冯治安指挥的整编第 33 军（辖整编第 59、第 77 师）位于台儿庄、邳县及其以北地区。

陈毅、粟裕等认为：整编第 26 师及第 1 快速纵队是这一路敌军主力，又是蒋介石嫡系部队，战斗力较强，被吹嘘为"金刚钻""南京的长城"。尤其是号称"国军精华"的第 1 快速纵队更是国民党军中少有的机械化部队。所属坦克营是 1942 年蒋介石发动"知识青年从军"时组成的，宋美龄曾亲自在昆明机场欢送他们去印度新德里美军开办的"中国战车训练队"受训，是蒋军唯一的美国坦克装备营。抗战时期，该部在印度、缅甸与日军作战，相当勇猛且从未吃过败仗，曾在比拉加打垮过日军精锐第 8 师团。此次随同整编第 26 师行动的快速纵队由炮兵第 5 团、坦克第 1 团第 1 营等组成，配有美式中型、轻型坦克

国民党军装甲战车部队

36辆，骄横狂妄，压根也没有把"土八路"放在眼中。

然而，这股敌人却有两处致命的弱点。其一，马励武将部队摆成了"一字长蛇阵"，分布在西起峄县以东傅山口、东至卞庄的峄临公路两侧，首尾长达50里，与左右邻的空隙很大，比较突出孤立。其二，左翼周毓英的整编第51师、右翼冯治安的整编第33军分属东北军、西北军，他们之间的派系矛盾很深。在马励武部遭我军围歼且又顽强阻援的情况下，他们虽不会见死不救，但也绝不会舍身相救。

此外，整编第26师官兵内部矛盾突出，军官对士兵的剥削严重，曾流传着一句牢骚话：要吃苦，跟马励武；三月不发饷，还找二百五。

兵法云"善用兵者，无不正，无不奇，使敌莫测。故正亦胜，奇亦胜"。这次，陈毅、粟裕一改先打弱敌的常规，决定出奇制胜，首先歼灭马励武的整编第26师和第1快速纵队。

据此，陈毅和粟裕决定以第8、第9、第10师和第4师1个团及滨海警备旅、鲁中军区炮兵团共12个团组成右纵队，以主力攻歼第44旅，并切断敌人向峄县、枣庄的退路；以一部攻取石龙山、向城，割裂第44旅与第169旅的联系；以第1纵队、第1师共15个团组成左纵队，第1纵队歼击第169旅；第1

国民党军坦克在发起进攻

师首先揳入兰陵、小忠村之线，切断整编第33军与整编第26师的联系，而后配合友邻攻歼整编第26师及第1快速纵队。同时，第2、第9纵队和第6、第7师及第13旅等部共24个团由华中野战军政治委员谭震林指挥，在苏北阻击由盐城、涟水北进的国民党军；鲁南军区部队深入敌后开展游击活动，袭扰国民党军后方。

针对整编第26师和第1快速纵队装备大量美制坦克、重炮、汽车，行动迅速的特点，陈毅、粟裕强调要突然发起攻击，迅速包围分割，各个歼灭敌人，并要求各参战部队昼伏夜行，隐蔽开进，于1947年元旦进入集结地域，进行战斗动员和准备。

然而，一件意想不到的事情发生了。第1师副师长陶勇率部队越过陇海路时，被国民党空军侦察飞机发现。陶勇立即请示粟裕是否继续昼夜兼程。粟裕略微思考后，回答："为什么不能将计就计迷惑敌人呢？"

陶勇心领神会，命令部队丢掉伪装，以营连为单位在白天大摇大摆地行进。果然，这一反常行动，给敌人造成了错觉：习惯夜间活动的共军竟然在大白天行军，一定是"败退山东，不堪再战"。

于是，整编第26师和第1快速纵队按预定计划由峄县继续向东进犯。中将师长马励武见一路上畅通无阻，更加得意忘形起来，认为临沂县城指日可待。恰逢新年到来，马励武命令部队原地休整过节，并搜罗鸡猪牛羊，运来兰陵美酒，犒赏三军。

喝得酩酊大醉的马中将一手拿着酒杯，一手指着临沂方向，口出狂言："再过三天，我可以打赌，国军一定能进临沂城。进不去，砍我姓马的脑袋。"

元旦之晚，正当这位溜回峄县城过新年的马师长怡然自得地观看京剧《风波亭》时，一场风波突然降临了。马励武在被俘后曾供述：

迄一九四七年一月一日早晨，并无战斗动作。我认为可能今后过几天才能有仗打呢，乃于元旦上午在前方师司令部举行庆祝元旦及会餐之后，即将前方指挥任务交由副师长曹玉珩和参谋长郑辅增负责，并在电话中征得驻在峄县的整二十七军军长李玉堂的同意，回到峄县，当面与其商谈作战部署并作新年的祝贺。我随即乘车离开前方。当晚才到峄县，与李玉堂面谈后，回到后方师司令部，参加元旦晚会观看京剧团演出的《风波亭》。正看得愉快时，忽接李玉堂的电话，谓前方已经打起来了，据守备枣庄的整五十一师师长周毓英的报告，在其某部方面可闻到激烈的枪炮声。我即电话询问前方，但此时电话不通了，不得已乃用无线电话与前方保持联系。次日，即一月二日晨，我令武装部队约两个连沿公路侦察，并拟即回前方。但据侦察报告，谓交通已阻断，武装乘车极不安全，不能回防。请示李玉堂后即在峄县指挥，但前方情况已完全不能了解了。

围歼整编第26师及第1快速纵队的战斗打响后，猝不及防的敌人被打得晕头转向，加之主将不在，缺乏统一指挥，很快就乱成了一锅粥。

2日晚，右纵队攻占北侧的平山、石城崮、青山、凤凰山、尚岩等阵地，

《鲁南战役》（油画）

歼灭守军4个多营，直逼整编第26师主阵地及指挥中枢。同时占领了峄（县）临（沂）公路上的傅山口、四马寨要点，切断了整编第26师西撤与峄县、枣庄国民党军东援的道路。

左纵队的第1纵队主力包围了卞庄；第1师由鲁坊向西穿插，至3日上午，占领洪山镇、横山、兰陵一线，构筑阻援阵地，切断了整编第26师与整编第33军的联系。

3日上午，山东、华中野战军完成了对整编第26师和第1快速纵队的包围与分割，全力压缩包围圈，逐点攻歼守军。当夜，第8师攻克马家庄，歼灭整编第26师师部及直属队，守军在失去指挥后陷入更大的混乱。第9师和第4师第10团经彻夜激战，全歼据守太子堂的第44旅。据守卞庄、向城之第169旅两个团在突围时也被歼于野外。

战至4日晨，整编第26师已大部被歼，其残部与第1快速纵队被压缩、包围在卞庄西南之陈家桥、作字沟狭窄地区内。

4日上午，总攻即将发起。突然，寒风疾吹，雨雪齐降，道路泥泞。作战参谋请示粟裕是否推迟总攻时间，粟裕笑道："这是天老爷帮我们的忙。雨雪交加，道路难行，把敌人的重装备陷在那里，他就更难逃脱了。"

果然不出粟裕所料。10时许，第1快速纵队及整编第26师残部见增援无望，便以坦克开路，企图向峄县方向突围。敌人慌不择路，一头扎进了下湖、漏汁湖一线的低洼水洼地带。号称"国军精华"的第1快速纵队再也快速不起来了，坦克、大炮、汽车等重型装备统统陷在泥泞的道路上，如蜗牛般艰难

我军踏雪向敌发起攻击

鲁南战役中，第1快速纵队汽车被击中起火燃烧

爬行。

左、右纵队抓住有利时机，顶风冒雪，以追击、侧击、堵击等手段多路勇猛穿插，分割围歼逃敌。这是山东、华中野战军首次与国民党军装甲部队交手，既缺乏反坦克器材，又无实战经验。广大干部战士把战前充分研究的各种反坦克手段施展出来。

在战术上，首先集中兵力、火力歼灭伴随坦克作战的第80旅，使坦克失去步兵的掩护。在技术上，选择快速纵队必经道路，炸桥、破路，挖掘深沟，改造地形，迟滞其行动；集中仅有的战防炮以穿甲弹轰击坦克行军行列，首先击毁其先头数辆，堵塞通道；在阻击阵地前设置陷阱，堆积柴草，待坦克接近时即纵火焚烧；以汽油瓶、集束手榴弹等炸毁坦克履带、油箱。

时任山东野战军第8师第30团团长的黄作军回忆道：

隐蔽在庄东南角交通壕一线的五、六连的轻机枪、六〇炮和营部的重机枪，一齐对准坦克上的敌人猛烈射击。敌人被打得像下饺子一样，纷纷从坦克上滚了下来。有的当场被自己的坦克轧死、轧伤，有的喊爹叫娘，有的慌忙逃跑或装死躺下。战士们在轻重机枪的掩护下，迅速跃出战壕，冲向敌人的坦克群，同敌坦克进行搏斗。有的战士用手榴弹炸坦克的履带，有的爬到坦克顶上，用铁稿猛击坦克的观察孔，使敌人变成瞎子，有的撬开坦克炮塔上的铁盖，向里面扔手榴弹。战士们就这样同敌坦克进行顽强的战斗。

在河沟北头的七连战士们，一见敌坦克，迅速冲了上去。有两辆坦克气势汹汹地冲来，企图冲破我军阵地，为后面的坦克打开一条逃路。二营副教导员张东明，立即指挥重机枪向敌坦克射击，掩护战士靠近敌坦克。敌人一看我们的战士冲了过来，吓得掉头向西仓皇逃跑。在这关键时刻，七连的七班长刘善德，把七八枚手榴弹捆在一起，冲上去送到敌坦克的履带下，炸断了坦克的履带。接着，他又向另一辆坦克冲去，不料被坦克转动的炮管擦破了额头，鲜血流得满脸都是。同志们叫他包扎一下，他用袖子把脸一擦，说了声"没关系！"就拿着手榴弹又冲上了坦克。他骑在坦克的炮管上，用手榴弹猛砸坦克的顶盖，大声喊："快缴枪投降，要不就让你们'坐飞机'了！"敌人从瞭望孔一看，吓坏了，慌忙打开顶盖。刘善德趁机举起手榴弹高喊："缴枪不杀！"三个敌人连喊："我们缴枪，请饶命。"战战兢兢地举起枪和白手巾，从坦克里钻了出来。

战斗中，第1师第8团排长李教清连续攀登敌人2辆坦克，从顶盖塞进手榴弹，吓得另外1辆坦克的驾驶员举起白旗投降，创造了只身俘获敌人坦克3辆的范例。

就这样，激战至15时，除7辆坦克漏网逃到峄县外，整编第26师和第1快速纵队基本被歼灭。

正如粟裕事先所料，围歼整编第26师和第1快速纵队的战斗打响后，整编

鲁南战役中缴获的美制 M3A3 轻型坦克，后在济南战役中被授予"功勋坦克"称号

第 51 师和整编第 33 军在徐州"绥靖"公署的严令督促下,派出小部兵力向东增援,一受阻击,迅即撤退。位于整编第 26 师南侧的整编第 77 师见势不妙,擅令先头部队自兰陵、小忠村一线后撤至洪山地区,后派小部兵力到兰陵以西虚张声势,同时谎报遭到共军主力迎头痛击,将部队迅速撤退到台儿庄及运河以南地区。

时任整编第 77 师少将副师长的许长林回忆道:

1947 年元旦的早晨,第七十七军(注:时已改为整编第 77 师)忽接到情报,得知解放军有很多番号的纵队已出了山区,向马励武部展开分段围歼的态势。这时第一三二师(即整编第 77 师第 132 旅)方面也有情报到来,说长城方面已发生情况,师长过家芳请示以后的行动。这时军部正在准备过新年,忽听这种情况都慌忙起来。军长王长海当即叫参谋长向冯治安总部报告,一面密令过家芳注意当面和友军的情况,准备向后撤退。随即派有力情报人员去兰陵镇以北搜集情况。次日得知解放军对马励武沿峄临公路的部队在下庄附近和兰陵以北地区已形成围歼状态,展开了战斗。这时马励武还在峄县城内过新年,王长海不待绥区的指示,擅自急令第一三二师速撤至军部驻地小梁璧以北、洪山以南地区集结,同时命第三十七师放弃四户的警备。第三天,马励武部已进入被歼灭的紧急状态,徐州薛岳急电令第七十七军火速前去增援。这时王长海犹豫不决:不去又怕马励武报告他迟援不救,去吧又怕遭到马励武部同样的命运,而且如有损失,冯治安也不愿意。他召集我和参谋长商量对策,但这是关系军令和部队存亡的问题,谁也不敢擅作主张、提出具体意见。再由于王长海平日蛮横跋扈,有功归己,有过归人,到这紧急关头更不多言了。但徐州方面一再来电话催问部队的行动,王长海在这种千钧一发之际,只有自己拿主意了。他在无可奈何的情况下气愤地说:"好了,将来要问罪,杀我的头。"他采取了应付的方式办法,只去一部,不全部都去,并拟定去的一部伪造情况逃避战斗。

战斗结束后,陈毅、粟裕等赶到战场视察。只见美制坦克、大炮和汽车横七竖八地停在漫坡遍野上,枪支、弹药、通讯器材累积成堆,生活用具、食品、药物、被服遍地皆是。

大批浑身沾满泥浆的国民党军俘虏被押下战场。一名坦克兵垂头丧气地

被我军缴获的国民党军坦克

说："我们在印缅战场作战三年，一直是向前冲，美国人对我们也很看得起，想不到今天会败得这样惨！"

马励武得知整编第26师和第1快速纵队全军覆灭的噩耗后，如五雷轰顶，半天没有说出一句话来。他在日记中哀叹道："此诚余带兵以来对外对内作战损失最惨痛之一役也。"

还没容马励武从悲伤中缓过神来，陈毅、粟裕已指挥大军兵临峄县城下。

峄县守军为整编第51师第114旅一部、整编第52师第98团及整编第26师后方机关、地方保安团队等，共7000余人。

山东、华中野战军决心以右纵队攻取峄县；以左纵队第1师攻取枣庄、齐村；以第1纵队、第13旅及第10师分别位峄县西南及以西地区，阻击可能由台儿庄及临城增援之国民党军。

9日晚，右纵队向峄县发起总攻。守军虽然兵力薄弱，但城防工事坚固，妄图固守待援。

攻城部队充分发挥了炮兵的威力，将刚缴获的榴弹炮及参战部队的各种火炮共28门混合编组为4个炮兵群，周密区分目标。在1个小时的炮火准备中，把1500余发炮弹完全压制了守军城头工事、炮兵阵地及指挥所。第8师中有许多矿工出身的指挥员，擅长爆破技术。他们组成突击部队迅速炸开城门，后续部队突入城内，与守敌展开激战。至11日拂晓，全歼守敌，活捉马励武，并缴获了逃入峄县的7辆坦克。

马励武回忆道：

迄9日晚午夜，城西南角我的指挥所被新四军突破，同时北门又被攻入，城内混乱。我在此中，希望遇机脱逃。但由于解放军早已布下天罗地网，我无法逃出，至10日拂晓，终被解放军某部在城北门缴械，与溃乱的军队一块被集中到峄县东门外（约在10日上午3时）。我在休息中，听得新四军士兵对话说："咳！怎么不见马励武？""怕他跑了吧？""哼！跑了？跑不了！"我内心很不安，但不吭声，悄悄对我的亲信干部、参谋、副官、卫士说："不要吭声！等有机会再逃出去。"迄拂晓时，天亮了，

山东军区司令员陈毅（坦克上中）和副司令员张云逸（坦克前右）在缴获的坦克上与战士一起合影

视线明亮了，无法脱逃即随新四军某部押运停虏大队（五六百人）一块往峄县东北10余里某地新四军某部驻所。此时已有我的部属很多，他们看到了我不免有所表示。新四军干部侦知我确系二十六师师长马励武后，他们才把我和我的副参谋长牛犇提出去，问明身份，随即把我们俩单独押往新四军前方某地的政治部去了。

与此同时，左纵队第1师向枣庄方向发起进攻，连克外围据点，但在攻城时却遇到了麻烦。

枣庄是鲁南的一个重要据点，由国民党军整编第51师师部和2个团驻守。守军在日伪遗留工事的基础上，构筑了大量集团地堡，城内又有众多坚固的建筑物和煤矿坑道，形成了核心阵地与外围阵地紧密相连的防御工事，吹嘘为"固若金汤"，共军无法攻破。

第1师素以擅长野战、灵活机智、作风硬朗著称，但缺少重型火力和攻坚经验。加之国民党空军出动P-51型战斗机、B-25型轰炸机支援枣庄守军，更

3. 鲁南战役

枣庄战斗中，我军重机枪阵地

增加了攻城部队的困难。第 1 师两次攻城均告失利，伤亡不小。

这时，增援枣庄的国民党军整编第 11 师和整编第 64 师进抵台儿庄、韩庄一线，整编第 74 师也正向新安镇疾进。若不能立即拿下枣庄城，局势将不利于我方。

陈毅、粟裕决定以第 1 纵队主力攻击齐村；同时派擅长攻坚的第 8 师一部及第 1 纵队 2 个团，协同第 1 师全力突击枣庄。

攻城部队经过充分准备，在强大的炮火支援下，于 19 日下午发起对枣庄的总攻。各部队以连续爆破打开 5 个突破口，攻入城区，与守军展开逐屋逐堡的争夺。战至 20 日下午，全歼守军，俘中将师长周毓英。

战役期间，山东解放区组织支前民工 60 余万人，出动大小车 1500 余辆、担架 6000 余副。北自曲阜，南至台儿庄地区，西起临枣公路两侧，东到海滨之赣榆，到处都是车轮滚滚和成群结队的民工，有力地保障了部队作战。

此役历时 19 天，山东、华中野战军共歼 2 个整编师部、4 个旅、1 个快速纵队（含步兵 1 个旅）另 1 个团 5.3 万余人，缴获坦克 24 辆、各种火炮 200 余门、汽车 474 辆，首创华东战场人民解放军一次歼灭国民党军 2 个整编师和 1 个快速纵队的纪录，挫败了国民党军进攻临沂的计划，获得了对机械化部队作战的经验，并为组建自己的特种兵部队奠定了基础。

中央军委高度评价了鲁南战役的意义，指出："鲁南胜利，局面打开，我已夺取主动，敌已陷于被动。"

在鲁南战役中被俘的整编第 51 师军官一部

战后，陈毅即兴赋诗：

快速部队走如飞，
印缅归来自鼓吹。
鲁南泥泞行不得，
坦克都成废铁堆。
快速部队今已矣，
二十六师汝何为？
徐州薛岳掩面哭，
南京蒋贼应泪垂。

4. 莱芜战役

　　1946 年底 1947 年 1 月，人民解放军在华东战场连续进行了宿北、鲁南等战役，大量歼灭了国民党军队有生力量。但敌强我弱、敌攻我守的总体态势依然没有改变，因此主动放弃了苏皖地区。

　　2 月初，山东野战军、华中野战军和山东军区部队合编为华东野战军。陈毅任司令员兼政治委员，粟裕任副司令员，所属部队整编为 11 个步兵纵队和 1

华东野战军部分领导人合影

个特种兵纵队，总兵力约 30 万人。主力集结于山东临沂地区，2 个纵队位于苏中、苏北坚持敌后斗争。

在华东野战军正式组建前夕，毛泽东便确定："在陈毅领导下，大政方针共同决定，战役指挥交粟裕负责。"

陈毅对粟裕说："我们一如既往，军事上主要由你考虑。"

粟裕恭敬地回答："我还是像过去一样，尽力当好你的助手。"

在中国人民解放军高级将领中，陈毅、粟裕二人可谓渊源颇深。

1927 年 8 月，陈毅、粟裕都参加了南昌起义，并随起义军主力转战闽粤赣湘边界。1928 年湘南起义时，陈毅任工农革命军第 1 师党代表，而粟裕是该师第 5 连政治指导员；随后二人同上井冈山，见证了"朱毛会师"。当时，陈毅在红 4 军任军委书记，粟裕任连长，共同参加了创建井冈山根据地的斗争，是"井冈山的老战友"。

1929 年 1 月，陈毅、粟裕二人随朱德、毛泽东率领的红 4 军主力离开井冈山，转战赣南、闽西。陈毅出任红 22 军军长时，粟裕曾任该军第 64 师师长，参加了中央苏区的历次反"围剿"斗争。

红军主力长征后，陈毅、粟裕二人都在同党中央失去联系、孤悬敌后的困境中，各自独立领导了赣粤边和浙南红军三年游击战争。

南方八省游击队改编为新四军后，陈毅任第 1 支队司令员，粟裕任第 2 支队副司令员。1939 年冬，陈毅出任新四军江南指挥部指挥，粟裕为副指挥。随后，二人率部挺进苏北，组建苏北指挥部，分任正、副指挥，一起指挥了黄桥战役。皖南事变后，陈毅出任新四军代军长，粟裕任第 1 师师长，共同指挥了泰州战役、苏北苏中 1941 年夏季反"扫荡"等，度过了抗日战争中最艰难的岁月，把苏中建设成为华中一块坚强的革命根据地。

抗日战争胜利后，陈毅任山东野战军司令员，粟裕任华中野战军司令员。1946 年底至 1947 年 1 月，山东、华中两大野战军会师，在陈毅、粟裕的共同指挥下，取得了宿北、鲁南战役的伟大胜利，沉重打击了进犯山东解放区的国民党军。

陈毅、粟裕二人并肩战斗了十多年，关系融洽，配合默契，结成了"陈不离粟、粟不离陈"的深厚友谊。

陈毅比粟裕年长 6 岁，又一直是粟裕的老上级，但从来不对粟裕摆老资格。对粟裕的指挥能力，陈毅相当信任，十分倚重。往往战役决心下定后，指

解放战争时期的陈毅和粟裕

挥就放手交给粟裕。甚至当战役打响后，陈毅常常回到自己的住处静候佳音。对此，陈老总的解释是："我适当走开很有必要，免得粟司令事事向我报告，贻误时间。"

陈毅还不止一次地对粟裕说："今后还是一如既往，军事上我出题目，主要由你来做文章。至于先打谁，后打谁，什么时间，在什么地方，怎样打，请你大胆负责地考虑和组织指挥。"

粟裕也从没有辜负陈毅的厚爱，在危机四伏的战场上，总是坚定沉着，明察秋毫，不为各种扑朔迷离的情况所迷惑，也不为各种似是而非的建议所动摇，坚定从容地实施不间断的指挥，取得了一个又一个的辉煌战果。

粟裕不仅非常尊重陈毅，视为自己的老首长、老大哥，每每遇到重大决策时，必须要首先征得陈毅的支持，而且当碰到有任务艰巨或关键时刻部队来电话叫困难，自己又不便多说时，就把话筒递给陈毅，要这位老大哥为自己"撑腰"。

陈毅当仁不让，甚至不管刚才听没听到粟裕说了些什么，拿过话筒就说："你们要坚决按粟司令的指示执行，粟司令的意见就是我的意见，你们坚决照办！"

正是因为这种关系，粟裕从心里敬佩陈毅，在许多正式场合，一再反复强调：全野战军都要尊重陈老总的领导和指挥。他自己更是以身作则，重大问题都向陈毅请示报告。

参加南昌起义的部分干部合影（右1陈毅，右4粟裕）

山东、华中两大野战军合编后，人们仍习惯地称他为粟司令。粟裕总是立即纠正："我现在是副司令员，怎么还叫粟司令？华野只有一个司令员。应当叫我副司令员。"

此时的山东解放区，残冬尚未褪尽，但已显露勃勃生机。对于刚刚组建的华东野战军来说，尽管仍然面临着敌人重兵进攻的严重挑战，但是全军上下满怀必胜信念，迎接新的胜利的春天。

的确，进入1947年后，全国战局继续以华东战场为中心展开，主战场转入山东解放区。虽然国民党军在宿北、鲁南连遭打击，损失惨重，但南京统帅部依然盲目乐观。

参谋总长陈诚错误地判断华东野战军放弃苏皖地区，说明经此两役已"伤亡惨重，续战能力不强"，并面陈蒋介石，声称"共军大势已去""国军部队虽受损失，但就全盘战局而言，实属莫大之成功"。他还主动献计：临沂是山东解放区首府，若国军攻打临沂，共军势在必争，这正可以在临沂地区发动一场会战，聚歼华东共军。

据此，蒋介石亲自主持制订了"鲁南会战"计划，在陇海、胶济、津浦三条铁路线上，共调集15个整编师（军）59个整编旅（师）共31万人的兵力，妄想在临沂地区寻求与华东野战军决战，进而占领华东解放区。其中用于南北两线突击集团的兵力，就达11个整编师（军）30个整编旅（师）之多，企图以临沂、蒙阴为目标，南北对进，夹击华东野战军。

山东战场上的国民党军

　　南线以整编第 19 军军长欧震指挥 8 个整编师（军）21 个旅（师）为主要突击集团，由台儿庄、新安镇、城头一线分三路沿沂河、沭河向临沂进攻；北线以第二"绥靖"区副司令官李仙洲指挥 3 个整编师（军）共 9 个旅（师）为辅助突击集团，由淄川、博山、明水（今章丘）等地南下莱芜、新泰、蒙阴一线，威胁临沂侧后，配合南线进攻；另以 8 个整编师（军）担负陇海、津浦、胶济铁路沿线守备任务；此外，还从冀南、豫北战场抽调王敬久集团 1 个军另 3 个整编师集结于鲁西南地区，企图隔断晋冀鲁豫野战军和华东野战军的联系，并伺机加入鲁南、鲁中作战。

　　为了实现这一计划，蒋介石亲自到徐州部署，向徐州"绥靖"公署主任薛岳面授机宜，并派陈诚坐镇指挥，又令空军总司令周至柔亲率空军对临沂实施轰炸，配合地面作战。陈诚叫嚣："党国前途，剿匪成败，全赖于此，只许成功，不许失败！"

　　1 月 31 日，南线欧震集团由台儿庄至城头一线，沿陇海路分三路向北发起全线进攻。这次进攻，国民党军吸取了以往孤军冒进被各个歼灭的教训，采取"集中兵力、稳扎稳打、齐头并进、避免突出"的作战方针，每日以平均 6 公里左右的速度稳步推进。

　　在兵力配备上，陈诚煞费苦心，采取"烂葡萄里夹硬核桃"的部署，将整编第 74 师、整编第 11 师这两支一等王牌主力部队及战斗力相当强的整编第 25 师作为"硬核桃",分别摆在南线欧震集团的三路部队中,左右两翼各配备几支作为"烂葡萄"的杂牌军和二流部队。若共军要插入中间攻击其中一支王牌军,两翼的杂牌部队和另外两支王牌军即可接应增援,让共军啃不动这个"硬核桃";若共军先打两翼杂牌军,则拼着先牺牲几个"烂葡萄",待共军精疲力竭之时再以"硬核桃"王牌主力出击。

蒋介石对此十分满意,认为横扫山东共军指日可待。陈诚甚至扬言:"即便全是豆腐渣,也能撑死共军!"

同日,中央军委电示华东野战军:"蒋介石企图于三月莫斯科三国外长会议以前击败我军。据南京息,国军日内即将进攻,似此甚有利于我在野战中大量歼敌。我军方针似宜诱敌深入","总之,此次国军孤注一掷,我军必须有全盘计划,准备以连续作战歼灭其十个旅左右,便可彻底打破其进攻,而这是完全有把握的。"

早在几天前,华东野战军就已经得知敌人有"集结更大优势兵力与我在鲁南决战"的企图。根据中央军委指示,华东野战军前委于 2 月 1 日研究敌情,决定集中 50 多个团的兵力,先打南线之敌,诱敌北进至临沂外围,予以各个歼灭,并制定了在临沂及其以南地区作战的三个方案。

第一案:待敌占郯城、马头后,首歼翼侧暴露、战斗力较弱的右路整编第 25 师和整编第 65 师一部于郯城以东、海州以西地区。

第二案:如左路之敌前进较快,则首歼该路整编第 11 师于沂河以西之苍山地区。

山东解放区群众欢送我军开赴前线,粉碎国民党军的重点进攻

莱芜战役中，我军某部在急行军

第三案：如敌两翼均迟迟不前而中路突出时，则首歼较强之整编第74师于沂河、沭河之间。该敌虽然战斗力较强，但当其沿郯（城）临（沂）公路北进与两翼距离较远时，可能被歼灭。

在以上三个方案中，最好执行第一方案，歼敌右路；其次执行第二方案，歼敌左路。为促使敌军两翼冒进突出，由第3纵队主力正面坚决抗击中路之敌，以创造歼敌机会。

然而，狡猾的敌人并没有轻易上钩。当第3纵队在正面与中路的李天霞整编第83师接触后，左路的胡琏整编第11师和右路的黄百韬整编第25师非但未突出冒进，反而就地构筑工事，等待北线兵团逼近后再行决战。

2月2日，北线李仙洲集团整编第46师、第73军（欠1个师）及第12军分兵两路，自博山、明水沿胶济线向南进攻，先头部队于4日占领莱芜、颜庄。

3日，中央军委电示华东野战军前委：在敌发动进攻前，要抓紧时间休整部队，"多一天好一天，休整即是胜利"；待敌发动进攻后，要"诱敌深入，敌不动我不打，敌不进到有利于我、不利于敌之地点我亦不打，完全立于主动地位"；歼敌时，要"集中绝对优势兵力"，"先打弱者，后打强者"，"每次歼敌不要超过四个旅，最好是三个旅，一则保证速胜，二则手中留有未使用的大量兵力，可以接着打第二仗"。

4日，中央军委又来电指示："不管邱（清泉）军到鲁与否，敌愈深进愈好，我愈打得迟愈好；只要你们不求急效，并准备于必要时放弃临沂，则此次我必能胜利。目前敌人策略是诱我早日出击，将我扭打消耗后再稳固地进占临沂，你们切不可上当，必须等候敌进至郯城、临沂之中间地带（比较接近临沂），然后打第一仗为上策。"

根据中央军委的指示和战场实际，陈毅提出了一个"舍南取北"的作战构想：与其在南线待机过久，不如置南线之敌不顾，而以主力转兵北上，以绝对优势兵力歼灭李仙洲集团。

粟裕也认为南线之敌在兵力、装备和物力等条件上占有优势，而且行动谨慎，不易各个击破。北线之敌兵力较少，战斗力相对较弱，蒋介石嫡系第73军和桂系整编第46师、东北军第12军之间的矛盾较多，而且孤军深入，已对我后方形成威胁。同时，国民党军固执地认为临沂是山东解放区首府，我军不会弃临沂不顾。因此，若我军放弃临沂，主力隐蔽北上，打击北线之敌，既可置南线欧震重兵集团于无用之地，避免不利条件下的决战，又可出其不意地歼灭北线李仙洲集团，粉碎敌人南北夹击的企图。

于是，陈毅、粟裕等人又重新拟订了三个作战方案，于5日上报中央军委：

第一方案：以第2纵队东进，进攻白塔埠，歼灭起义后又叛变的国民党军

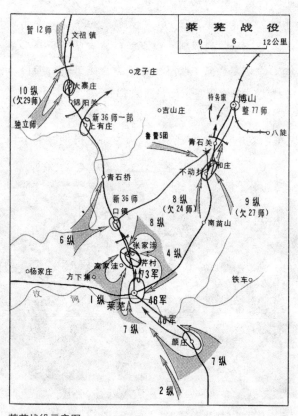

莱芜战役示意图

郝鹏举第 42 集团军所属 4 个师（相当于整编旅），并威胁海州，给敌人制造错觉，以吸引欧震集团东援，寻机以第 3、第 4 纵队配合第 2 纵队在运动中歼其一路；如敌主力不增援，或仅以小部来援，而以东、中两路迅速向临沂挺进，则集中全力歼整编第 11 师于沂河以西地区。

第二方案：如敌仍坚持密集推进，则以 1 个纵队在临沂以南监视敌人，主力转移至临沂以北地区，待欧震集团北进时，再寻战机歼敌。

第三方案：若欧震集团仍不北进或北进缓慢无战机可寻，则放弃临沂，留 1 个纵队于临沂地区与敌纠缠，迷惑敌人，主力北进寻机歼灭李仙洲集团，平毁胶济线，威胁济南，以吸引南线敌人进入临沂以北山地或增援胶济线，而后我再举力反攻，各个歼灭之。

在这三个方案中，华东野战军前委倾向于第三案。后来，粟裕回忆道：

错乱敌人部署，创造有利战机，是决定这次战役成败的关键。蒋介石、陈诚的鲁南会战计划在战略指导上犯了一个大错，他们集中兵力攻临沂，认为这符合兵法上"攻其所必争"的原则，逼我就范，在临沂地区和他们会战，进而将我聚歼，是他们的如意算盘！我们没有必要为保卫临沂而陷入被动。我们要按照自己的意图打仗，叫蒋介石、陈诚听我们指挥。

6 日，中央军委复电同意第三方案，认为"这可使我完全位于主动地位，

华东野战军第 2 纵队第 12 团在总结讨伐郝鹏举部的战斗经验

使蒋介石完全陷于被动。"并指示南线华野部队"在原地整训，对外装出打南线模样"，待北线李仙洲集团第12军占领莱芜，第73军、整编第46师占领新泰、博山一线后，再秘密北上；北线渤海区部队停止攻击，以使李仙洲集团放手南进。

为了迷惑和调动敌人，华东野战军采取了一整套示形造势之计，首先命令第2纵队迅即发起讨伐南线之敌郝鹏举的战斗。

郝鹏举，河南人，为人奸诈圆滑，毫无廉耻之心。抗战期间投靠日本人，当了可耻的汉奸，任汪精卫伪淮海省长兼第6路军总指挥。抗战胜利后被国民党军收编。1946年春在新四军强大军事压力和政治争取下宣布起义。1947年1月又叛变投靠蒋介石，出任国民党军第42集团军总司令，在"鲁南会战"中担负南线欧震集团的侧翼掩护任务。

战斗于2月6日打响，经过一个昼夜的激战，第2纵队全歼郝鹏举总部及所属2个师于白塔埠、驼峰镇地区，活捉郝鹏举。

面对华东野战军的"讨郝"作战，陈诚无动于衷，眼睁睁看着郝部被歼，就是不发一兵一卒相援。南线欧震集团不仅没有改变齐头并进的开进态势，其

鲁西南群众踊跃支前

右路整编第 25 师和整编第 65 师反而由郯城以东向后缩至桃林地区。

这时，北线李仙洲集团由颜庄继续南下，并于 8 日进占新泰。

为迟滞、破坏北线之敌的进攻，莱芜地区党政军民组织了由 10 万人参加的破袭活动，奋战 7 昼夜，将由莱芜至明水、新泰、博山等地的交通干线、支线破坏殆尽，使敌军补给极为困难。

坐镇济南的第二"绥靖"区司令官王耀武不得不电告李仙洲：粮食就地补充，弹药由各部自行接送，道路自行修补。无奈之下，李仙洲只得抽出 2 个师维护补给线。

9 日，华东野战军司令部侦察科长严振衡在莱芜、新泰地区进行敌前侦察时，巧遇整编第 46 师的杨斯德（中共地下党，化名李一明，公开身份是整编第 46 师师长韩练成的秘书），得知北线李仙洲集团的最新部署：整编第 46 师担任前锋，位于新泰；李仙洲总部率第 73 军第 15、第 93 师和第 12 军新编第 36 师居中，位于颜庄地区；第 12 军第 111、第 112 师担任后卫，位于莱芜城和城北吐丝口镇。这样，李仙洲集团的 3 个整编师（军）自北向南呈一字长蛇阵态势，极利于我分割围歼。

据此，华东野战军指挥部决定立即转兵北上，迅速切断整编第 46 师和第 73 军的联系，首歼李仙洲总部及第 73、第 12 军，再集中全力歼灭整编第 46 师，而后进击胶济路。

为迷惑南线敌人，华东野战军特意在临沂及其以南构筑三道阵地，摆出一副决战架势。待主力秘密北移后，留下 2 个纵队佯装主力，使敌产生华东野战军主力仍在南线准备与之决战的错觉；同时准备放弃临沂，制造出连续作战后

《莱芜战役》（油画）

过于疲惫不堪再战的失利假象；组织地方武装进逼兖州，大张旗鼓地在运河上架设浮桥，在黄河边筹集渡船，诱敌产生华东野战军西进与晋冀鲁豫野战军会合的错误判断。

关于假渡运河一事，粟裕还特意使出一招"瞒天过海"之计，指示渡河部队声势一定要大。如果兵力不够，可以白天过河，晚上悄悄回来，次日白天再过去。

10日夜，华东野战军前委于临沂以北介庄下达"野战字第24号"北线作战行军命令：令位于临沂附近的第1、第4、第6、第7、第8纵队分左、中、右三路兼程北上；令第2、第3纵队在临沂以南采取宽正面部署，大造声势，阻击南线欧震集团8个整编师的进攻；令位于胶东和渤海地区的第9、第10纵队急速南下博山、明水地区参战。

在这一系列的"假动作"后，鲁南前线国军将领们被搞得晕头转向，根本无法辨别华东野战军北上作战的真实意图，频频向南京和徐州上报"空前大捷"，谎称"在临沂外围歼灭共军16个旅"。

15日，华东野战军南线牵制部队主动撤出临沂，留给国民党军一座空城。

收到南线"光复临沂"的捷报后，蒋介石喜出望外，认为："国军克服临沂后，陇海路两侧军事暂可以告一段落，以后的问题都在黄河以北了"，"剿匪军事最困难的阶段已经过去"，并断言在半年内可以肃清"共匪"。

国民党宣传部长彭学沛在南京叫嚣："攻占临沂为国军在鲁南决战的空前大胜。"陈诚连忙召开中外记者招待会，发布"辉煌战绩"，大肆吹嘘："陈毅残部已无力与国军作战，欲与刘邓部会合，国军正在追剿中。山东之大局指日可定。"

蒋介石和陈诚完全陶醉在这伟大的"胜利"中，根据空军侦察到共军正在运河上架桥等情况，判断华东共军放弃临沂是"伤亡惨重，无力与国军作战，企图西渡运河与刘邓会师"，便一再电令督促北线李仙洲集团迅速南下，以实现南北夹击的计划。

然而，就在南线欧震集团占领临沂的当天晚上，李仙洲集团突然停止前进，全线北撤。

原来，王耀武感到南线未经激战就占领临沂，这个胜利来得有点太轻松了。加上接到所属各部陆续发现共军部队北移的情报，怀疑华东野战军主力可能已经改变作战方向，顾虑南下的李仙洲集团有被分割歼灭的危险，就未经蒋

4.
莱
芜
战
役

莱芜战役中，沂蒙山区民工担架队整装待发

介石、陈诚批准，擅自命令李仙洲集团立即收缩兵力，同时致电陈诚，要求"准予机动作战"。

16日，第46军由新泰撤至颜庄；第73军和李仙洲总部由颜庄撤至莱芜，第12军第36师由蒙阴寨退至吐丝口镇，第12军主力则退到明水。

但蒋介石、陈诚被南线的报告所迷惑，坚持认为共军"伤亡惨重，不堪再战""东临大海，西际湖山，局踞一隅，流窜非易"，电令王耀武不得擅自撤退，迅速南进，重占新泰、莱芜，并派部队至蒙阴、大汶口堵击共军。同时命令南线整编第11、第64师等部西开临城，沿津浦路北上。

蒋介石仍不放心，又给王耀武写了封亲笔信。信中称共军"现已无力与我主力部队作战，并有窜过胶济路、北渡黄河避战的企图。为了吸引敌人，不使北渡黄河得有喘息的机会，而在黄河南岸将敌歼灭，以振人心，有利我军以后的作战。切勿失此良机，务希遵照指示派部队进驻新泰、莱芜"。

王耀武不敢抗命，于17日复令李仙洲以整编第46师再占新泰、第73军第193师进占颜庄，总部仍位于莱芜。不过，王耀武还是对蒋介石的命令打了个小小的折扣，命令第12军除新36师由蒙阴寨退至吐丝口镇外，该军主力由莱芜、口镇退至明水。两天之内，北线敌情发生了戏剧性的变化。

此时，华东野战军主力正在北移途中，冒严寒，踏山路，昼伏夜出，边行军边动员边准备。前委判断敌尚未察觉我军企图，遂于18日决定："仍本既定之方针，集全力首歼北线之敌，而后或乘胜扩张战果或南下聚歼临沂北援之

华东野战军某部向莱芜国民党守军发起进攻

敌。" "战役之第一步计划，求得全歼 73 军及李仙洲总部；第二步再解决伸至新泰之顽 46 军。"同时对各纵队的任务区分进行了调整。

19 日，华东野战军主力到达莱芜周围地区，并形成对莱芜城的合围态势。

当日，王耀武接到第 73 军军长韩浚的报告：莱芜以西和西南发现共军；接着整编第 46 师也报告在向新泰开进途中和共军遭遇。

直到这时，王耀武才判明华东野战军确有围歼李仙洲集团的意图。为避免被各个击破，遂命令整编第 46 师一部星夜由新泰撤至颜庄，第 73 军率第 193 师由颜庄退至莱芜，并令在博山的第 73 军第 77 师自张店迅速南下莱芜归建。

华东野战军前委及时获悉这一变化后，再次迅速调整了部署：以第 1、第 4 纵队和第 8 纵队 1 个师攻歼莱芜之敌；以第 7 纵队截断颜庄整编第 46 师与莱芜第 73 军的联系，以第 8、第 9 纵队主力配属部分地方武装在博山以南地区伏击南移的第 77 师，其余各部任务不变。同时规定伏击第 77 师的战斗于 20 日下午 3 时打响，其余均于黄昏后发起攻击。

20 日拂晓前，第 8 纵队（欠第 24 师）、第 9 纵队及鲁中警备第 5 团进至和庄、不动村两侧地区，做好了伏击准备。

下午 1 时，由博山南下归建心切的第 77 师进入预伏地区。

伏击部队随即发起攻击。鲁中警备第 5 团向青石关出击，断敌退路；王建安和许世友分别率领第 8 纵队主力和第 9 纵队迅猛发起攻击，将敌分割包围，歼其一部。

莱芜战役中被俘虏的国民党军官兵

战至黄昏，第 77 师被迫收缩于和庄、不动村狭小地域进行防御。21 日拂晓，全歼该师，击毙少将师长田君健。

其余各纵队于 20 日晚全线发起进攻。第 1 纵队经彻夜战斗，攻占莱芜城西、北郊的矿山、小洼等要点，连续打退了敌人在飞机掩护下的猛烈反扑，为后续各纵队赶赴战场赢得了时间；第 6 纵队一部于 20 日晚突入吐丝口镇；第 10 纵队占领锦阳关，切断了敌军向明水北逃之路。

王耀武发现中计，为确保胶济铁路，急令李仙洲迅速收拢部队，向吐丝口镇方向突围。

但为时已晚。至 22 日上午，华东野战军主力将李仙洲集团指挥所、第 73 军主力及整编第 46 师包围于莱芜城内。

对于莱芜守军下一步的可能行动，前委判断：一是固守莱芜，二是向北突围，而且突围的可能性较大。遂决心对莱芜之敌采取"围三阙一，网开一面"的战法，放李仙洲集团出莱芜城，待敌全部出城后，以拦头、掐尾、两翼猛攻的战法，歼敌于莱芜至吐丝口镇之间。

为应付敌军的两种可能行动，前委再次调整部署：以第 1、第 7 纵队和正在开进中的第 2 纵队组成西突击兵团，歼灭莱芜、吐丝口镇以西之敌，并准备自西向东强攻莱芜城；以第 4、第 8 纵队组成东突击兵团，歼灭莱芜、吐丝口镇以东之敌，并准备自东向西强攻莱芜城；以第 6 纵队的 2 个师攻歼吐丝口镇之敌，以第 18 师在吐丝口镇以南之山头店、崔家庄一线布防，堵击北窜之敌。同时决定，如敌固守莱芜，则于 23 日晚从东、西两面对敌实施总攻；如敌向北突围，则在莱芜和吐丝口镇之间地区，布成口袋形阵地，歼敌于运动之中。为放敌出城并避免李仙洲集团出城后再次折返固守，令城北阻击部队略向后撤；令左、右路军待敌脱离城区阵地后再行占城；令城南部队待敌出城后积极向北进击。

此时，莱芜城内的李仙洲在解放军重重包围下十分恐慌，是守是撤，举棋不定。

王耀武认为据守孤城易于被歼，而突围北撤，既能接应、救援吐丝口镇守军，又有利于巩固胶济线及济南的防务，遂电令李仙洲率部迅速向北突围；并要求新编第 36 师守住吐丝口镇，作为北撤依托。

华东野战军胜利进入莱芜城

23 日晨，李仙洲采取兵分三路的突围部署：以第 73 军为左路，整编第 46 师为右路，总部居中，齐头并进。由于道路狭窄，人员、马匹、车辆争相夺路，秩序混乱。

早已同中共有联系的国民党军整编第 46 师师长韩练成，在陈毅委派的敌军工作干部劝告下，临阵放弃指挥，秘密脱离部队，藏身于莱芜城内，造成李仙洲集团内部更大的混乱，对莱芜战役的胜利做出了重要贡献。

李仙洲回忆道：

23 日拂晓以前，各部队均按照 21 日晚上的命令到达指定的地点集合完毕，待命出发。原来命令 6 时出发，各按照指定道路前进，因等候整编第四十六师师长韩练成，并派人到处去找，终未找到。韩练成自从颜庄来莱芜后，即不住整编第四十六师的司令部，而住在前方指挥所内，昼夜与我同吃同住，我有时叫他到师部去看看，他总是说我们师部的一切事情，均由参谋长杨赞谟负责处理没有问题。23 日早上，我与他一同由前方指挥所出发，我们走到东门外的时候，他说他要去城东高地找一个团长。我对他说，这时各团均已集合，不必

4.
莱
芜
战
役

1955 年被授予中将军衔的韩练成

去找。他说他已令某团长在某处等他，某团长不会去集合。我又说就是找也派传令兵去找，不必亲去。他说传令兵找不到，必须亲去，又叫传令兵送我到集合场师部找参谋长。说毕，随即转身进城。他本说到城东高地去找某团长，何以现在又进城，到底是怎么一回事，实在令我摸不着头脑。我到了集合场见到参谋长杨赞谋，问各部队到齐了没有，他说除警戒部队外均已到齐。又问某团长到了没有（即韩练成去找的那个团长），杨赞谋说到啦。这时更令我怀疑，但是无论如何不能丢下一个师长就走。当询杨及各旅旅长："你们师长到什么地方干什么去了？"他们都说不知。我又再派人去找，始终找不着。迟至 8 时许，第七十三军军长韩浚，因到这时还未出发，前来询问，乃于杨赞谋及各旅旅长研究不能再在此等候，才令各部开始前进。

上午 10 时，李仙洲集团先头部队进至芹村、高家洼一线，遭第 6 纵队顽强阻击。12 时许，李仙洲集团后尾刚脱离莱芜，第 4、第 7 纵队各一部立即占领

莱芜战役指挥所旧址

莱芜城，抢占阵地断敌退路。

与此同时，第1、第7纵队主力由西向东，第4、第8纵队主力由东向西，展开猛烈攻击，大胆穿插，分割围歼。

激战至17时，李仙洲集团总部和第73军（欠1个师）、整编第46师全部被歼灭于芹村至高家洼南北狭小地域内。身材高大、体形肥胖的李仙洲穿着一身不合体的士兵服，拖着一条还在流血的伤腿，在一名副官的搀扶下，试图趁乱逃命，但最终还是被活捉。

第73军中将军长韩浚率1000余人从华东野战军阵地空隙小洼部窜入吐丝口镇，会同新编第36师残部向博山方向溃逃。途中被第9纵队全歼于青石关、和庄地区，韩浚也当了俘虏。

时任华东野战军第1纵队司令员兼政治委员的叶飞回忆道：

敌军被歼之时，国民党军的飞机不断在上空盘旋。原来敌空军副总司令王叔铭正在战场上空指挥空军尽力轰炸和扫射，务期协同地面部队突围。王叔铭看到蒋军一片混乱，不得不用无线电话向李仙洲建议：反攻既不能成功，突围更非易事，不如退回莱芜固守待援。但李仙洲欲进不成，欲退不能。王叔铭也无可奈何，眼巴巴看着四万余官兵，包括李仙洲本人在内，均被我军俘获。我们的战士指着飞机讽刺道："飞吧，你飞来飞去，只两个钟头就把几万兵送终了。快飞回南京去向蒋介石报丧吧！"

莱芜战役纪念馆

王耀武得悉李仙洲集团被歼后，生怕共军乘势进攻济南，遂于23日晚命令胶济路西段的第12军等部星夜回窜济南，加强城防。至此，莱芜战役结束。

此役，华东野战军在3天之内，以伤亡8000多人的代价，歼灭国民党军1个"绥靖"区前方指挥所、2个军部、7个师5.6万余人，生擒第二"绥靖"区中将副司令官李仙洲，解放博山、淄川等13座县城，使渤海、鲁中、胶东解放区连成一片，粉碎了国民党军的"鲁南会战"计划，取得了打大规模运动战的经验，提前完成了中共中央给予的1个月至1个半月内歼敌10个旅左右的作战任务。奏捷之快、歼敌之多、代价之小，创造了解放战争以来华东战场的空前纪录。

5. 蒙泰战役

　　1947 年 2 月，全面内战进行了 8 个月，战争形势继续向着有利于人民解放军的方向发展。国民党军虽然侵占了解放区的 105 座城市，但同时也付出了惨重代价，被歼灭 71 万余人，相当于每占一座城市就要付出 7000 兵力的代价，而且战线越拖越长，兵力越来越分散，补给更为困难，包袱也愈加沉重，已无力进行全面进攻。

　　尤其是在山东战场，从 1946 年 12 月至 1947 年 2 月，短短三个月时间内，国民党军连吃三个败仗，宿北、鲁南、莱芜三战竟损兵折将 13 万之多，使鲁中、渤海、胶东、滨海四个解放区的几十个县连成一片。

莱芜战役结束时的陈毅

蒋介石气得暴跳如雷，大骂王耀武失职、李仙洲无能，下令撤销徐州、郑州两个"绥靖"公署，组成"陆军总司令部徐州司令部"，由陆军总司令顾祝同坐镇徐州，统一指挥。

粟裕对此评价道："薛岳用兵尚属机敏果断，而顾祝同则历来是我军手下的败将，这无异以庸才代替才干。在高级军事指挥人员的更迭上，正象征着国民党的日暮途穷，最后必然会走向崩溃。"

3月初，蒋介石在南京召开军事会议，总结前一段作战失利的教训："我们在后方和交通要点上，不但要处处设防，而且每一处设防必须布置一团以上的兵力。我们的兵力就都被分散，我们的军队都成呆兵，而匪军却时时可以集中主力，采取主动，在我广大正面积极活动，将我们各个破击。"

据此，蒋介石决定改变原来的战略方针，由对解放区的全面进攻改为集中兵力对陕北、山东解放区实施重点进攻。他对这个方针做出如下说明："我们在全国各剿匪区域中，应先划定匪军主力所在的区域为主战场，集中我们部队的力量，首先加以清剿，然后再及其余战场。""凡是匪军的老巢……及其发号施令的首脑部的所在地，必须犁庭扫穴，切实攻占"，而"在主战场决战的时期，其他支战场唯有忍痛一时，缩小防区，集中兵力，以期固守。""目前山东是匪我两军的主战场"，"匪军的主力集中在山东，同时山东地当冲要，交通便利，有海口运输。我们如能消灭山东境内匪的主力，则其他战场的匪部就容易肃清了。"

为一举扭转全国战局，蒋介石孤注一掷，把最大的赌注都押在了山东战场上，将冀鲁豫战场王敬久集团调至山东，连同山东战场原有主力及第二、第三"绥靖"区所辖部队，共计24个整编师（军）60个旅45.5万人，编成3个机动兵团，由南向北向鲁中山区推进。

这次，蒋介石吸取了以往分路进攻易被分割歼灭的教训，决定采取密集靠拢、加强维系、稳扎稳打、逐步推进的战法，重新组织进攻。第一步，首先打通津浦铁路徐州至济南段和兖州至临沂公路，全部占领鲁南解放区；第二步，将主力推进至泰安、莱芜、新泰、蒙阴、沂水一线，迫使华东野战军在鲁中山区与之决战，或压迫华东野战军北渡黄河，以实现其占领整个山东解放区的企图。

具体部署是：第1兵团司令官汤恩伯指挥整编第74、第25、第28、第57、第65、第83师，集结于临沂、郯城、新安镇、海州之线，先以一部配合第3兵团打通临沂至兖州公路，然后以主力向蒙阴进攻；第2兵团司令官王敬

蒋介石视察部队

久指挥第5军及整编第72、第75、第85师集结于汶上、宁阳地区，在第二"绥靖"区部队策应下，首先打通津浦铁路济南至兖州段，而后向莱芜、新泰方向进攻；第3兵团司令官欧震指挥第7军及整编第11、第48、第64、第20、第84师集结于兖州、邹县（今邹城市）、滕县（今滕州市），在第三"绥靖"区部队协同下，打通临沂至兖州公路，进占鲁南解放区，然后向新泰、蒙阴进攻；第二"绥靖"区司令官王耀武指挥5个军，部署在胶济（青岛—济南）铁路和津浦（天津—浦口）铁路泰安以北地区，策应3个兵团作战；第三"绥靖"区司令官冯治安指挥2个整编师，分别集结在峄县（今属枣庄）、枣庄，为二线部队，担任防御。另将整编第9师由武汉调至山东战场。

　　对这个所谓的"黄河战略"，蒋介石信心十足，扬言："陈毅两战之后，元气大伤，钻进沂蒙山，以山大王战术与我周旋。我们就在沂蒙山区把他一扫而光！"

　　蒋介石一生中不知制订过多少个消灭"共匪"的计划，这个"黄河战略"也许是最下本钱的一个，把国民党军"五大主力"在关内的3个主力——整编第74师、整编第11师和第5军，统统投到山东战场。

　　针对国民党军重兵集中山东战场的情况，中央军委及时对华东战场的作战方针和任务作出部署。3月6日，中央军委电示陈毅、粟裕、谭震林等："考虑行动应以便利歼敌为标准。不论什么地方，只要能大量歼敌，即是对于敌人之威胁与对友军之配合，不必顾虑距离之远近。转入外线之时间亦不必顾

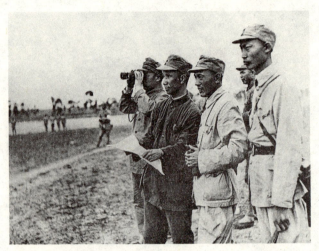

1947 年春，陈士榘、粟裕、刘先胜（左起）等到前沿视察

虑。"10 日，又指示华东野战军应利用当前有利时机，"彻底休整一个月，以利尔后作战"，并要求在今后 10 个月内歼敌 40 至 50 个旅，以粉碎敌军的重点进攻，为我军转入战略进攻创造条件。

3 月下旬，按照蒋介石的计划，顾祝同指挥汤恩伯、王敬久、欧震 3 个机动兵团，向山东解放区大举进攻。

国民党军采用"密集靠拢、加强维系、稳扎稳打、逐步推进"的新战法，呈纵深梯次部署，作弧形一线式推进。王敬久第 2 兵团首先占领平阴、肥城、泰安、大汶口等地，于 4 月初打通了津浦铁路兖州至济南段。随后，欧震第 3 兵团东犯泗水、平邑，汤恩伯第 1 兵团西犯费县、梁丘。至 4 月初，打通了临沂至兖州公路，侵占了鲁南山区。

在完成第一步作战计划后，第 1 兵团由临沂向北，第 3 兵团由泗水向东北，第 2 兵团由泰安向东，稳步向鲁中山区推进，企图对华东野战军形成弧形包围态势。

面对重兵压境、强敌云集的严重形势，华东野战军于 3 月 28 日决定主力结束休整，自胶济线分路南下，歼击分散配置在临沂、郯城、马头等地的国民党军第 1 兵团。各部按计划向南开进。

4 月 3 日，国民党军发觉华东野战军南下行动与意图，立即派飞机轰炸蒙阴坦埠附近华东野战军指挥所，命令第 1 兵团迅速向临沂地区收缩，转入防御态势，并调第 7 军、整编第 48 师东进郯城、马头，整编第 9 师进至新安镇，打通了徐州至济南段的津浦铁路线，以阻止华东野战军南下。同时纠集第2、第3兵团主力由泗水、大汶口东犯新泰、蒙阴，侵占临沂公路和鲁南地区，威胁华东野战军侧背，策应第1兵团作战，并直扑鲁中腹地沂蒙山区，逼华东野战军主力于滨海一隅决战。

华东野战军某部在沂蒙山区行进

陈毅、粟裕沉着应战，见歼敌意图未能实现，立即改变决心，指挥华东野战军10个纵队在鲁南和沂蒙山区忽南忽北、忽东忽西不停地机动，在运动中吸引、调动、疲惫、迷惑敌人，以创造战机。

陈毅把这种战法形象地比喻为"耍龙灯"：我军挥舞彩球，逗引敌军像长龙一样回旋翻转。粟裕要求全军必须树立大踏步进退的运动战思想和以歼灭敌人有生力量为主要目标的歼灭战思想。

对大踏步前进，将士们是乐于接受的；但对大踏步后退，特别是打了胜仗后还要大踏步后退，则不容易想通。一年前，部队从苏中退到苏北，从苏北退到鲁南，都曾经遇到这个问题。当时曾流传一个发牢骚的顺口溜："反攻反攻，反到山东。手拿煎饼，口咬大葱。大好形势，思想不通。有啥意见？要回华中。"

对此，粟裕语重心长地说："大踏步进退是运动战的特点之一。一切的走都是为了打，都是为了歼灭敌人，夺取战争主动权。大踏步后退，实际上也是大踏步前进，是进到另一个方向去歼灭敌人。"

19日，国民党军发动全线进攻。以第1、第3兵团主力指向沂蒙山区，以第2兵团整编第75、第85师位于大汶口、兖州一线，整编第72师守备泰安、平阴、东阿间河防，第二"绥靖"区第12军在泰（安）济（南）段守备。这样，鲁西广大地区的兵力薄弱。

20日，华东野战军抓住有利时机，决定发起泰蒙战役，首先围攻第2兵团左翼侧后的薄弱环节泰安城，求歼整编第72师，以调动整编第75、第85师北

粟裕（左3）和陈士榘（左5）、张震（左4）在听取战况汇报

援而歼灭之。同时吸引进犯新泰、蒙阴之敌西援，而后视情出击第1兵团及南下开辟华中战场。

具体部署是：第1、第3、第10纵队为西集团，由陈士榘指挥，负责攻击泰安。以第2、第4、第6、第7、第8、第9纵队为东集团，其中第4、第6、第9纵队位于新泰、蒙阴地区待机出击；第8纵队进入临（沂）磁（窑）公路以南山区，歼灭整编第64师主力；第2、第7纵队集结于青驼寺、双侯集以东地区，待机南下。

22日，陈士榘下达了攻击泰安的命令：以宋时轮、景晓村的第10纵队附榴弹炮团3个连围攻泰安；以叶飞的第1纵队和何以祥、丁秋生的第3纵队控制泰安西南正面，准备歼灭大汶口可能北上增援之敌。

当晚，各纵队由徂徕山南北，西越津浦路，以迅猛之势直扑泰安。

位于津浦路徐州至济南中间的泰安，因泰山而驰名，名取"泰山安则四海皆安"，寓国泰民安之意。泰安交通便利，北依山东省会济南，南临儒家文化创始人孔子故里曲阜，东连临沂，西濒黄河，是直接支援津浦路两侧各战场的重要军事补给基地。

泰安城高八尺有余，外有较宽的护城河，周围设鹿寨、壕沟、铁丝网。城墙和城门突出部及各主要街道巷口均筑有密集的地堡群。外围蒿里山、娘娘庙等构筑有独立据点，尤其是蒿里山，除山顶密筑地堡外，还建有两道鹿寨、一道铁丝网，并在山脚建有壕沟和大碉堡，交叉火力可直接封锁壕沟和山脚前沿开阔地，易守难攻。

驻守泰安城的是整编第72师，原为川军精锐第72军。抗战期间先后参加了武汉会战、南昌会战、三次长沙会战、1939年冬季攻势、上高会战、鄂西会战、常德会战和湘粤赣边区作战，屡立战功。

1946年5月，改称整编第72师，下辖第34旅和新编第13、第15旅，共2.8万人，由陈诚集团嫡系将领、第94军副军长杨文泉任师长。旋即参加内战，在鄂豫皖边地区"围剿"鄂东独立第2旅。1947年初奉命由湖北调入河南战场，在民权野鸡岗、柳河等地与解放军作战，成功解救了被刘伯承部包围的整编第85师。杨文泉也因此得到蒋介石的通令嘉奖，气焰十分嚣张。

该师虽属国民党军中的二等主力，但老兵多，战术动作熟练，有山地作战经验，尤其擅长坚守。自来到山东战场后，隶属王敬久第2兵团，一路北上，于3月底进占泰安，杨文泉率第34旅、新编第13旅1.6万余人驻泰安城，新编第15旅驻平阴、东阿、肥城等地。

按常理，攻城一方起码应两倍于守城兵力。第10纵队是刚刚由渤海军区部队组建的第7、第11师改编而成的，下辖第28、第29师，共1.6万余人，与泰安守敌相差无几。装备上，第10纵队则处于明显下风，仅有4门日式七五山炮，整编第72师是美日混合装备，有4门105美式榴弹炮、8门美式四二化学迫击炮。

如何打好这场攻坚战呢？第10纵队党委向全体指战员发出了战斗动员令：坚决完成首次作战任务，打响"第一炮"，争取"旗开得胜"。

宋时轮认为，整编第72师无论数量上还是装备上都占优势，对比之下，这一仗要以少胜多、以劣胜优，必须要扬我之长、避敌之强。川军来山东是外乡

华东野战军缴获的美制大炮

人入鲁，从生活习惯到地理环境都要有个适应的过程。整编第72师进占泰安还不到1个月，可谓人生地不熟。第10纵队则不同，绝大部分指战员都是山东人，熟知乡土民情、地形地貌，士气高涨。

《宋时轮传》中是这样记叙的：

在纵队党委作战会议上，宋时轮说：我们采取集中兵力、逐次歼敌的战法比较好，就像山东人吃大饼那样，一口一口地吃掉敌人，任务是可以完成的。如果这个战术原则运用得好，能在外围作战中全力歼敌二三个营；之后，打敌反击作战中能再歼敌二三个营，这会是什么局面。最后，攻城的时候，在力量对比上我占优势的局面必然会出现。

会议最终决定攻打泰安分三步走：第一步外围作战力求歼敌4个营；第二步争取使敌3至4个营失去战斗力；第三步总攻泰安城。具体部署是：第28师加纵队特务团和鲁中警备第1旅第2团，从泰安城东、北、南三个方向攻击外围各个据点及摩天岭；第29师从泰安城西南、西北两个方向，攻击魏家庄、旧镇、西关及蒿里山等阵地。

战斗打响后，第10纵队相继攻克唐庄、三里庄、刘庄、风台、旧镇等外围据点，歼敌4个营。杨文泉见势不妙，一面急电求援，一面令守军退入城内及蒿里山、四关据守。

23日拂晓，第1、第3纵队按计划进抵泰安西南正面，与第10纵队将泰安城团团包围。黄昏后，第10纵队继续攻打泰安城四关及摩天岭、蒿里山等阵地。激战一夜，第28师攻下摩天岭一线阵地，并歼敌3个营。而第29师因守敌工事坚固，抵抗顽强，进攻蒿里山受挫。

自古占城必占山，守城必守山。抗战时期，据守泰安城的日军曾吹嘘：攻下蒿里山，让泰安。杨文泉自然十分看重蒿里山的防守，拍着胸脯说："共军攻不上蒿里山，休想攻下泰安城。"

华东野战军攻打泰安，意在打援。但由于整编第72师并非蒋介石嫡系，相邻的各路国民党军都见死不救，位于大汶口的整编第75、第85师近在咫尺，竟然也一直按兵不动，使华东野战军"围点打援"的计划落空。只有整编第72师所辖新编第15旅于24日2时由肥城出动东援，遭到第3纵队阻击，被歼一部，大部逃窜济南。

华东野战军某部向敌军发起攻击

　　为加速歼灭泰安守敌，华东野战军遂增调第 3 纵队第 8 师及第 9 师一部参加攻城。宋时轮也及时调整部署：第 8 师接替第 29 师攻西关，并限当晚占领蒿里山；第 29 师全力攻南关；第 28 师把摩天岭阵地交给鲁中警备第 1 旅第 2 团后，攻击东关和城北外围各据点。

　　经彻夜激战，第 10 纵队在第 3 纵队第 8 师等部的配合下，终于攻下了蒿里山及泰安城四关大部。

　　蒿里山丢失，泰安城自然难保。

　　25 日黄昏，攻城部队发起总攻。时任第 28 师 85 团 3 营 8 连班长的刘乐读担任爆破队队长，带领 3 个爆破小组负责炸开泰安南门。刘乐读抱起一个二三十斤重的炸药包冲到城墙下，放到合适位置上，拉动了导火索。

　　"地下炸了一个比电视机还大的坑，接着一个叫牛连增的战士抱着 30 斤的炸药放在炸开的坑里，随着一声巨响，城墙轰然倒塌，城墙一下子都劈开了，墙上的敌人有的掉下来，有的直接被炸开的城墙埋在地下。"几十年后，刘乐读还对当时的情景记忆犹新。

　　这时，第 8 师也成功突破了西门，与第 28、第 29 师形成东、南、西三个方向同时突进城内的局面。攻入城中的部队随即与守敌展开了激烈的巷战。

　　经数十次反复冲锋，至 26 日上午全歼整编第 72 师师部及所属 2 个旅，俘虏中将师长杨文泉以下 1.14 万余人，缴获轻、重机枪 270 余挺，长、短枪上万支，击落野马式战斗机 1 架。

关于收复泰安的报道

此战，第10纵队创造了攻坚作战以少胜多的典型战例。华东野战军嘉奖令贺电指出：此次你们攻下泰安，解放津浦路两侧，收复泰安、肥城、平阴、东阿等广大地区，歼灭整编第72师，对目前的局势极为有利，获得了夏季作战的第一步胜利。

就在西集团攻打泰安期间，整编第11师由仲村、水沟方向攻击天台山、黑山第9纵队阵地；第5军进至泗水、石莱、放城地区，企图进窥蒙阴；整编第25、第65师由费县北犯上冶集第8纵队阵地；整编第74师向半程、青驼寺进犯；整编第83师一部进攻汤头，主力进至青驼寺；整编第64师由白彦进至平邑以南地区。东集团遂在云蒙山麓东起界牌、西至观山的百里战线上，展开了英勇顽强的阻击战。

具体部署是：以第4纵队位于新泰东南、汶南地区，第6纵队位于新泰以西谷里、羊流店地区，第9纵队位于蒙阴地区，并控制外围观山、白马关、九女关、茅草崮一线阵地，第8纵队控制桃墟附近及紫锦关两侧高地，第2纵队位于十字路以南地区，掩护第7纵队南下华中。

阻击战斗从20日一直持续至27日，第8、第9纵队浴血奋战，抗击了拥有空军支援的10万余国民党军的猛烈进攻，歼敌4000余人，保证了攻击泰安作战的安全。其中，云台山、天台山、黑山、紫锦关等地战况激烈，阵地失而复得，得而复失，多次易手。

27日，整编第74师先头进抵界牌，整编第11师占领白马关、大皇山一线

解放军某部英勇阻击敌人

阵地，第 5 军亦由石莱、放城北攻三门、龟山阵地，整编第 25、第 65 师则猛攻紫锦关阵地。

为扩大泰西战场，调动国民党军第 5 军西进，创造战机，华东野战军西集团决定沿津浦路西侧挥师南下，主动让出新泰、蒙阴。其中，第 1 纵队直捣宁阳；第 6 纵队进至宁阳东北汶河南岸，准备打击整编第 75、第 85 师可能之增援；第 3 纵队随第 1 纵队后跟进，准备包围兖州，威胁国民党军补给基地。

27 日晚，第 1 纵队奔袭宁阳，但因准备不充分，攻城未果。28 日夜发起强攻，于拂晓前突入城内，共歼守军整编第 84 师第 1 团团部及 2 个营 2000 余人。

驻守肥城、东阿、东平、平阴、汶上、界首、万德、嘉祥、巨野、成武、鄄城的国民党军，纷纷弃城而逃。第 10 纵队第 28 师乘胜向肥城西北孝里铺挺进，俘敌 700 余人，随后北渡黄河，攻占晏城，歼敌千余人。鲁西广大地区重获解放。

月底，国民党军进占新泰、蒙阴后，分散部署在临（沂）蒙（阴）公路上。其中，整编第 74 师位于界牌、蒙阴段，整编第 65 师 2 个团位于垛庄，整编第 83 师控制双侯集、青驼寺段，整编第 25 师在桃墟及其以西山区，第 7 军和整编第 48 师位于河阳、汤头之线。

华东野战军决心乘敌立足未稳，以 4 个纵队实施反击，进攻桃墟至青驼寺一线之敌。具体部署是：第 2、第 7 纵队攻击整编第 83 师，并以 1 个师于青驼寺南阻击临沂、葛沟来援之敌；第 9 纵队攻击垛庄、界牌沿线之敌；第 4 纵队控制尧山、塌山、天马山、界牌等地，阻击蒙阴来援之敌；第 8 纵队位于坦埠东南为总预备队。

29 日晚，战斗打响了。激战一夜，华东野战军攻占了垛庄、孙祖、双侯集

华东野战军某部对敌军地碉进行爆破

一线。国民党军退守公路以西山区。第 7 纵队在北爱玉湖以南地区歼南逃的整编第 83 师第 19 旅一部，第 2 纵队在青驼寺东北地区歼整编第 83 师第 44 旅搜索营一部，第 4 纵队攻占界牌，逼近桃墟，第 9 纵队攻占塌山、黄崖山等阵地。

5 月 1 日下午，第 7 纵队在青驼寺南磨石沟围歼整编第 83 师第 44 旅第 1 团。当晚，第 2 纵队攻占青驼寺东的大山，歼第 63 旅 2 个营，并将 1 个团包围在刘家河町。

此时，国民党军主力迅速靠拢待援，第 7 军及整编第 83 师又于 2 日全力增援被围之敌，第 5 军向新泰进逼。

华东野战军主动收兵东撤，再寻战机。4 日，决定以第 1、第 6 纵队插至鲁南地区，协同鲁南军区部队恢复局面；以第 7 纵队移师莒县地区，准备南下华中，威胁国民党军后方，吸引其回师或分兵，创造战机；其余各纵队集结于青驼寺、新泰、颜庄以东，沂水以西地区隐蔽休整，待机歼敌。泰蒙战役就此结束。

在为期 1 个多月的战斗中，华东野战军时南时北，或东或西，忽分忽聚，有进有退，围而不打，既打又撤，以"耍龙灯"式的高度机动回旋之法，牵着国民党军往返行军 1000 公里以上，使敌始终无法判明华东野战军的意图和动向，并取得了歼敌近 3 万人的战果。

6. 孟良崮战役

　　1947年5月初，华东野战军取得了蒙泰战役的胜利。此时，距国民党军对山东解放区发动重点进攻已有月余，华东野战军与敌大"耍龙灯"，诱使汤恩伯、王敬久、欧震兵团25万大军进行了一次千余公里的"武装游行"，但因其始终保持密集靠拢的队形且行动谨慎，几次交锋，均未达到作战意图。

　　"冤枉路"走了不少，却没打上一个痛快的大歼灭战。华东野战军不少指战员沉不住气了，牢骚怪话也多了起来："机动机动，只走不打，老耍龙灯。"

　　这时，国民党军继续向北推进，步步逼近，侵占了新泰、蒙阴等地，形势

华东野战军某部跨过大河，向孟良崮地区挺进

十分紧张。陈毅、粟裕准备以3个主力纵队南下，插到鲁南、苏北敌后地区，以调动敌人。

5月4日，中央军委指示华野："敌军密集不好打，忍耐待机，处置甚妥。只要有耐心，总有歼敌机会。"

6日，中央军委又电示陈毅、粟裕："目前形势，敌方要急，我方并不要急……待敌前进或发生别的变化，然后相机歼敌。第一不要性急，第二不要分兵，只要主力在手，总有歼敌机会。"

据此，陈毅、粟裕当即调整部署，将主力东移，后撤一步；并以准备南下华中的第2、第7纵队隐蔽集结于莒县地区，以进入鲁南的第6纵队隐蔽在平邑附近地区，待机配合主力作战。

果然不出所料，蒋介石见迟迟不能"打掉陈、粟主力"，愈发焦躁不安。得知华东野战军主力东移，错误判断其"攻势疲惫"，已无力决战，遂于5月10日下令顾祝同跟踪进剿，变"稳扎稳打"为"稳扎猛打"。

顾祝同令旗一挥，命3个兵团放胆向莒县、沂水、博山一线疾进。中央社得意忘形，大叫什么"共军北窜""泰安以东地区无成股共军"。国民党的《中央日报》更是狂呼："雄师北指，气吞沂蒙！"

"稳打"变为"猛打"，"逐步推进"变为"全线急进"。这样一来，国民党军密集靠拢的态势发生了变化，有利于华东野战军的战机终于出现了。

为抢头功，汤恩伯不待王敬久兵团、欧震兵团统一行动，即以整编第74师为骨干，在整编第25师和整编第83师的配合下，自垛庄、桃墟地区进攻坦埠，企图乘隙占领沂水至蒙阴公路；另以第7军及整编第48、第65师在左右两侧担任掩护。

5月11日，号称国军五大主力之首的整编第74师经孟良崮西麓，向坦埠以南第9纵队阵地发起进攻。

国民党五大主力之一的整编第74师中将师长张灵甫

指挥这支"王牌军"的是时年43岁的张灵甫。

张灵甫原名张钟灵，字灵甫，陕西长安县人，黄埔四期生。

在派系林立、明争暗斗的国民党军队中，像张灵甫这种一无靠山、二无资历、只有战功的年轻军官，本不易出人头地。但凭着聪明才智，加上苦心钻营、卖力死战，他居然得到了第74军前几任军长俞济时、王耀武、施中诚的赏识，并进而得到了蒋介石的青睐。抗战期间，他从团长一步一个脚印地稳步晋升为副军长。抗战胜利后，在老长官俞济时、王耀武的力荐下，击败了众多竞争对手，一举登上了整编第74师师长兼南京警备司令这个令人眼红的宝座，成为蒋介石的"御林军总管"，"深得中枢倚畀"，一时炙手可热。

作战勇猛顽强，凶狠彪悍，肯动脑筋、肯卖命，善打硬仗、恶仗，是张灵甫的主要特点。

北伐战争期间，国民革命军第1军第1师一部在江西德安与孙传芳的精锐主力卢香亭部相遇。面对敌强我弱的不利局面，时任排长的张灵甫提出了黑夜偷袭的建议，被营长采纳。他亲率全排为先锋，一马当先，夜袭敌营，结果大获全胜。

1930年，中原大战爆发后，张灵甫率部参加进攻河南唐生智的战斗，因战功卓著被提升为营长。

1934年，张灵甫参加对鄂豫皖苏区的"围剿"，率部追击长征的红四方面军，与红军多次展开肉搏战、白刃战，得到第1师师长胡宗南的赏识，不久即晋升为独立旅第1团团长。

中原大战前，蒋介石与冯玉祥、阎锡山在一起

6.
孟良崮战役

087

1935 年，独立旅在川甘边界阻截北上抗日的中国工农红军，与红军激战一周，旅长丁德隆指挥的 1 个团伤亡殆尽。而张灵甫团损失不大，再度获得了胡宗南的嘉奖。

张灵甫在战场上凶悍勇猛，在官场上春风得意，在情场上却是冷酷无情。他刚刚当上团长就抛弃了结发妻子邢琼英，另觅新欢，娶了四川姑娘吴海兰。吴海兰年轻美貌、贤惠正派、知书达礼，张灵甫对她却不放心，整天疑神疑鬼。

一天，张灵甫问一位刚从西安探亲归来的同事："你可看见我太太？"

这位同事知他醋劲十足，便故意说："看见啦，你太太穿着旗袍，打扮得可漂亮了，在电影院门口和一个西装革履的小伙子在一起，俩人可亲热哩！"

张灵甫听说妻子"不贞"，气得脸色铁青，半晌说不出话来。过了几天，他特意向胡宗南请假探亲。

回到家里，张灵甫不动声色地对妻子说："我好长时间没吃过饺子了，你为我包一顿饺子吧。"

就在吴海兰满心欢喜地下地割韭菜准备为丈夫包饺子时，张灵甫却掏出手枪，对着妻子的后脑就是一枪。残忍的张灵甫连妻子的尸体也不掩埋就扬长而去。

张灵甫与第三任夫人王玉龄的结婚照

张灵甫无辜枪杀妻子激起了社会各界的公愤。吴海兰娘家向法院上告，控诉张灵甫的罪行，法院却官官相护，硬是压着案子不办。后来，西安妇女协会出面将状纸经张学良夫人于凤至转给南京的宋美龄。

蒋介石得知此事已闹得满城风雨后，十分生气，骂道："娘希匹，不争气！"为平民愤，电令胡宗南将张灵甫押送南京，监禁法办。

胡宗南非常欣赏张灵甫的军事才能，但在蒋介石的严令下，也无法再庇护，只得奉命行事。但胡宗南既没有绑，也没有派人押送，而是命张灵甫自己去南京听候处置。

就这样，张灵甫独自一人上路。由于带的路费太少，走到半途就囊空如洗了，他凭着自己一手好书法，一路上卖字为生，终于赶到了南京，被押在"模范监狱"候审。这一时期可谓张灵甫的人生低谷，在给好友的信中哀叹："为杀妻室当楚囚"。

不久，全国抗日战争爆发，张灵甫时来运转。老长官王耀武乘机向蒋介石求情："张钟灵是个难得的将才，现在抗战需要干部，莫不如让他出来戴罪立功。"

蒋介石本来就不想惩办自己的这个学生，便顺水推舟："那就交给你，好好教育他，让他重新做人。"

张灵甫当即被秘密释放，来到第74军王耀武师任上校团长，从此改名张灵甫。一桩杀妻案就此不了了之。

淞沪会战中，张灵甫率部与日军在罗店、施相公庙一带血战月余。南京保卫战中，他左臂负重伤，仍坚持战斗，不肯退阵。

1938年9月，在万家岭战役中，张灵甫亲率一支精锐的敢死队，从张古山背面的悬崖绝壁攀登而上，奇袭日军，一举夺得了制高点并坚守五昼夜，打退日军数十次反扑，为万家岭大捷立下了大功。战后，张灵甫晋升为第51师第153旅旅长。

是年冬，国民政府军委会政治部第3厅第6处处长、进步作家田汉以万家岭大捷为题材编写活报剧演出时，剧中就有张灵甫这一角色。张灵甫因此声名远扬，名噪一时。

1939年3月，在高安战役中，张灵甫右膝中弹骨折，仍继续指挥作战，

全面内战爆发前，张灵甫与手下诸将合影

挥洒自如。此后，在第一次、第二次长沙会战和上高会战中，张灵甫或运筹帷幄、出谋划策，或出生入死、冲锋陷阵，屡建战功，升任第74军副军长。

对蒋介石、俞济时、王耀武等人的"知遇"之恩，张灵甫一直感激涕零、铭心刻骨，恨不能以死相报。内战爆发后，他率整编第74师疯狂进攻新四军和苏北、苏中解放区，先后占领了淮南、淮北、苏中、苏北等地，一直攻到山东，气焰嚣张，骄横跋扈，不可一世。

张灵甫目空一切，得意忘形地向蒋介石吹嘘："委座，把新四军交给我张灵甫吧，有我们74师，就无新四军葬身之地！"

自古骄兵必败，张灵甫也不例外。

1947年5月11日，陈毅、粟裕获悉第7军、整编第48师由河阳出动，先头部队已占苗家庄、界湖，正向沂水进犯，较为暴露，随即下达了准备首先歼灭该敌并视机求歼援敌的作战命令。

当晚，华野技术侦察部门截获汤恩伯的行动计划及限整编第74师于5月12日攻占坦埠的电令。

善于捕捉战机的粟裕立即提出了新的作战方案：不打敌军侧翼的第7军和整编第48师，改打中路强敌整编第74师。

提起整编第74师，华野将士无不咬牙切齿。

该师前身为第74军，是国民党王牌军中最耀眼的一颗战场"明星"，被认为是第一等主力中的第一个主力。它有一系列的美称："御林军""抗日铁军""虎贲"师，并荣获国民党军中最高奖励——飞虎旗；它经历过一系列的恶仗、硬仗、险仗：淞沪会战、南京保卫战、武汉会战、长沙会战、南昌会战、上高会战等，战功卓著；它产生过一系列的名将：俞济时、王耀武、张灵甫，个个骁勇善战。

1937年8月，第74军在武汉正式组建，下辖第58、第51师。首任军长是黄埔一期生、长期在蒋介石身边担任侍卫的俞济时。

当时淞沪抗战的序幕已经拉开，第74军尚未来得及举行建军典礼，下辖的王耀武第51师在陕西尚未归建，便开赴抗日前线。

在抗日战场上，第74军独当一面，打得日寇闻风丧胆，是国民党建制军中战功最多的抗日"王牌军"。

淞沪大战中，这支刚刚组建的年轻部队，与占绝对优势的日军血战85个昼夜，始终未让日军占到任何便宜，击毙日军联队长竹田和炮兵联队长英森。上

万家岭战役中日军坟墓

海的《申报》《大公报》做了生动报道。这是第74军建军后的第一战，打出了威名，奠定了日后成为"王牌军"的基础。

1938年10月，第74军在万家岭之战中把日军第106师团打得血流成河，尸横遍野，日军称主战场——张古山为"血岭"。

战后，著名作家田汉、作曲家任光满怀激情地创作了《第74军军歌》，生动地唱出了第74军抗日的雄风：

"起来，弟兄们，是时候了，我们向日本强盗反攻。他，强占我们国土，残杀妇女儿童。我们保卫过京沪，大战过开封。南浔线，显精忠，张古山，血染红。我们是人民的武力，抗日的先锋。"

第74军的将士们唱着这首战歌，驰骋在抗日战场上，屡立奇功：

1939年4月，在高安战斗中，第74军以2000余人的伤亡代价，全歼日军第147联队。战后，俞济时、王耀武等将领都受到了国民政府军委会的嘉奖。

1941年3月，在上高会战中，第74军与友军苦战25天，先守后攻，共歼灭日军15000余人，俘虏日军100余人，击落飞机1架，缴获山炮、迫击炮10门，步枪千余支。国民党军政部长何应钦称此战为"抗战以来最精彩之战"。第19集团军司令、本次战役指挥官罗卓英则称赞第74军为"抗日铁军"。战后，蒋介石犒赏三军，第74军被授予国民党军中最高奖励——飞虎旗，第57师被命名为"虎贲"师。

1943年12月，在常德保卫战中，第57师孤军奋战，同火力、兵力占绝对优势的5万日军苦战16个昼夜，顶住了日军的空袭、炮轰、毒攻、火攻，击毙日军1万余人，创造了抗战史上的一大奇迹，被国外誉为"第二个斯大林格勒

抗日战争时期国民党军在训练中

保卫战"。全师 8300 余人仅存 321 人。

1945 年 4 月，第 74 军与日军进行了最后一战——湘西龙潭之战。此役，第 74 军歼灭日军 12500 余人，自身伤亡 5200 余人，战果辉煌。战后，美国将军麦克鲁亲自给坚守阵地的第 74 军官兵颁发奖章、勋章。国民政府军委会授予第 57 师武功状两轴、荣誉旗一面。

抗日战争，生生把第 74 军锻造成为名副其实的"王牌军"。

这支身经百战、屡建奇功的常胜军，在抗战刚刚胜利后就被蒋介石调到了南京郊外的孝陵卫驻扎，充当拱卫蒋家王朝的"御林军"。

此时的第 74 军，虽已改为整编第 74 师，但仍然保留了 1 个军的编制。全师共有 3 万余人，下辖 3 个旅：第 51、第 57、第 58 旅，较整编前更为精干、彪悍。

为把这支"御林军"培养成"模范军"，训练为精锐之师，蒋介石的确花了大本钱，倾注了无数心血。武器装备全部是美式的，既有 M-4 "谢尔曼"坦克、105 毫米榴弹炮、75 毫米山炮等重装备，又有 37 毫米反坦克炮、八二迫击炮、六〇迫击炮、轻重机枪等连排用火器，单兵也装备了清一色的美制 M-1 伽兰德自动步枪和汤姆逊冲锋枪，并且专门请美国军事顾问团进行特种训练。蒋介石、宋美龄多次检阅视察整编第 74 师，指定为国民党军队的"典范"，命令各部队的教育训练都要以该师为准。

这支"御林军"从南京开赴内战前线后，充当起蒋介石的内战急先锋，骄横跋扈，气焰嚣张。

1946年7月，整编第74师依靠现代化的美式装备，与装备落后的新四军淮南军区主力决战，淮南军区主力被迫撤出淮南，整个淮南解放区失陷。9月，整编第74师再度得手，接连攻占华中解放区首府淮阴、淮安。

国民党军一片欢呼，蒋介石立即传电全军，对张灵甫"备极嘉奖"，并颁发一枚三等云麾勋章。国民党的宣传机器不遗余力，把张灵甫和他的整编第74师吹得神乎其神。

庆功会上，国民党徐州"绥靖"公署副主任李延年牛皮吹得嘟嘟响："国军像74师这样的部队不要多，只需10个，就安邦定国了！"

王耀武也大吹大擂，拼命往自己脸上贴金："中国军队只有74师能战，是我亲手培养起来的。"

话虽然说得太大，徒增张灵甫之轻狂，但也可见此人确非等闲之辈。

张灵甫被眼前的胜利冲昏了头脑，拍着胸膛说："拿下涟水再说！"

10月19日，张灵甫指挥整编第74师，伙同整编第28师第192旅，在飞机掩护下向涟水发起猛烈进攻。

涟水城下，整编第74师遇到了华中野战军的顽强抗击，每发动一次攻击，就留下一堆尸体。张灵甫亲自组织"督战队"，以几十挺机枪阻击溃军。激战至28日，粟裕下令全线反击，第192旅大部被歼，旅长曾振负伤，逃往淮安。张灵甫也急忙收拾残兵败将，逃回淮阴。

涟水保卫战烈士纪念碑

6.
孟良崮战役

涟水保卫战，历时 14 天，整编第 74 师被歼 6000 多人。

张灵甫尝到了粟裕铁拳的滋味，在给整编第 11 师师长胡琏、第 7 军军长方先觉的电报中，头脑显得稍微清醒了一些："匪军无论战略战役战斗皆优于国军。数月来，匪军向东则东，往西则西。本军北调援鲁，南调援两淮，伤亡过半，决战不能。再过年余，死无葬身之地。吾公以为如何？"

不过，张灵甫还是过于乐观了。实际上，并未等到年余，仅仅过了半年，他和他的整编第 74 师就魂断孟良崮。

毕竟整编第 74 师是一只用美械装备武装到牙齿的"钢铁老虎"。在坦埠东北西王庄的一条山沟里，华东野战军司令部召集各纵队指挥员会议。会上，粟裕详细阐述了围歼整编第 74 师的理由：

整编第 74 师是国民党军五大主力之一、蒋介石的王牌军，又是这次重点进攻的骨干和急先锋，歼灭该师必将震撼敌军，给敌人以实力上和精神上最沉重的打击，极大地鼓舞我军士气，进而可以挫败敌人的进攻。

其次，蒙阴、沂水地区多为岩石山区，地形复杂。整编第 74 师是重装部队，进入山区，机动受到很大限制，重装备不能发挥威力，甚至成为拖累。加之该师处于较突出地位，与左右邻之间空隙较大，我军可利用山区地形，隐蔽集结，寻隙穿插，采取正面突击、分割两翼、断敌退路、四面包围和阻击南北各部援敌的战法，在坦埠以南、孟良崮以北地区，将其从敌人重兵集团中割裂出来，予以围歼。

再者，张灵甫一向自恃作战有功，骄横跋扈，与同僚的矛盾很深，在我围

孟良崮

歼该师又坚决阻援的情况下，其他敌军虽不会见死不救，但也不会奋力相救。

在兵力对比上，我军在鲁中只有9个步兵纵队和1个特种兵纵队，大大少于敌军的17个整编师（军），但我军主力位于整编第74师进攻正面，不需要做大的调动，就可出其不意的迅速集中，在局部对整编第74师形成5比1的绝对优势。因此，打最强的整编第74师定能出其不意，攻其无备，必将大奏奇效。

陈毅当即表示赞同："好！我们就是要有于百万军中取上将首级的气概！"

许多年后，粟裕回忆起孟良崮战役的决策，针对"张灵甫孤军冒进"的说法，指出：

有人说是"虎口拔牙"，但老虎的嘴巴并不是张开的，只有一点空隙，我们硬切进去，好像天桥的把式开硬弓，将敌人左右两翼撑开，把七十四师从敌人的重兵集团中挖出来予以歼灭。不能说七十四师孤军冒进，它只是稍形突出，而且随即又缩回去了。还是"于百万军中取上将首级"的说法确切一些。

时任华东野战军第1纵队司令员兼政治委员的叶飞回忆道：

在作战会议上，陈毅司令员对这仗的打法这样讲：集中优势兵力，先打分散、孤立之敌，这是毛主席一贯的军事思想。在敌人强大兵力展开进攻时，通

华东野战军某部紧追退向孟良崮的敌人

常是打击敌人的侧翼有利，但是当敌人连续遭到这种打击而防范严密，特别谨慎，同时中央之敌却比较轻敌冒尖，并疏忽大意，而我军又在其附近隐蔽了相当兵力的情况下，采取一面抗住援敌，一面集中优势兵力猛攻中央之敌的战术，同样可以达到战役目的。这次围攻整七十四师，就是这种打法，这叫作"百万军中取上将首级"。陈司令员讲：要取这颗"上将首级"就要把这个"上将"从"百万军中"剜割出来，然后再攻上去；另一方面还要挡住外围敌人的增援，的确是一个十分艰苦的任务，必须经过一番苦战。

　　要把整编第74师剜割出来，就需要一支部队揳入敌人纵深，切断整编第74师和整编第25师的联系。这个重任就交给了擅长打穿插分割任务的第1纵队。但第1纵队此前接连打了几场硬仗，比较疲劳，原计划作为总部的预备队，没有具体作战任务。为此，作战会议结束后，陈毅把叶飞单独叫到华东野战军指挥部。

　　叶飞回忆道：

　　一张山东老乡小矮方桌，几条破旧的小板凳，陈、粟、谭三位首长都在。谭震林副政委一见到我，就说："你这个'梅兰芳'不上台，这个戏不好开场嘞！"粟裕副司令员给我讲了整个部署：第一纵队为右翼迂回攻击部队，主力自旧寨以西揳入，割袭敌整七十四师与整二十五师之联系，而后配合友邻部队围歼整七十四师；并以一部阻住蒙阴敌整六十五师东援。第八纵队为左翼攻击部队，第九纵队为左翼迂回攻击部队，与第八纵队会师于垛庄，后继向孟良崮攻击。第六纵队自鲁南进入垛庄、青驼寺之线，断敌后路。第四纵队于正面，先阻敌北犯，待其他纵队完成对敌迂回分割后，即合力向南出击。其他部队分别阻击和拖住增援的敌人。随后，他又讲了为什么要使用第一纵队的理由。陈老总问我："怎么样啊？"我说："既然这样，我们承担这个任务。但我们部队确实太疲劳，也没有思想准备。"陈老总说："总之，任务艰苦，责任重大，一定要完成任务。如果你们任务完不成，整个战役部署就完了。我们已把独立师加强一纵，你就有四个师兵力了。一纵战斗作风是好的，是可以依赖的。"独立师是中原突围到华中的原中原军区第十三旅（皮定均旅），莱芜战役后列入我一纵建制。

　　此战关系到粉碎敌人的重点进攻，关系到全局胜败，我怎么能回避这个责

参加孟良崮战役的华东野战军炮兵部队

任呢？我代表我纵全体同志承担了这个任务。

　　战前动员会上，陈毅豪情万丈："蒋介石以为有美帝国主义撑腰，有飞机大炮就能一辈子骑在人民头上作威作福，那是白日做梦！他以为我们拿74师没有办法，我们一定要消灭74师！一定要把他的几百万军队统统消灭掉，解放全中国！"

　　将士们早就憋了一股劲儿，要打一场痛快淋漓的歼灭战。听到围歼整编第74师的命令后，无不摩拳擦掌，群情激奋，振臂高呼："攻上孟良崮，活捉张灵甫！"并唱起了自编的攻打整编第74师的战歌：

端起愤怒的刺刀，

刀刀血染红！

射出仇恨的子弹，

打进敌人的心胸！

人民战士个个是英雄，

飞跨沂蒙山万重。

攻上孟良崮，

活捉张灵甫，

消灭七十四师立奇功！

红旗插上最高峰!

12日晨,陈毅、粟裕命令正在东移的各部队立即西返蒙阴以东坦埠以南地区,做出围歼整编第74师的部署:以第1、第4、第6、第8、第9纵队和特种兵纵队担任主攻;以第2、第3、第7、第10纵队担任阻援;另以地方武装牵制各路援敌和在临沂及临泰公路沿线敌之后方袭扰与破坏。

13日,围歼整编第74师的战斗打响了。

在漆黑的夜幕掩护下,担任迂回穿插任务的第1、第8纵队以一部兵力在整编第74师正面实施阻击,主力从其两翼寻隙向纵深楔进。

第8纵队主力攻占桃花山、磊石山、鼻子山等要点,割断了整编第74师与整编第83师的联系;一部占领孟良崮东南的横山、老猫窝。同时,第4、第9纵队从正面发起攻击,占领黄鹿寨、佛山及马牧池、隋家店一线,扼制了整编第74师的进攻。

至此,整编第74师只剩下垛庄唯一一条退路了。

就在第1、第8纵队插向整编第74师两翼的同时,一支2万余人的大军也在层峦叠嶂、道路崎岖的沂蒙山区昼夜兼程,由鲁南向鲁中飞兵疾进。

这支隐伏在国民党几十万大军后方的奇兵正是以"虎将"著称的王必成率领的第6纵队。

粟裕曾回忆:动用隐伏于鲁南的6纵是孟良崮战役关键的一招。

第6纵队是半个月前奉命南下鲁南的,本想以此调动国民党军回师南下,不料顾祝同、汤恩伯不肯上钩,反而加紧进攻鲁中解放区。5月初,粟裕根据

孟良崮战役遗址

中央军委的指示，命令已位于新泰以西的第 6 纵队就近南下至平邑以南地区，不采取积极行动，隐伏于鲁南敌后待命，必要时即可作为一支奇兵使用。

当时，王必成向粟裕提出唯一的要求就是："打 74 师，绝对不要忘了6 纵！"

整编第 74 师是第 6 纵队的老冤家、死对头。在第二次涟水战役中第 6 纵队就吃过它的亏。

那是 1946 年 12 月，蒋介石调动了 25 个半旅，分四路向鲁南、苏北解放区大举进攻。张灵甫卷土重来，猛攻涟水城。血战 13 个昼夜，张灵甫又得手了，华中野战军第 6 师（华东野战军第 6 纵队的前身）伤亡 5000 余人。

回到南京，张灵甫对蒋介石吹嘘："我 74 师一鼓作气，攻克涟水城，歼敌5000 余人。这是我 74 师之大胜，国军之大胜，委员长之大胜。"

第 6 纵队广大指战员愤恨难平，发誓一定要为牺牲的战友讨还血债！

粟裕当即给王必成一个满意的答复："你放心，打 74 师一定少不了你们 6纵。到时候，你不想打也得打。"

在孟良崮战役即将打响的时候，第 6 纵队听到北进敌军的炮声越来越远，北上参战的命令却迟迟不见到来，有些人沉不住气了，说起了怪话：

"把我们忘了，把我们扔在鲁南吃闲饭！"

"我们只能吃豆腐，嚼烂葡萄，啃不了硬骨头！"

他们并不知道，粟裕已经给他们安排了一个非常艰巨的作战任务：切断整编第 74 师的退路。

12 日下午 4 时，一份陈毅、粟裕签署的十万火急电报发到王必成手中，命

孟良崮战役中当地群众给华东野战军某部指示目标

令第 6 纵队昼夜兼程，飞兵北上，限于 14 日夜间抢占沂蒙公路上的重镇垛庄，截断整编第 74 师最后一条退路，协同主力进行围歼。

第 6 纵队上下顿时一片欢腾，报仇雪耻的日子终于到来了。王必成命令部队不管敌机扫射，不顾土顽拦阻，不埋锅做饭，不解背包睡觉，忍受饥饿疲劳，昼夜兼程，飞兵北上。

在复仇怒火的驱动下，第 6 纵队的将士们竟然在两天里走完了 240 里的山路。14 日晨，先头部队提前 8 小时到达垛庄以南。当日深夜，第 6 纵队借着浓重的夜色掩护，采用"牛刀杀鸡"战术，以 1 个团袭击垛庄。

15 日拂晓，第 6 纵队犹如神兵天降，攻占垛庄，全歼守敌一个战斗辎重连。接着，第 16 师抢占了黄崖山，斩断了整编第 74 师与整编第 25 师的联系；第 17 师抢占了牛头山、大朝山，截断了整编第 74 师与整编第 83 师的联系。

至此，整编第 74 师的所有退路都已完全被切断，一个铁桶般的包围圈已然形成。张灵甫和他的 74 师纵然有天大的能耐，也插翅难飞了。

孟良崮是沂蒙山区一个著名的平顶大山头，位于蒙阴东南 60 公里的芦山山区顶峰，海拔 500 余公尺。这里群山连绵，溪流纵横，四季风光，绚丽多彩。令人称奇的是，山峰生得古怪，四周陡峭，形同圆柱，顶端平坦，可以种田，当地人称之为崮。崮崮相连，据说有七十二崮。

陈毅对此情景赞叹不已，在《如梦令·临沂蒙阴道中》一词中咏道：

"临沂蒙阴新泰，路转峰回石怪。一片好风光，七十二崮堪爱。堪爱，堪爱，蒋贼进攻必败。"

孟良崮战役纪念馆前陈毅和粟裕的雕像

粟裕的前线指挥所就设在坦埠以西艾山脚下的岩洞里。当地人称为"老君洞"，战后改名为"将军洞"。由此向南，直到孟良崮，是一片开阔的山间平地，也是华野正面阻击国民党军的战场。站在艾山南麓，可以用望远镜直接观察战场情况。

粟裕对这个地方很满意："好！指挥所就设在这里。"随后，他爬上山头观察地形。

回到指挥所，粟裕见警卫员正准备去村里借门板搭床铺，坚决不准："门板是给老乡守家的，你把它借来，他们怎么关门呢？买点高粱秸子，铺在沙子上，就可以睡觉。这是打仗，不是安家。"

当13日晚前沿据点遭到攻击时，骄横跋扈、不可一世的张灵甫满不在乎地说："共军想一口吃掉我74师，他们没有这么大的胃口，恐怕想也未必敢想！"

14日上午，张灵甫得知共军已攻占天马山、马牧池、磊石山等要点，并正向垛庄、万泉山前进，才感觉不妙：在他的前后左右共发现有5个华东野战军主力纵队的番号，与25师、83师的联系都被共军截断，74师竟然成了一支孤军！

想到此，张灵甫心中不禁打了个寒战：共军果真有围歼我74师的意图。他急忙下令全师放弃北进，立即向孟良崮、垛庄方向撤退。

但为时已晚，等到张灵甫派出的部队赶到时，垛庄已被第6纵队攻占。张灵甫不得不收兵退缩孟良崮、芦山地区。

参谋长魏振钺见孟良崮地形险恶，怪石嶙峋，顿生疑心："军座，此乃孤山，为兵家大忌，不易固守！"

年轻气盛的副参谋长李运良不以为意："军座，此虽孤山，但地形险要，我们将置之死地而后生，临险境而逢生。"

一向自信的张灵甫沉吟片刻后，果断下令："占领孟良崮，就地坚守待援。"

整编第74师被围，蒋介石惊喜交加。惊的是，粟裕竟敢在"太岁头上动土"，围歼他的王牌军；喜的是，张灵甫的指挥能力无人能及，74师的武力勇猛超群，所处地形利于守不利于攻，必能坚守孟良崮，如左右邻加速增援，便可造成与华东野战军主力决战的机会。

于是，蒋介石急令张灵甫固守待援，严令新泰的整编第11师、蒙阴的整编第65师、桃墟的整编第25师、青驼寺的整编第83师以及河阳、汤头的第7军、整编第48师等部迅速向整编第74师靠拢；并调第5军自莱芜南下，整编第20师自大汶口向蒙阴前进，企图内外夹击华东野战军主力。

6.
孟良崮战役

101

孟良崮战役遗址

蒋介石扬言此乃"歼灭共匪完成革命唯一良机",并派参谋总长陈诚和副参谋总长白崇禧,匆忙赶到临沂督战指挥。

陈诚拼命给张灵甫打气,狂妄地说:"这个战役的结果,只有一个,那就是我们的辉煌胜利。消灭陈毅所部,我们就能保住东南半壁江山。委座对这个战役抱有很大的希望,我们已经下达最严格的命令,命令外线部队同你们密切呼应,你们也要密切配合,来一个内外夹击,中心开花,尽歼顽敌。"

汤恩伯也对张灵甫打气说:"贵师为全区之枢纽,只要贵军站稳,则可收极大之战果。"

此时,孟良崮地区出现了不同寻常的战场态势:华东野战军以5个纵队包围着整编第74师,国民党军又以10个整编师(军)包围着华东野战军。

这是一场主力对主力、王牌对王牌,攻对攻、硬碰硬的大决战。

张灵甫的整编第74师虽然被围在核心,但他倚仗自己兵强马壮、装备精良,并不十分害怕。幻想以自己作为"磨心",以外围10个整编师(军)作为"磨盘",在孟良崮彻底磨碎华东野战军的9个主力纵队,创造一个"中间开花"的奇迹,给委座露一手。

鉴于蒋介石调动10个整编师(军)的兵力来援,且多数已距孟良崮仅一至两天路程,有的只有十几公里,情况十分紧急,如不能在短时间内歼灭整编第74师,将陷入敌军重兵围攻之中。粟裕认为此时战役指挥的关键问题,一个是能否迅速解决围歼整编第74师的战斗,一个是能否挡住敌人的援军。据此,他下令：阻援部队坚决阻击各路援敌，主攻部队要不惜一切代价加速猛攻，一定要在援敌赶到之前把孟良崮拿下来，坚决、彻底、干净地全歼张灵甫的74师！

华东野战军各部积极开展战场鼓动工作。全体指战员虽连日苦战，极度疲劳，但见整编第74师已陷于绝境，指日可歼，无不兴奋异常，纷纷表示要坚决完成歼敌任务，战斗情绪极为高昂。

15日下午1时，华东野战军发起总攻。

孟良崮已成了双方争夺的最炽烈的战场。空中，国民党空军出动了100多架次飞机，对华东野战军阵地进行猛烈的轰炸、扫射；地面，国共两军的数百门大、小火炮互相对射。炮声隆隆，惊天动地，弹如雨下，山崩石裂，浓烟滚滚，遮天蔽日。

整个孟良崮地区，陷入了烟云火海之中。

整编第74师利用洞穴、石岩、山沟等有利地形拼死顽抗，还不时成群结队地发动反冲锋。双方展开肉搏战，用机枪、冲锋枪、手枪、手榴弹对打、对攻，甚至刺刀见红，连枪托也沾上了脑浆。有时扭打到一起，牙齿、拳脚、石块都成了攻击对方的武器。

混战中，敌我双方阵地变得犬牙交错，我中有敌，敌中有我。每一块岩石、每一个山头、每一处阵地都要经过反复争夺，一再易手，战斗的激烈程度为解放战争以来所罕见。

在炽盛猛烈的炮火掩护下，华东野战军各纵队从四面八方多路突击，势如

华东野战军某部向孟良崮540高地守军发起冲击

潮涌，逐波冲锋，不给敌人以任何喘息之机。整编第74师逐渐支持不住，陷入绝境。

张灵甫此时才慌了神，一面向蒋介石拼命呼救告急，一面倾全力开始突围。先向东南突围，企图与整编第83师会合，结果被第8纵队顶了回来。接着又向西突围，企图与整编第25师会合，又被第1、第6纵队狠狠地赶了回去。

华东野战军指战员越战越勇，扫清山麓，突破山腰，奔向山巅，一点点收紧包围圈，当晚就把整编第74师压缩于东西3公里、南北2公里的狭窄山区。

激战至16日拂晓，整编第74师阵地只剩下芦山、孟良崮主峰等几个山头。

眼看"御林军"要葬身沂蒙山区，蒋介石更是急得六神无主，再次向增援部队发出了最严厉的手令："如有萎靡犹豫，逡巡不前或赴援不力，中途停顿者定必以贻误战局，严究论罪不贷！"

汤恩伯也向所属各部发出急电："张灵甫师孤军奋战，处境艰危"，希望发扬"亲爱精诚之无上武德与光荣"，"务须击破共军包围，救袍泽于危困，……岂有徘徊不前，见危不救者，绝非我同胞所忍为，亦恩伯所不忍言也"。

在蒋介石、汤恩伯的严令督促下，国民党各路增援部队疯狂地向孟良崮地区攻击前进。华东野战军阻援部队与敌展开了空前惨烈的大血战，挡住了敌军一波又一波的冲击。

第10纵队在莱芜附近死死拖住了国民党五大主力之一的第5军；第3纵队不顾牺牲，在新泰附近拼死阻击国民党另一支王牌主力整编第11师的进攻；第

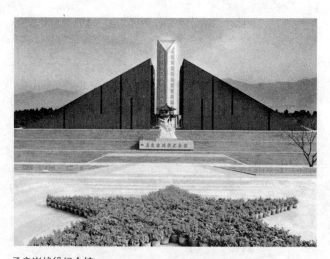

孟良崮战役纪念馆

1纵队第1师的1个团和第6纵队第16师的2个团，抗击整编第25、第65师的猛攻；第2、第7纵队顶住了第7军和整编第48师的轮番攻击；鲁南、滨海等军区部队则牵制住了整编第20、第64师。

打得最惊心动魄、激烈残酷的当数第1纵队第1师师长廖政国率领的3个团。

按照战前部署，第1纵队的任务是以主力攻占黄斗顶山、尧山、天马山、界牌等要点，分割整编第74师和整编第25师，并从中间穿插过去。具体部署是：第1师攻取塔山、尧山，打掉整编第25师的牙齿，割断其与整编第74师的联系，并阻击整编第65师东援；第2师、独立师归第2师师长刘飞指挥，从这个口子向纵深穿插，与友邻会师后全力攻击孟良崮；第3师攻占曹庄及其以北高地，逼近蒙阴。

叶飞回忆道：

敌各路部队在蒋介石严令下，不断向我军进逼，情况趋于紧急。敌整七十四师遭我各路大军压缩于孟良崮荒山后，在各路进援部队的呼应下，企图以五十八旅掩护向西南突围。我即令第一师第一团进抵北庄，第二师第四团进抵石王河集结，以截敌突围。张灵甫发觉我大部队抵达其周围，后路已为我军切断时，则改变固守孟良崮及以西之六〇〇、五四〇、五二〇一带高地坚守待援。

陈老总给我来电话说："党中央和毛主席又来了指示，说不要贪多，首先歼灭整七十四师，然后再寻战机。现在敌人的十个整编师已经围在我军四周，先后打响。当前你们的主要任务是协同兄弟纵队把整七十四师这个轴心敲掉，这样，敌人就没有巴望了，我们也说免得两边作战了。如果拖延下去，情况的逆转是可以预料的。"

我把陈司令员的指示转达后，纵队的几位领导同志都感到担子沉重，也感到我纵两面作战，兵力不够。我掂量了一下陈毅同志讲话的分量，下决心说："从阻击部队中抽兵，集中力量向孟良崮攻击！一面挡住'百万大军'，一面取'上将首级'。我们一定要做到！"

可是，大部人马都去孟良崮取"上将首级"，挡住"百万大军"的任务该由谁完成呢？紧要关头，叶飞想到了他熟悉的老部下第1师师长廖政国。

孟良崮战役中我军阻击阵地遗址

叶飞问廖政国："我把主力部队都拿去攻击孟良崮了，只留给你从地方上刚升级的三团，加上你师二团和三师九团，扼守六十多公里的阵地，挡住敌人两个整编师，保证主力拿下孟良崮，你看行吗？"

廖政国对战场态势和自己任务的艰巨是一清二楚的。早就习惯于临危受命的他，一声不吭，没提任何困难，接受任务就走了。

从15日清晨开始，廖政国指挥3团、9团、2团在60公里宽的正面阵地上，抵挡着整编第65师和整编第25师的猛烈进攻，枪炮声如暴风骤雨，敌人遗尸遍野。

血战至下午4点，在敌人的猛烈攻击下，天马山、覆浮山、蛤蟆崮、界牌全线告急，3个团几乎全部打光。

此时，炊事员、担架员、文书，能走的伤员已经都上了阵地，敌人的增援还在不断赶到，廖政国身边只剩下七八个警卫员，怎么办？

紧要关头，恰好第4纵队第28团的1个营在山沟里向孟良崮方向急进。廖政国当即对该营营长说："我是一师师长，命令你们立即赶援天马山。"

营长说他是奉命跑步赶去攻击孟良崮的，任务紧急。廖政国手指烟火弥漫的天马山说："天马山阵地的得失，关系重大。如果敌人打通联系，全局皆输。我手里只剩下七八下警卫员，只有使用所有到达这个地区的部队。"

营长略微考虑了一下，说："好，为了整体利益，我们执行你的命令。"随即带领全营火速赶到天马山增援，终于将敌军击退。

16日上午，华东野战军攻占雕窝、芦山，整编第74师主阵地全部丢失，覆灭在即。而此时，整编第83、第25师与整编第74师相隔只有5公里左右路程，其余援敌距整编第74师也只有1日至2日行程，但硬是被华东野战军阻援部队挡在了包围圈外，始终不能越雷池一步。

究其原因，除华东野战军阻援部队英勇顽强外，很重要的一个原因，就是源自国民党军自身的"毒瘤"——派系林立、勾心斗角、互相倾轧。

正如粟裕事先所料，国民党各路援军貌似强大，气势汹汹，攻势如潮，但是在"舍己救人"还是"保全自己"的问题上，都无一例外、毫不犹豫地选择了后者。

最具讽刺意味的是，整编第83师与整编第74师相距最近，炮火已能打到孟良崮，但因该师师长李天霞曾与张灵甫为争夺74师师长之位结下私怨，结果兵力增援变成了"口头声援"——只派了1个突击连象征性地支援了一下，便按兵不动了。

决战的时刻终于来到了。

四面八方飞来的密集炮火，将孟良崮主峰完全笼罩在烈火浓烟之中，炮弹的弹片夹杂着山上的碎石和74师官兵的血肉四处飞溅。在嘹亮激昂的冲锋号声中，华东野战军将士们从四面八方如潮水般地涌向孟良崮主峰。漫山遍野都响彻了雄壮的口号声：

"打下孟良崮，活捉张灵甫！"

"活捉张灵甫，打烂王牌虎！"

张灵甫被击毙地

张灵甫早已没有了往日的骄横自负，躲在孟良崮主峰的一个山洞中，声嘶力竭地向李天霞、黄百韬呼救："李师长、黄师长，赶快向我靠拢、赶快向我靠拢……看在党国的份上，拉兄弟一把！"

最先攻上孟良崮主峰的是第6纵队特务团。

当他们接近崮顶北侧整编第74师指挥所时，张灵甫负隅顽抗，组织残兵败将进行了最后疯狂的反扑。

副团长何凤山命令战士们用轻机枪、冲锋枪朝山洞内猛扫了一阵，接着又投进了几颗手榴弹。

"轰！轰！"几声爆炸声响过后，洞内传出嘶哑的喊叫声："共军兄弟们，你们不要打了，张师长已被打死了！"

何凤山等人冲入洞里，只见张灵甫倒在血泊中，呜呼哀哉了。

正所谓：冤有头债有主。骄狂不可一世的张灵甫最终还是死在了华东野战军第6纵队的手里。

十几年之后，新中国的电影工作者将这段历史改编成一部脍炙人口的电影——《红日》，搬上了银幕。

下午2时，激烈的枪炮声渐渐平息下来。这时，天气突变，阴云密布，山雨欲来。各参战部队开始打扫战场、收拢部队、统计战果。

被击毙的整编第74师师长张灵甫

粟裕仔细看着各部上报的战果，眉头紧锁。只抓到几百名俘虏，这里面一定有问题！

就在此时，华东野战军情报处长报告，电台侦听部门发现孟良崮地区仍有敌方电台在活动。

粟裕当即指示："命令各部队重新汇报战果，歼俘敌人的数字要力求准确无误。命令各部队继续搜查，不可放松警惕，特别是比较隐蔽的山沟更要仔细搜查。没有命令，不许停止。"

参谋处根据各部队清查后的战果统计，并与整编第74师编制人数核对，发现两者相差七八千人。

粟裕果断命令各纵队组织轻装部队，对战场进行"拉网"式搜索。果然在孟良崮、雕窝之间的山谷里发现集结有7000多敌军，正准备突围。

原来是攻击部队一时疏忽，误认为这股敌军是友邻部队，未对其进行攻击。粟裕立即命令第7、第8、第9纵队重新投入战斗。激战三小时，全歼残敌。

至此，孟良崮战役胜利结束。华东野战军仅用了4天时间，以伤亡1.2万人的代价，全歼了拥有全副美式装备的国民党王牌主力——整编第74师。该师3万余人，上至师长、下到马夫，无一漏网。

捷报传来，全军振奋，欢声如雷。陈毅紧紧握住粟裕的手说："老伙计，这个仗，你硬是越打越神了！"

陈老总抑制不住胜利的喜悦，当即口占一首七律：

孟良崮上鬼神嚎，

七十四师无地逃。

信号点点星灿烂，

照明处处火如潮。

短兵肉搏争山顶，

炮击血飘湿战袍。

蒋贼主力今歼灭，

我军个个是英豪！

毛泽东收到这一捷报后，也抑制不住内心的激动。平时极少沾酒的他竟然找炊事员要酒喝，炊事员大惑不解。毛泽东激动地说："知道74师吗？它被我

被俘的整编第 74 师官兵

们消灭啦！"

后来，毛泽东对粟裕说："你们那样果敢、迅猛地消灭了 74 师，在中国这块土地上，有两个人没想到，一个是蒋介石，另一个是……"

粟裕脱口而出："陈诚？"

蒋介石祭奠阵亡将领

毛泽东："不足挂齿。"

粟裕："何应钦？"

毛泽东："何足道哉。"

"那是谁呢？"

"第二个没想到的就是我毛泽东！"毛泽东的得意之情溢于言表。

整编第 74 师在孟良崮全军覆没的消息传到南京后，不啻晴天霹雳震动了整个国民党统治中心。蒋介石痛心疾首，哀叹"以我绝对优势之革命武力，竟为劣势乌合之匪众所陷害"，是"剿匪以来最可痛心最可惋惜的一件大事"。

不久，国民党政府在南京玄武湖畔为整编第 74 师和张灵甫竖立了一块纪念碑，上书"杀身成仁"四个血红的

孟良崮战役遗址

大字。蒋介石特地为张灵甫颁发了第 3 号旌忠状,并下令将山东蒙阴县改名
为灵甫县,还将一艘驱逐船也命名为"灵甫"号。

　　1949 年国民党败退台湾后,蒋介石在"军人魂"祠堂中,将张灵甫列为
"烈士"第一人。国民党在编战史时,对张灵甫倍加称颂:秉性豪迈、胆力过
人,有燕赵侠士之风,尚忠义、重气节,意志坚强。平时慎其言笑,尊其瞻
视,有凛然难犯之感。平生性爱马,精骑术,善书法,工篆隶,其字苍劲雄
伟,一如其人。

　　孟良崮战役后,蒋介石严厉追究责任。整编第 83 师师长李天霞因玩忽职
守、救援不力而被撤职,送交军事法庭审判,从此在军界消失。整编第 25 师师
长黄百韬差点被蒋介石枪毙,最后由陆军总司令顾祝同出面说情,才改为撤职
留任的处分。负有直接责任的第 1 兵团司令汤恩伯也被撤职。连参谋总长陈诚
也受到牵连,因"指挥不力"而受到了停职察看的处分。

　　纵观国民党军历史,因一个师的覆灭而惩办如此多的高级将领,仅此一次。

7. 沙土集战役

1947 年 5 月，华东野战军取得孟良崮大捷，一举全歼国民党军五大主力之一的整编第 74 师 3 万余人。进犯鲁中的国民党军全线溃退，暂时转取守势。华东野战军主力集结于沂水、蒙阴之间地区休整待机。

这时，全面内战刚好进行了一年，战局的发展对人民极为有利：国民党军被歼 112 万，虽经补充，但总兵力已由战争开始时的 430 万下降至 373 万。正规军虽仍保持 248 个旅的番号，但其中有近半数是被歼后重建或是歼灭性打击后重新整补起来的，总人数由 200 万下降到 150 万。而人民解放军则不断发展壮大，总兵力由 127 万增加到 195 万，其中野战军有 100 万。同时以缴获的武器装备自己，建立了 2 个以炮兵为主的特种兵纵队和若干个炮兵旅、团，以及相当规模的工兵部队，战术水平得到进一步提高。

在东北，林彪领导的东北民主联军发起夏季攻势，对国民党军实施战略性反攻作战；在西北，彭德怀、习仲勋率领西北野战军接连取得青化砭、羊马河、蟠龙等战役的胜利，使志大才疏的胡宗南陷于进退维谷的困境；在华北，聂荣臻指挥晋察冀野战军取得正太战役的胜利，歼敌 3.5 万余人，孤立了石家庄；在华中，刘伯承、邓小平领导晋冀鲁豫野战军在晋南和豫北地区发起反攻，解放县城 30 多座。

为粉碎国民党军将战争继续引向解放区，进一步消耗解放区人力物力，使人民解放军不能持久作战的战略企图，中共中央制定了以主力打到外线去，"将战争引向国民党区域，在外线大量歼敌"的战略方针，决定将战略进攻的主要

刘邓大军强渡黄河纪念碑

方向置于战略地位重要、国民党军防御薄弱的鄂豫皖三省边界大别山地区。具体战略部署是：

以晋冀鲁豫野战军司令员刘伯承、政治委员邓小平率第1、第2、第3、第6纵队共13个旅12万余人，即刘邓大军，实行中央突破，南渡黄河，在鲁西南地区求歼敌军后，以跃进方式挺进大别山，建立根据地；

以晋冀鲁豫野战军第4纵队司令员陈赓、政治委员谢富治率第4、第9纵队和第38军等，即陈谢集团，直出豫陕鄂边界地区，在豫西、陕南建立根据地；

以华东野战军司令员兼政治委员陈毅、副司令员粟裕率第1、第3、第4、第6、第8、第10纵队及晋冀鲁豫野战军第11纵队组成的西线兵团，即陈粟野战军，从鲁西南挺进豫皖苏边区，扩大原有根据地。

这样，三路大军在中原地区互为犄角，紧密配合，在长江、淮河、黄河、汉水间开辟新的中原解放区。另以西北野战军攻打榆林，调动进攻陕北的敌军北上；以华东野战军东线兵团在胶东作战，继续把进攻山东的敌军东引，以策应三路大军挺进中原的行动。

5月22日，中央军委电示华东野战军："歼灭七十四师付出代价较多，但意义极大，证明在现地区作战只要不性急、不分兵，是能够用各个歼击方法，打破敌人进攻，取得决定胜利。而在现地区作战，是于我最为有利，于敌最为不利。现在全国各战场除山东外，均已采取攻势，但这一攻势的意义，均是帮助主要战场山东打破敌人进攻，蒋管区日益扩大的人民斗争其作用也是如此，刘邓下月出击作用也是如此。而山东方面的作战方法，是集中全部主力于济南、临沂、海州之线以北地区，准备用六七个月时间（五月起）六七万人伤亡，各个歼灭该线之敌。该线击破之日，即是全面大胜之时，而后一切作战均将较为顺利。"

为贯彻中央军委这一重要指示，中共华东野战军前委于5月28日至6月2日在沂水西北的坡庄召开团以上干部会议，指出：国民党集重兵于山东，虽然加重了华东军民的负担，却给其他战场实施反攻创造了有利条件；目前除山东、陕北以外，我军均已转入反攻，国民党面临崩溃的前夜；山东的战局在孟良崮战役后虽已得到改善，但尚未完全取得主动，敌人正积极准备再次大举进攻，我们还要继续在内线作战，并且要准备进行恶战。

的确，当时的华东战局十分严峻。国民党军为挽救山东败局，起用了日本战犯冈村宁次为顾问，在南京、徐州、临沂多次召开军事会议，检讨战局，研究对策，提出"并进不如重迭，分进不如合击，以三四个师重迭交互前进"的作战方针，并将陆军副总司令范汉杰调至鲁中前线统一指挥，重新编组进攻兵团，把9个整编师24个旅集结在莱芜至蒙阴不足百里的正面，摆成方阵，准备发动新的攻势，以步步为营、密集推进的战术，企图把华东野战军挤压到胶东

进攻山东解放区的国民党坦克部队

半岛，进行决战。

叶飞回忆道：

国民党喉舌中央社天天叫嚷说：共军背靠大海，海水是喝不干的！退到胶东，胶东是牛角尖，烟台是没有桥可以通到大连的，何况还有海军阻击；如果往西过微山湖与刘伯承会合，有强大兵力阻击；如果固守鲁中山区，要被国民党强大炮火"扫荡"；如果倒回华中，到处重兵，必然消灭；如果渡河"北窜"，又有"国军"精锐兵团。在他们看来，胜利是稳拿到手的了。

6月19日，华东野战军将上述情况报告中央军委。三天后，军委复示："据悉蒋以东北危急，令杜聿明坚守两月，俟山东解决即空运东北等情。山东战事仍为全局关键。你们作战方针仍以确有胜利把握然后出击为宜。只要有胜利把握，则不论打主要敌人或次要敌人均可，否则，宁可暂时忍耐，不要打无把握之仗。"

粟裕回忆道：

六月二十五日，敌军开始全力东犯，二十八日进至鲁村、南麻（今沂源县）、大张庄、朴里庄一线，妄图迫我在鲁中山区狭窄地带迎战。由于当面之敌十分密集，无论是寻歼侧翼之敌或直取中央之敌都缺乏条件。为避免无把握作战，我们打算以第六纵队向临（沂）蒙（阴）公路出击，以第四纵队奔袭费县，破坏敌人后方补给线，以第七纵队佯攻场头，迫敌分兵回援，主力集结在沂水、东里店一线待机。

然而就在这一计划即将实施之时，29日，中央军委电示陈毅、粟裕、谭震林，指出："蒋军毫无出路，被迫采取胡宗南在陕北之战术，集中六个师于不及百里之正面向我推进。此种战术除避免歼灭及骚扰居民外，毫无作用。而其缺点则是两翼及后路异常空虚，给我以放手歼击之机会。你们应以两个至三个纵队出鲁南，先攻费县，再攻邹（县）滕（县）临（城）枣（庄），纵横进击，完全机动，每次以歼敌一个旅为目的。以歼敌为主，不以断其接济为主。临蒙段无须控制，空费兵力。此外，你们还要以适当时机，以两个纵队经吐丝口攻占泰安，扫荡泰安以西、以南各地，亦以往来机动歼敌有生力量为目的。正

华东野战军某部在拂晓行军

面留四个纵队监视该敌，使外出两路易于得手。以上方针，是因为敌正面既然绝对集中兵力，我军便不应再继续采取集中兵力方针，而应改取分路出击其远后方之方针。其外出两路兵力，或以两个纵队出鲁南，以三个纵队出鲁西亦可。"

这个三路分兵的指示，改变了中央军委过去要求华东野战军不分兵、坚持内线歼敌的方针。陈毅、粟裕、谭震林等华东野战军领导人立即进行了研究。

鉴于晋冀鲁豫野战军主力即将南渡黄河转入外线作战，战局必有重大发展，华东野战军决定执行中央军委提出的三路分兵的方针。具体部署是：

（一）由叶飞、陶勇率领第1、第4纵队（又称叶陶兵团），越过临蒙公路，向鲁南挺进；（二）由陈士榘、唐亮率领第3、第8、第10纵队（又称陈唐兵团），首先进入博山地区，而后向鲁西的泰安、大汶口方向挺进；（三）野战军指挥部率第2、第6、第7、第9纵队和特种兵纵队，集结在沂水至悦庄公路两侧，各以少部兵力与东犯之敌接触，主力待机出击。

因时间紧急，30日，华东野战军在将此部署上报中央军委的同时，命令各部队立即于7月1日执行。这就是华东野战军历史上著名的"七月分兵"。

由于"七月分兵"过于仓促，各方面准备都很不充分，而分兵后部分指挥员对部队情况出现错误估计，加之华东转入雨季，连日大雨倾盆，山洪暴发，行动受阻，致使随后的南麻战役和临朐战役都打成了消耗战，虽歼敌1.8万余人，而自身伤亡高达2.1万余人，未能完成预期歼敌目标，部队士气受到一定的影响，第10纵队更是被迫退到黄河以北休整。《粟裕战争回忆录》一书中是这样记叙的：

　　"七月分兵"是在未经充分准备的情况下开始的。在接到军委六月二十九日分兵指示以前，我们是按照军委五月二十二日指示，准备以七八个月时间，即在一九四七年底以前，集中全部主力在内线各个歼敌的。接到军委六月二十九日分兵指示，到全军开始行动仅有一天多时间。

　　由于七月分兵后有几仗打成消耗战，有的同志后来就怀疑"七月分兵"是否正确。有的同志问我，"七月分兵"是否太匆促了？如果在内线再坚持两个月，避开七月和八月雨季，经过充分准备再行出击是否更好？还有的同志认为，我们当时应该向军委提出继续集中兵力于内线作战的建议。

　　我的回答是，我们当时执行军委分兵的方针是必要的。如果我们将眼光局限于山东，在内线坚持几个月当然是可以的。因为当时山东还有五十多个县城在我手中，而且连成一片，胶东、渤海、滨海三个地区还可以回旋，在内线歼敌的条件还是存在的。但是，刘邓大军在六月底将南渡黄河，军委已经告知我们，我们必须以战斗行动来策应刘邓大军的战略行动。当然，策应刘邓大军南渡可以有另一种方式，如果我们在七月初能集中兵力打一个像孟良崮那样的大仗，将敌人牵制在鲁中，对刘邓大军的配合将是有力的。无奈当时难以肯定数日内必有战机出现，而刘邓大军按军委规定日期出动，我们不能以作战行动作

华东野战军某部徒涉过河

7.
沙土集战役

有力的配合，这对全局是不利的。这就是我们立即执行军委分兵的指示的主要原因。同时，集中与分散是兵力运用上的一对矛盾。集中优势兵力，各个歼灭敌人是我军的作战原则，所以集中是这对矛盾的主要方面，但并不排除必要时的分散，分散也是对付敌人的一种手段。孟良崮战役发起前，一九四七年五月上旬，军委曾指示我们不要分兵，我们遵照军委指示改变了计划，但当时我们也不是绝对不分兵，而是留下六纵隐伏于鲁南，后来这一着在孟良崮战役时起了重要作用。我们分路出击，就可以将敌人扯散，而我军则可以由分散转为集中，以歼灭孤立分散之敌。也就是先以分散对付集中，再以集中对付分散。

……

此时，我深感责任重大。自从华野执行分兵出击的新方针后，作战条件起了变化。七月上旬打得比较顺手。向鲁南挺进的两个纵队攻占了费县、峄县、枣庄。向鲁西挺进的三个纵队，攻占了津浦路上大汶口至大万德段的一些据点，严重地威胁了敌人后方基地兖州、徐州。敌人从七月十三日开始，以整编第五师（注：即第5军）等七个整编师分路西援，在鲁中山区留下整编第十一师等四个整编师固守要点。七月中旬以后，雨季骤然到来，大雨滂沱，山洪暴发，河水陡涨，使我军机动、运输、作战遇到很大的困难，以致七月份中、下旬的几仗都打成了消耗仗。当时情况是：

（一）在山东内线，南麻、临朐两仗未能歼灭敌人，敌人占领了胶济线，胶东地区有被敌人占领的危险。胶东是我华东地区的重要后方物资基地，且有数万伤病员、家属安置在那里，如一旦被敌占领，对民心、士气、物资补给都将带来严重影响。

（二）进入鲁西南的五个纵队，离开根据地，经过一个月的连续行军作战，十分疲劳。部队在齐腰或齐膝的大水中和泥泞的道路上行动。作战、机动和补给

解放战争时期的粟裕

都十分困难。非战斗减员也很严重。第一、第四纵队伤亡各约五千人,非战斗减员亦各约五千人。第三纵队第七、第九师都缩编为两个团,第一纵队所属三个师除第二师多辖一个地方团外,其余只辖一个团,第十纵队亦伤亡近两千人。这五个纵队的实力大减。

(三)部队思想比较混乱,对已经开始的全国大反攻形势产生怀疑。如有的说,"反攻是被迫的,是被敌人逐出了山东"。有的说,"反攻、反攻,丢掉山东"。部分指挥员对于无后方条件下作战缺乏信心。

连续几仗没有打好,作为战役指挥的主要负责人,粟裕向中央军委引咎自责。同时对于下一步,粟裕也作了冷静的分析,认为:这一段的作战,我们的行动目标是明确的,而敌人为我们所迷惑,其行动却很盲目;我们并没有打败仗,只是打了几个消耗仗;我们达到了调动与扯散敌人的目的,打乱了敌人的部署,敌人对山东的重点进攻实际上被打破了,这是战略上的胜利。当前的关键是如何适应变化了的条件,在外线打好一两个歼灭战,以夺取战场的主动权。

8月1日,华东野战军叶陶兵团与陈唐兵团在鲁西、鲁南艰苦转战后,会师于鲁西南济宁、兖州间,并渡过运河,进至鲁西南郓城以东地区休整。

4日,中央军委指示粟裕率特种兵纵队速去鲁西南,统一指挥叶陶兵团、陈唐兵团共5个纵队,"积极策应刘邓作战",以掩护晋冀鲁豫野战军主力进军大别山。

粟裕鉴于全国主要战场已由山东移到中原,战略重心已由内线转到外线,华东野战军今后主要作战方向在外线,建议:

(一)华野今后主要作战方向和指挥重心是在外线,请陈毅司令员和我们一同西去,以加强领导。(二)现在西线的五个纵队,实力有所下降,为进一步集中兵力,达成战役上的优势,建议增调第六纵队到西线。(三)留在山东内线的第二、第七、第九纵队,力量可以制敌,建议组成东线兵团,由谭震林、许世友二同志指挥。

中央军委批准了粟裕的建议。毛泽东在复电中,将华东野战军的作战范围划定为黄河以南,淮河以北,运河以西,平汉以东。同时再次鼓励粟裕不用为"七月分兵"后的失利所困扰,指出:"此次华东各部虽有几仗未打好,但完

转战在山东战场的陈毅

成了集中兵力、分散敌人之巨大任务。""中央特向你们致慰问之意，并问全军将士安好。"

这样，华东野战军的作战范围得到进一步扩大，担负起和刘邓、陈谢大军共同经略中原，并恢复豫皖苏解放区的任务。三路大军挺进中原的格局初步形成。

挺进中原的任务已经明确，如何打好第一仗，同时扭转"七月分兵"以来的不利局面，成为摆在粟裕面前的首要问题。

作为华东野战军进入鲁西南后的首战，意义重大。这不仅是一次"初战"，更是绝对不能输的一战。如果输了，就不能扭转华东野战军转入外线后的不利局面。因此，如何打这一仗，粟裕不能不越发慎重。

此时的国民党军，除了持续围困大别山区的晋冀鲁豫野战军外，对于山东地区的华东野战军，由于此前南麻、临朐两战的"鼓舞"，错误地判断"鲁西南共军已陷入绝境"，因此改变了原来的谨慎态度，开始骄狂起来。这一局面的出现，就为华东野战军提供了战机。

粟裕回忆道：

我军出击外线后，离开了老根据地，敌人调集优势兵力，紧紧尾追并与后方守敌相配合，企图夹击我军于立足未稳之际。如何在敌人统治区域内调动敌人，创造战机，比在根据地内要困难与复杂得多。但是，只要对敌情进行认真的分析研究，还是可以找出一些规律性东西。我军七月初进入鲁西南，一个多月以来，我们没有打过一个像样的仗，我第十纵队又被迫退到黄河以北休整，敌人就产生了错觉，误认为我军是不能打了。国民党中央社曾大肆喧嚷："山东共军已溃不成军，不堪再战。"还向我军广播劝降书说："鲁西南共军已陷入绝境，南有陇海路，东有津浦路，北面和西面有黄河，四面被围，无路可走。"解放战争开始后，敌军因连遭我军歼灭，行动一直很谨慎，现在骄狂起来了，一个团也敢成一路尾追我们。表面看来；我们活动的范围小了，实际上是敌人被我们歼灭的可能性增大了。而且敌人所处的地理、气候条件同我们是一样的，在大雨、泥泞中追了我们一两个月，也是疲劳不堪的，他们军队的素质则是同我们不能比拟的。这些都是创造战机的条件。特别是敌人满以为我们要"北逃"，而陈毅同志和我却率第六纵队、特种兵纵队突然南进，这是出乎敌人意料的。

粟裕为下一步的作战设想了两个方案。第一个方案是第6、第10纵队渡过黄河与陈唐兵团会合后，开个会，休息几天，补充弹药、物资，恢复部队体力，再打第一仗；第二方案是第6、第10纵队渡过黄河后，由陈唐兵团将敌诱至距渡河点以南三四十公里的适当地区，集中3个纵队，包围整编第57师或整编第68师，另以1个纵队钳制第5军。

第一方案的好处是战役的布置可以周到一些，易于密切协同，更为谨慎。但缺点是敌人在发现第6、第10纵队渡河之后，可能谨慎靠拢，或进入据点困守，不便围歼，这样打开鲁西南的局面就将推迟一些时间。第二方案的好处是能够出敌不意，易于取胜，且能迅速打开鲁西南局面，及时南下豫皖苏配合刘邓大军。但缺点是战前来不及开会，不便与陈唐兵团取得密切协同，万一打不好对整个战局不利。

粟裕就两个方案咨询陈毅的看法。陈毅认为这一仗事关重大，为慎

解放战争时期的粟裕

7. 沙土集战役

重起见，可先征求一下陈士榘、唐亮的意见，毕竟这涉及和陈唐兵团之间的协调配合问题。于是，粟裕立即拟电征询陈士榘、唐亮的意见。

不过这时的战局并没有给粟裕充分的时间来探讨两个方案的利弊。

8月30日，毛泽东致电陈毅、粟裕表示："现在欧震、张淦、罗广文、张轸、王敬久、夏威各部，均向刘邓压迫甚紧，刘邓有不能在大别山立足之势，务望严令陈唐积极歼敌，你们立即渡河，并以全力贯注配合刘邓。"

收到这份电报后，陈毅、粟裕清楚地意识到，中央军委已经替他们做了选择，尽快开始作战。至于协调问题，只能在战役准备过程中周密准备并在作战过程中及时协调了。于是立即致电陈士榘、唐亮要求他们执行第二套方案，并于当日下达了"西字第一号命令"：

第10纵队于9月3日晚由孙口（寿张南）、马庄（张秋镇西南）渡过黄河，4日晚完成对郓城的包围而攻占之；第6纵队于9月3日晚在张秋镇东南渡过黄河，4日晚进入梁山以南地区；野指于9月3日晚随第10纵队渡河，拟于6日进至郓城西南15公里之王家楼与陈唐兵团会合

第1、第3纵队于8月31日自成武、定陶地区北来，诱引第5军和整编第57、第84师等部北犯；第4、第8纵队及晋冀鲁豫野战军第11纵队，尾敌向北，拊敌之后。同时于4日晚以1个纵队进至巨野、郓城之间，以保障第10纵队攻郓城之安全。兵团主力于4日晚进至龙堌集、沙土集之线以北地区集结。

华东野战军某部向敌前沿阵地发起攻击

9月2日，陈毅、粟裕率第6、第10纵队及特种兵纵队一部南渡黄河，与陈唐兵团会合，组成华东野战军西线兵团。至此，华东野战军第1、第3、第4、第6、第8、第10纵队和特种兵纵队及晋冀鲁豫野战军第11纵队，均已集结于沙土集南北地区，完成了集中兵力歼灭敌人的战役布局。

经过两天的动员，华东野战军不仅基本解决了自"七月分兵"以来思想上出现的问题，也确定了以歼灭国民党军整编第57师为作战目标。粟裕回忆道：

九月五日、六日，我找了西兵团一些同志谈话，对部队的思想情况做些调查。了解到多数同志对进入鲁西南，一直受敌人尾追，未能摆脱被动，憋了一肚子的气，求战心情甚切。有的干部发牢骚，编了一个顺口溜："运动战、运动战，只运不战。我走弧形，敌走直线，敌人走一，我们走三（指我军围绕曹县、单县打圈子，走的是圆周，敌人穿城而出，走的是直径），昼夜不停，疲劳不堪。"有的同志说："这样下去，只有拖死；与其拖死，不如打死。"还有的同志说："鲁西南水多，泥鳅成了龙。吴化文过去是我们手下败将，现在居然敢跟着我们屁股追。"

在指挥员中，多数同志主张打。有的同志说："我们和敌人所处的天候、气象、地形条件是一样的，敌人能打，我们为什么不能打！"有的说："曾几何时，我们在雨雪交加的鲁南，消灭了配属快速纵队的整编第二十六师，活捉了马励武；在沂蒙山区消灭了蒋军王牌军整编第七十四师，打死了张灵甫，如今反被我们手下的败将，追得东奔西跑，真是窝囊。"

同时，我也了解到有的高级指挥员，对在当时条件下能否在鲁西南打歼灭战，有很大的顾虑，认为敌人多路尾追，密集靠拢，战机难寻；时值雨季，积水甚深，不便我军机动；没有后方，伤员安置困难。特别是部队减员多，消耗大，未得补充，实力大减。因此，主张休整一下，作较多的补充后再战。

我对这些不同反映进行了对比与分析，认为我华东的这几个纵队，第一次脱离根据地作战，又逢大雨和洪水，确有不少的困难，休整一下再打，当然好一些。但刘邓大军告急，毛泽东同志电令我们迅速行动，积极歼敌，全力配合刘邓，这是全局。局部必须服从全局，我们再困难，也要自己克服，尽力争取早打。而且我们的困难只有在打了胜仗后才能解决。因为：

（一）打好一个歼灭仗，就可以从敌人那里得到人员、弹药的补充。如果歼灭了敌整编第五十七师，根据过去作战的情况，敌我伤亡一般为三比一。照

沙土集战役中，华东野战军某部重机枪阵地

此推算，歼灭这个师，我们大约要伤亡三千至四千人。在歼灭敌人的数目中，一般毙伤占三分之一到四分之一，俘虏占三分之二到四分之三，可以俘虏七千余人。我们可以从中选五千以上补充部队，加上我们的伤员有些还可以归队。这样补入的人数超过伤亡的人数，还可以得到大量武器、弹药、粮食和药品的补充。

（二）关于后方问题。九月二日，毛泽东同志来电指出："从你们自己起，到全军一切将士，都应迅速建立无后方作战的思想，人员、粮食、被服、弹药，一切从敌军、敌区取给。"而且鲁西南是老根据地，因几次拉锯，群众顾虑大，只有我们打好仗，才可以迅速恢复和建立起巩固的根据地来。

（三）关于战机问题。西兵团进入鲁西南后，被敌人追了一个多月，造成敌人骄狂失慎。这次我第一、第三纵队诱敌北犯，敌人很可能分兵轻进，这样就出现了战机。而我第六、第十纵队渡河南来，突然投入战斗，出敌不意，取胜的把握很大。

（四）至于部队的思想问题，实践已多次证明，打胜仗是解决思想问题的最好方法。当前部队虽然疲劳，但求战心切；实力虽然下降，但我军已高度集中，完全可以对敌人造成战役优势。

我把这些想法当面向陈毅同志陈述。他赞同我的意见，要我在六日晚上召开纵队领导干部会议，统一思想。

在会议上，不主张打的同志说了他们的想法，我也反复说明了早打的好处

被俘的国民党军一部

和取胜的条件。明确指出：只有打，才能有力地配合刘邓；只有打，才能扭转现在的被动局面；只有打，才能得到补充；只有打，部队才能得到休整；打好了，鲁西南根据地就能重建起来。

这是一次军事民主会议，经过讨论，大家的思想统一了。并且一致同意首先歼灭敌整编第五十七师，然后视情况，再歼灭整编第五师之一部。我们预期着新的胜利即将来临。

当时，鲁西南的敌情是：第四"绥靖"区刘汝明所辖整编第68、第55师（残部）在菏泽、鄄城地区；整编第84师在济宁、巨野地区；第5军和整编第57师在单县、曹县地区。此外整编第88师新编第21旅位于定陶、曹县地区，张岚峰残部位于城武，伞兵总队进抵单县，整编第20师一部进抵金乡。

在第1、第3纵队的诱引下，国民党军于9月初开始北犯。其中，以第5军为中央，自刘官屯、龙堌集一带向北攻击；整编第57师为左翼，整编第84师为右翼，其余各部为策应，积极协同配合。

5日，第5军进至郓城以南雷家庄、富官屯、王老虎一线。整编第57师进至郓城西南地区，第60旅进至郓城西南贾敬屯、邱家庄、徐家垓一线，第117旅位于第60旅右侧。

7日，国民党军继续北进，整编第57师和其他各部拉开了20余公里的距离。

集结待命的国民党军

粟裕抓住战机，以第8、第3、第6纵队（欠第17师），担任攻歼整编第57师的任务；以第4、第10、第11纵队及第6纵队第17师，担任阻击可能增援的整编第5师及整编第68师；以第1纵队为战役预备队。具体部署如下：

（一）南线第8纵队由黄镇集、沙土集、龙堌集之线由南向北攻击；北线第3纵队待南线打响后，除以一部钳制第5军，切断其与整编第57师的联系外，主力由东北向西南，向徐家垓、耿家庄、新兴集地区攻击前进；第6纵队在战斗开始后，即从第3纵队右侧向徐家垓、贾屯、任家桥、新兴集地区攻击，以夹击围歼整编第57师于新兴集及其以北地区。

（二）第4纵队重点置于龙堌集，以割裂第5军与整编第57师的联系，阻击第5军可能的西援；第11纵队位于辛集、陈集地区，对整编第68师所在的菏泽方向进行警戒；第10纵队并指挥第6纵队第17师全力控制郓城及其东南、西南阵地，与第4纵队协同，坚决阻击第5军。

（三）第1纵队在战役发起后，由红船口向东南攻击，协助主攻各纵队围歼整编第57师，并防止其向菏泽方向逃窜。

粟裕之所以选择整编第57师作为歼灭对象，是因为该师所处的位置便于分割，其战斗力也要比第5军弱一些。

整编第 57 师原系第 98 军,曾是粟裕的手下败将。抗战胜利前,粟裕率领华中野战军在浙江天目山举行第三次反顽作战,几乎将该军全歼。以后该军调苏北新(沂)海(州)地区,除原辖预备第 3、第 4 师外,又编入迭遭歼灭后重新整补的第 117 师。整编为第 57 师后,下辖师改为旅。宿北战役中预备第 3 旅被全歼,全师仅辖第 60 旅(由预备第 4 旅改称)和第 117 旅,1 万余人,全部日械装备。

当日下午,围歼整编第 57 师的战斗打响了。

华东野战军集中 4 倍于敌的兵力,以第 3 纵队和第 6 纵队主力由北向南、第 8 纵队由南向北对整编第 57 师实施南北夹击,很快将其压迫至菏(泽)巨(野)公路上的沙土集镇及附近地区。

位于鲁西南曹县的沙土集一带地形平坦开阔。华东野战军广大指战员士气旺盛,在无隐蔽的开阔地上英勇奋战,冒着密集的炮火,勇往直前。

晚上,粟裕考虑到有第 3、第 6、第 8 纵队围歼沙土集之敌已经够用,乃于次日晨令第 1 纵队撤出战斗向北转移至刘庄、皇姑庵一带,第 4 纵队转移至龙堌集地区,一面监视警戒,一面准备下一步攻歼第 5 军一部。

8 日,被围沙土集的整编第 57 师组织疯狂反扑。激战一天,除大王庄、魏庄两点又被敌占领外,沙土集外围之敌被全部肃清。

沙土集有一道坚固的围墙和一道外壕,村外为平坦的沙质土地,易守难攻,敌人企图固守待援。

傍晚 6 时,华东野战军对困守沙土集之敌发起总攻。

经过半小时的炮火准备,第 3 纵队首先从北面突破沙土集围寨,进入村

华东野战军某部向敌据守的村庄发起攻击

内与敌展开巷战。激战至 9 日凌晨 2 时，第 8 纵队从东南方向突入，第 6 纵队从西北角突入。3 个纵队逐步缩小合围困，敌数次反扑，企图突围，均被击退。

华东野战军一面猛烈进攻，一面展开政治攻势，瓦解敌军。整编第 57 师中将师长段霖茂见大势已去，率百余人化装乘夜暗逃跑，但突出围寨不远即被俘虏。

清晨时分，战役胜利结束，华东野战军以伤亡 2300 余人的代价全歼整编第 57 师 9000 余人，其中毙伤 2000 余人，俘虏 7500 余人，缴获榴弹炮、野炮、山炮 20 余门，轻重机枪数百挺，以及大批弹药和其他军用物资。

在此期间，从郓城、菏泽方向向沙土集增援的第 5 军等部，均被第 10 纵队（附第 6 纵队第 17 师）和第 1、第 4 纵队及晋冀鲁豫野战军第 11 纵队击退。

此役，是华东野战军西线兵团转入战略进攻后的第一个胜仗，从根本上扭转了华东野战军在鲁西南的被动局面，为向豫皖苏进军打开了通路。同时迫使国民党军从大别山区和山东其他战场抽调 4 个整编师来援，有力地策应了晋冀鲁豫野战军主力进军大别山和华东野战军东线兵团的胶东保卫战，对整个南线战局的发展有重要意义。

9 月 11 日，中共中央致电华东野战军："郓城沙土集歼灭整编第五十七师全部之大胜利，对于整个南线战局之发展有极大意义。"

《粟裕战争回忆录》一书是这样评价沙土集战役的：

缴获国民党军的火炮

沙土集战役，是我军在外线敌人统治区内，在天候、地理不利的条件下，调动敌人，捕捉战机，集中兵力，打的一个歼灭战。从战役指挥的角度来说，它提供我们这样的经验：当战局出现被动时，战争的指导者应冷静、客观地分析敌我形势，充分发展有利于我，不利于敌的种种因素，并积极发现、捕捉和创造战机，及时定下决心，采取正确的部署，并坚决果断地予以实施，以迅速克服被动，夺取主动。沙土集战役前变被动为主动的关键是处理好打和走的关系。"打得赢就打，打不赢就走"，这是对我军灵活机动的战略战术的高度概括，同时又是避免被动，保持主动的一条重要原则。这个原则，运用起来颇不容易，打得赢就打，这还比较好办一些，打不赢就走，却不那么容易，因为有个走得了走不了的问题。在中国革命战争史中，敌强我弱，我军被逼到被动地位，常常有个走得了走不了的问题，在走的过程中吃了大亏，也不罕见。走，一支小游击队还好办，一个大兵团却不好办。好几个纵队，敌人天天咬住尾巴，被迫打掩护战、撤退战、遭遇战，部队得不到休息，粮食得不到供应，弹药得不到补充，伤病员得不到安置，士气也受影响。我五个纵队进入鲁西南的处境就是这样。当时我们抓住了走和打互相关联着的这一对矛盾，认为要扭转被动，关键是要打好一仗。根据我多年作战实践，在敌人统治区活动，不能只走不打。当然不能盲目的打、硬打。但只有走，没有打这一手，那就走也走不好，走也走不了。至于战机问题，要作全面的分析，既要看到不利因素，又要看到有利条件，还要去创造有利的条件。一般说来，在敌区作战，敌人前堵后追，四面包围，易于对我实行分进合击。但我们要看到敌人的动作不可能那样整齐，距离的远近也不可能一样。我们可以逐步地把兵力向弱敌方向转移，集中优势兵力，坚决果断地打掉他

1980 年粟裕讲述战役指挥经验

7.
沙土集战役

一路。一路打掉了，敌人就不敢那样轻进了，间隙就大了，我们的自由就多些了。这时指挥员的分析、判断和决心起主导的作用。如果指挥得当，就可以从被动中夺取主动；反之，如指挥失当，不能恢复主动地位，接下去的就可能是失败。

8. 洛阳战役

1948 年 3 月初，西北野战军在陕西宜川、瓦子街取得歼灭国民党军 1 个整编军部、2 个整编师的重大胜利。

胡宗南为确保西安，急调据守陇海铁路潼关至洛阳段的裴昌会第 5 兵团主力西援，洛阳仅留青年军第 206 师驻守，洛阳以西、潼关以东 200 余公里铁路沿线改由非正规军守备。

青年军是"大太子"蒋经国亲手组建起来的，士兵中有半数是蒋经国以"青年从军运动"为口号从全国各大城市的大、中学校征集而来的学生。第 206 师下辖 2 个旅，全部美械装备，士兵多为西北等省失业、失学青年，长期

国民党青年军一部

受法西斯训练和教育，政治上极其反动，死心塌地追随蒋介石。

该师原由陆军总司令部郑州指挥所主任孙震指挥，1948 年 1 月才改归胡宗南指挥。为什么让远在西安的胡宗南来指挥洛阳的部队呢？少将师长邱行湘回忆道：

蒋介石的战略意图是急于修通陇海路潼洛段（潼关至洛阳），打通平汉路北段，使西北与中原、华北连成一气，并图确保西安、洛阳、郑州三大城市据点，以稳定中原战场的局势。

洛阳号称"十三朝古都"，中原战略要地。北依邙山，南傍洛河、伊河，地势险要，易守难攻，历来为兵家必争之地。国民党政府曾于 1932 年将洛阳定为"行都"，在政治、军事、交通等方面都具有相当重要的地位。同时，洛阳又是郑州与西安之间的联络中心和补给重地。但随着裴昌会兵团撤守西安后，邱清泉兵团位于陇海东段徐州东北地区，监视黄河以北休整的华东野战军；原位于平汉线遂平、驻马店的胡琏兵团，正准备以一部袭扰集结在沙河、淮河之间休整的刘邓大军；孙元良兵团则龟缩在郑州，准备以两个旅加强汜水、黑石关一线的防御。这样，洛阳孤零零地突出在陇海西段，且兵力薄弱。

中央军委针对敌军态势，指示华东野战军，为配合西北野战军作战，并掩护晋冀鲁豫野战军主力休整，抓住有利时机攻打洛阳，歼灭孤立无援的第206 师。

1983 年 11 月，全国政协文史资料研究委员会黄埔军校史料考察组在黄埔军校旧址留影（左 4 为邱行湘）

宜川战役刚刚结束，蒋介石就派飞机把邱行湘从洛阳接到南京，面授机宜。

邱行湘，字辽峰，1907年生于江苏溧阳。黄埔五期生。

出身大农户人家的邱行湘，自幼熟读四书五经，非常欣赏"忠臣忠一主，孝子孝双亲"的信条。在黄埔军校时，他到处张贴"忠于一个党、一个政府、一个领袖"的口号和传单。

蒋介石每次点名点到他时，总是不厌其烦地问他："你是什么地方人啊？"

邱行湘则两脚一并，同样不厌其烦地响亮回答："回校长话，学生是江苏溧阳人。"

"你来黄埔是干什么的？"

"革命！"

蒋介石十分满意邱行湘的回答，经常说："邱行湘是黄埔的模范生，日后一定是模范将领，是你们大家的典范。"

邱行湘也的确没有让蒋介石失望。

黄埔军校毕业后，他长期在陈诚的起家部队第18军中任职，成为土木系（陈诚的起家部队是第11、第18军，十一为"土"，十八为"木"，故称"土木系"）骨干将领。抗战爆发后，任第18军第67师第201旅副旅长兼第402团团长，参加淞沪会战、南京保卫战、武汉会战等。1941年，任第8军第5师少将副师长。1943年3月任中国远征军司令长官部副官处长，5月任第94军第5师副师长，参加鄂西会战、湘西会战。

曾任青年军第203师师长的钟彬在抗战时期与美军军官交谈

内战打响后，邱行湘升任第94军第5师师长，在东北四平战役中大显身手，被蒋介石誉为"邱老虎"。1947年11月调任青年军第206师师长。

当邱行湘走进蒋介石位于黄埔路官邸的办公室时，只见校长板着面孔，流露出紧张而又忧虑的情绪。

在询问有关青年军兵员补充、部队训练等情况后，蒋介石说：洛阳是陕晋豫三省的要冲，中原与西北联系的要点，一定要作长期"固守"的打算；要以洛阳为中心，组织民众，训练民众，加强保甲工作，扩大地方武装力量。

对于洛阳守备部署，蒋介石指示："洛阳的邱山、龙门、西工都非常重要，必须加强工事，研究防守，教育部队。飞机场也很重要，必须确实控制。"

为笼络邱行湘，蒋介石还当场任命他为洛阳警备司令，并说："军事的成败，关系到党国的安危，如果不打败共产党，我们将死无葬身之地。"

邱行湘向蒋介石保证："请校长放心，除非天塌地陷，洛阳万无一失！"

蒋氏父子十分看重这支"御林军"，当时有一条不成文的规定：每次青年军要参加大的战役，蒋介石都要召见参战部队的师长，亲自找其训示，然后由蒋经国以国防部预干局局长、青年军总政治部主任的名义设宴招待。

身着飞行服的"大太子"蒋经国

从委员长官邸出来，邱行湘照例被蒋经国请到南京著名的湖南菜馆曲园酒家吃饭。

席间，蒋经国说："国共不两立，我们一定要在军事上取得胜利，一定要把部队的战斗力充实起来。装备方面，你们可以和我经常联系，逐步调整。现在广设失业失学青年学生招待站，可以源源补充兵员。"

饭后，蒋经国又亲自驾车把邱行湘送到明故宫机场。

邱行湘深为所动，眼含热泪表示："为了党国，鞠躬尽瘁，死而后已！"

回到洛阳后，邱行湘立即整军备战。首先加强军事控制，按照蒋介石的指示，成立党政军联席会议，实行党政军一元化，洛阳附近的专区及所属各县统归邱行湘指挥，恢复建立地方政权和武装，补充弹药，组织训练。然后调整第206师内部人事，将"既亲蒋又能打仗"的人安排作指挥骨干，不符合要求的一律调走。如调任第1旅旅长赵云飞为第206师副师长兼第1旅旅长，第2旅副旅长刘宏远为第206师参谋长兼洛阳警备司令部参谋长。同时着手补训工作，将从西安、郑州、开封、许昌等地招收的3000余名青年学生，全部调整补充为6个步兵团。

考虑到青年军士兵既缺乏作战经验，兵力又不足，如何才能固守洛阳，邱行湘一时拿不定主意。他回忆道：

我刚到洛阳的时候，对洛阳的守备，究竟是以主力守西工（国民党中央军校洛阳分校校址，距城西三公里），或者以主力直接守洛阳城，尚举棋不定。至于外围据点的龙门、邙山，则决心不守，以免分散兵力（蒋介石的意见是要守龙门、邙山的）。

一向对校长言听计从的邱行湘在洛阳城防部署上并没有完全按蒋介石的指示办。

起初，我认为如以主力直接守城，因为没有宽广的射界，难以发挥火力，又难以形成多数的独立支撑点，一门突破，势必全城瓦解，故有意以主力据守西工，以一部控制城垣，利用飞机场和西工四面八方的宽广的操场作为依托。

洛阳丽景门

这样，不但可以充分发挥火力，又可以使每一个据点既能互相支援，又能独立支撑。但因为西工没有既设工事，又为时间所限，我最后仍决定以主力直接守城，以一部控制西工，并指定较有作战经验的第四团一个营配合民工构筑工事，担任西工的守备。

在兵力部署上，邱行湘也是绞尽脑汁，煞费苦心：师部率第1团担任城内西北运动场及洛阳中学、城西北关帝庙至城东北站段守备；第2团除派出1个连驻守美国医院，1个营驻守上清官为外围据点，其余为全师预备队；第3团担任东北门至城东南潞泽会馆段守备；第4团除一部分守备城西门南北段外，其余为师部控制的守备队；第6团担任城西周公庙、火柴公司和西工发电厂等处守备；师工兵营驻守东、西车站；整编第39师炮营、第8团第3连、第14团之一部为第1炮队，位于西北运动场及菜市场，担任支援第一线部队及城周围之战斗；师属炮兵营为第2炮队，分散配置于各城角，配合步兵作战，营部位于文峰塔附近。炮兵总观察所设于文峰塔上。除特种兵外，其他守备部队均留出三分之一兵力作为预备队。

加强工事是洛阳战备的重点。邱行湘率手下人反复研究，开动脑筋，最后决定以"小而坚"的办法来对付解放军，大量构筑独立而坚固的小据点。考虑到战斗打响后，各据点间的联系势必被解放军阻断，因此在每个据点内都储备了充足的弹药、粮食、水和药品等物资，并建有炊事所、水井、寝室、厕所等设施。大的核心阵地还备有地下电线、地下掩蔽部，最大的可容纳一二百人。

在各据点的本身，巧为编成火网，并有上、中、下三层的射击设备。上层以行瞰制射击，中层与地面呈水平，形成交叉火力。下层工事是防御解放军云梯越壕、爆破攻击和坑道攻击。壕底同样是构成交叉火网，阵地前沿多挖有五公尺深和宽的外壕。另有伪工事，如桥梁、通道等，以吸引解放军爆破手接近，利用两侧闭锁工事进行射击，又可越出闭锁口捕捉爆破手。这些伪装工事在阵地外是不易侦察到的。据点工事一般是没有直射的火口，但城垣的射击设备很差，直射火口多，火网构成不易，又难形成多数的能够应付四面八方的独立支撑点，一处突破，全线就要瓦解。因此，必须在城门外和城墙角广设独立小据点，以补直接守城不易发扬火力与难以形成多数独立支撑点的不足。瓮城外都设有二三道工事，这是守城的主要依靠。

洛阳战役前，华东野战军第3纵队第8师第23团第1营营长张明（手持长棍者）正在讲解战术

经过一番精心备战，国民党守军在洛阳城内外构筑大量的永久性防御工事，形成了完整的防御体系：以西北运动场构成核心阵地，以城垣结合四关构成主阵地，以外围支撑点构成外围阵地。

客观地讲，洛阳的城防工事坚固、完备，特点突出：第一，阵地选择高地要冲，利用自然地形或孤立建筑物为依托，构成核心阵地。但又各自成为独立支撑点，互相策应，并能独立坚守，从而构成外围据点、城垣主阵地、核心阵地三道防线；第二，有层叠的地堡。每一阵地都以梅花形的诸多碉堡构成，碉堡之间且互相连接，单人工事与班、排、连工事互相连通。在二丈多高的城墙上，建有多座城堡，上设两三层射孔，从而构成城墙上下、房子内外、沟壕上下公开的、隐蔽的、真的、假的互相结合；第三，城垣前沿筑有复杂多层次的辅助防御工事，如外壕、拒马、铁丝网、交通壕、地雷群等。外壕一般深5米，宽5至10米。东门外东西不足2里的距离内，即设有五道铁丝网、四道拒马、三层潜伏地壕、两道外壕。在各工事间隙中密布地雷群，仅周公庙阵地就埋设地雷1500多枚。

为了扫清射界，进行顽抗固守，邱行湘还下令大拆民房，致使大批百姓流浪街头，无家可归。战后，据邱行湘自己交代，先后被拆毁的民房，"总计在1500间以上。尤其以东门、东北门沿城墙脚的半边街拆毁得最多"，几乎全部拆光。同时从洛阳及附近各县强征民工，掘坑挖壕，构建工事。仅洛阳战役发起前的三个月内，国民党守军即征用民工多达10万个工日以上。

邱行湘

既然要固守，就必须储备充足的粮食。由于平汉路南段已被解放军截断，洛阳军粮来源断绝，邱行湘便令兵站支部实行武装下乡征购。名曰征购，实为抢掠。因为当时国统区内物价飞涨，国民党发行的法币几乎就是废纸。在邱行湘的纵容下，部队走到哪里，吃到哪里，当地百姓被搞得十室九空，苦不堪言，多以树皮草根充饥。据邱行湘回忆，"当时抢存的粗细粮食达 100 万斤以上"。

邱行湘自认为洛阳已被他打造成为"铜墙铁壁""金城汤池"，信心十足，在宴请洛阳地方头面人物时，声称"固守洛阳不成问题"。《洛阳日报》更是大肆吹嘘洛阳的双层袋形阵地"易进难出"，叫嚣"共军如攻此城，无疑自投罗网"。

遵照中央军委指示，华东野战军参谋长陈士榘、政治部主任唐亮统一指挥华东野战军第3、第8纵队和晋冀鲁豫野战军第4、第9纵队及太岳军区第5军分区部队，共28个团，发起洛阳战役。

2月底至3月初，陈士榘、唐亮等在襄城召集准备参战的各纵队司令员、政治委员开会，研究分析当前敌情及洛阳守敌的兵力部署、工事构筑，决定兵团指挥部随第3、第4纵队，由襄城、宝丰地区出发，经临汝进到伊川、龙门附近集结待命，准备负责攻城；第8纵队由禹城出发，经登封、嵩山进至偃师、黑石关以南地区集结待命；第9纵队主力和太岳第5分区部队袭占新安、渑池地区，阻击可能由潼关东援之敌。

3月5日，各参战部队自襄城、禹县（今禹州市）、伊阳地区北上。

7日，国民党军统帅部发现解放军有进攻洛阳的征兆，立即令孙震统一指挥所属整编第47军主力自许昌、新郑地区北进郑州，2个旅车运汜水、黑石关一线；另以胡琏指挥整编第18军自漯河、商水地区向许昌集结，待机增援洛阳。

陈士榘、唐亮判断整编第 47 军不敢单独行动，可能待整编第 18 军赶到后合力增援洛阳。而胡琏由漯河北上增援，必经郑州同孙元良并肩西进，如由登封、临汝小道直趋洛阳，路程虽近但道路崎岖，地方狭窄不易展开，易遭伏击，以最快速度也要 5 天左右才能赶到洛阳附近。因此，决心采取隐蔽接敌、突然袭击、速战速决的战法，在整编第 18 军赶到前攻克洛阳，歼灭第 206 师。具体部署是：

　　以华东野战军第 3 纵队从东、北两面包围洛阳，由东关、北关攻城，重点置于东门；晋冀鲁豫野战军第 4 纵队从西、南两面包围洛阳，由西关、南关攻城，重点置于南门；华东野战军第 8 纵队抢占黑石关，负责阻击由郑州西援的敌军；晋冀鲁豫野战军第 9 纵队袭击并控制新安、渑池等地，阻击可能东援的裴昌会兵团，并于战役发起后，以主力靠近洛阳，为战役总预备队。

　　8 日，参战各部向洛阳外围之敌发起攻击，迅速切断了陇海铁路，攻下洛阳周围十数座城镇，扫清了洛阳外围百里以内的敌军，完成了对洛阳的全面包围。其中，华东野战军第 8 纵队袭占偃师，控制嵩山隘路；晋冀鲁豫野战军第 9 纵队和太岳军区第 5 军分区部队袭占新安、渑池，分别于洛阳东西两翼占领阻援阵地。

陈赓同陈士榘在洛阳战役前线

　　9 日黄昏，负责攻城的华东野战军第 3 纵队、晋冀鲁豫野战军第 4 纵队分别强渡伊河、洛河，占领龙门、洛阳四关和火车站等要点。至 11 日下午，夺取了除西工发电厂、九龙台和潞泽会馆外的全部外围阵地。

　　11 日 19 时，细雨蒙蒙，古老的洛阳城沉醉在云雾之中。攻城部队未待全部肃清外围守军，即发起总攻。时任华东野战军第 3 纵队第 8 师第 23 团团长的石一宸回忆道：

　　我发出了开炮的命令，"开炮"两字刚一吐出，直射炮一齐怒吼了，顿时，天摇地动，轰轰隆隆像无数个天雷在洛阳城上空炸开，炮管不断地伸缩着，炮弹一发连一发地飞向敌人的工事，标定目标出现了一个一个黑窟窿，石头砖块满天飞，高矗在城墙拐角的高炮楼像削萝卜一样的一块一块地倒下来，燃烧弹命中处立刻冲起漫天烈焰。

　　在强大炮火掩护下，攻城部队采取连续爆破、连续突击或以云梯登城等办法，从四关同时发起进攻。

　　东门是敌人整个城防的重点，工事坚固复杂。从瀍河东桥头到瓮城门 150 米距离内，设有五道铁丝网，四道鹿寨，三层伏碉。过了瀍河是一道城壕，其对面又有背靠瓮城的两座大梅花堡。瓮城门洞内塞有装满沙土的汽油桶，厚、高各 5 米。瓮城的后面是洛阳东门和高耸的城门楼。

　　进攻东门的是第 3 纵队第 8 师。纵队司令员孙继先和政治委员丁秋生亲临东关阵地查看地形，了解敌情，作战斗动员。

　　根据守敌设防情况，纵队决定：采取以营为单位的突击梯队，实施强攻，连续攻击。突击营由第 23 团第 1 营担任。

　　石一宸回忆道：

　　打头阵的是三连，他们的任务是炸掉这城门外十多道副防御工事，在炮火的闪光下，只见第一组爆破员，正手扛着长方形炸药包，副手紧跟在后面，弯着腰向敌人的工事冲去，前沿阵地上几百双眼睛盯着这两个人影，第一个爆破员将炸药紧贴在拒马铁丝网上，沉着地拉开了导火索，便往回跑，刹那间，一声巨响，浓烟冲天，第一道铁丝网工事被炸得无影无踪。完成任务的爆破员气喘吁吁地奔回连指挥员面前，交上半根导火索的线圈，紧接着，第二组爆破员

强攻洛阳城

跃出掩体，侧身穿进浓烟未散的爆破口，向第二道障碍靠近。

轰……轰，随着七声巨响，瓮城外面的副防御工事一扫而光，撕开了一条直通瓮城的突击道路，铁丝网、拒马、地堡群被炸得龇牙咧嘴地翻倒了。

就这样，第1营连续摧毁15道工事障碍，炸开了厚厚的瓮城门，在营长张明的带领下，从东门突破口以迅雷不及掩耳之势率先冲入城内。张明回忆道：

突击班长胡登法第一个冲进突破口，排长宋苍富也带头冲了进去，占领了右侧大碉；接着，邱连长率领二梯队也进去了。瓮城里的敌人很顽强，死命抵抗，战斗形成胶着状态。这样拖延下去对我们很不利，于是我叫三连和团的警卫连投入战斗，歼灭瓮城之敌。一连穿过瓮城，直取第二道城门。

一连在连长许升堂的指挥下，炸开了用沙袋堵塞的城门，突击队在英雄沙培琛副连长率领下勇猛地穿进城门，迅速地夺取了城楼，三颗红色的信号弹，终于从城头上腾空升起，洛阳东门全部突破成功！

"突破只是全胜的开始！"一连的英雄们牢牢记着这句话。他们改造了敌人的工事，连续打退敌人的反扑，顽强地巩固了突破口，使后续部队源源进城，顺利投入巷战。

战后，第1营被华东野战军授予"洛阳营"荣誉称号。

8.
洛
阳
战
役

洛阳战役中，张明（手持电话者）带伤指挥

攻打东门的战斗进展较为顺利，而在南门、西门则遇到了麻烦。

第4纵第11旅第32团和第13旅第37团攻打南门。因守敌顽固抵抗，再加上南门靠近洛河，无法展开兵力，致使攻击受挫。

12日清晨，从东门突入城内的张明营，直插南门，实施内外夹击，最终突破南门，歼灭大部守敌，残敌向西南角狼狈逃窜。突击营跟踪追击，将其全歼。主力部队乘势向北发展。

此时，西门激战正酣。守敌在西门外筑有一道又宽又厚的城墙，墙外是一条10米宽的护城河，河上只有一座土木桥。桥头两侧布满了铁丝网、拒马等障碍物。

攻打西门的是第4纵队第10旅，连续两次实施爆破均未成功。

13时，第10旅集中全部炮火，向西门守敌实施猛烈炮击，将城墙上主要碉堡及桥头两侧障碍物逐一摧毁。接着，突击部队在火力掩护下，冲破桥上的铁丝网和拒马，向城墙缺口扑去，很快歼灭瓮城守敌。第10旅第28团第5连从城墙的暗道里冲进城，打开了洛阳西门。战后，该连被授予"洛阳英雄连"荣誉称号。后继部队相继突入城内，沿西大街向核心阵地发动进攻。

至15时，攻城部队突破了洛阳所有城门，各路大军会师城内，对守敌进行分割包围。城内四处溃退下来的敌军，被压缩到城西北的核心阵地里。

激战至13日夜，邱行湘带着残敌5000余人，逃进西北角阵地旁边一所高大建筑物内，这是敌人最后退守的据点——洛阳中学。

在这个纵横不到200米的地方，敌人构筑了坚固的工事，包括地面防御工

向洛阳营授奖旗

事和地下室。邱行湘幻想做垂死挣扎，等待援军的到来。

洛阳战役打响后，整编第47军向黑石关以南实施试探性攻击，企图增援洛阳，被第8纵队击退。整编第18军自许昌经登封向西北方向开进，在其统帅部严令督促下，于14日到达黑石关西南府店、口子镇一线，会同整编第47军增援洛阳。第8纵队在随后东渡伊河的第9纵队主力协同下顽强阻击援军。

14日17时，攻城部队集中炮火轰击洛阳中学。几十门大炮、百余门迫击炮在40分钟内朝残敌据守的阵地发射1万多发炮弹，随后步兵勇猛冲击，至22时全歼城内核心阵地守军。那个给蒋介石发电表示"战至一兵一卒，以报党国"的邱行湘也在地下指挥所里被生擒活捉。与此同时，城西发电厂守军亦被歼灭，城东北九龙台守军投降。此役共歼国民党青年军第206师和国防部直属炮兵、汽车分队等部2万余人。

17日，为便于机动作战，解放军主动撤离洛阳。

18日晨，整编第11、第38师及第124旅，进入空城洛阳。十天后，整编第38师奉命调往西安；整编第11师也同时东撤，以加强郑州及平汉路的守备。

4月3日，第124旅主力开往偃师，洛阳城里仅剩下第371团及1个保安团不足5000人驻守，兵力十分空虚。

4日，陈赓谢富治集团主力再度围攻洛阳。守敌于5日晨弃城东逃，被围

攻克洛阳城

于东张古洞地区。经两小时战斗，全歼该股敌人，第二次解放洛阳，从此切断了国民党军潼关至郑州的铁路联系，使豫西、太岳解放区连成了一片。

洛阳战役是人民解放军挺进中原后，对国民党坚固设防的中等城市所进行的一次漂亮的攻坚战。此战的胜利，大大提高了人民解放军的攻坚能力，为此后夺取其他城市提供了经验。

9. 潍县战役

　　1948年初，人民解放军在各个主要战场上战略进攻不断取得胜利，迫使国民党军从山东战场先后调出整编第54师（欠1个旅）和整编第9、第25师等部，至3月在山东境内只剩下13个整编师26个旅。

　　由于兵力严重不足，国民党军只得依据"分区防御"的方针，重新划分"绥靖"区，除原第二（济南）、第三（徐州）"绥靖"区外，又在临沂、兖州、青岛分别设立第九、第十、第十一"绥靖"区，将正规军和地方部队划归"绥靖"区建制，并把部分保安部队扩编为整编第2、第32、第35师，以加强胶济（青岛—济南）、津浦（天津—浦口）铁路和济南、青岛、兖州的守备，妄图

潍县战役胜利纪念广场

凭借这些坚固设防城市和设防地带，阻挡解放军的凌厉攻势，支撑残局。

1月31日，华东野战军东线兵团奉命改称山东兵团，继续坚持内线作战，准备开展春季攻势，集中兵力首先扫清胶济路国民党军，并以第2纵队南下苏北，策应中原和山东战场的作战。

3月中旬，山东兵团在胶济铁路西段取得周（村）张（店）战役的胜利，共歼国民党军3.8万余人，解放城镇14座，控制了胶济铁路百余公里，使鲁中、渤海解放区连成一片，切断了国民党军济南与潍县（今潍坊市）的联系。

战役结束后，山东兵团主力集结于周村、张店地区，处于西可威逼济南，东可进击潍县，西南可奔袭兖州的机动位置。

国民党第二"绥靖"区司令官王耀武认为，潍县兵力较多，工事坚固，可保无虞，唯恐山东兵团乘势攻取济南或出击津浦路中段，遂收缩兵力，将潍县整编第45师2个团抽调至济南，以加强兖州至泰安一线防御。

潍县是山东省较大的工商业城市，当时有人口10万，为胶济铁路中段军事重地。县城周围地形开阔，白浪河纵贯南北，将县城分为东、西两部分，故又称"双城"。

守军为整编第45师第212旅和直属部队正规军4个团及山东保安第6、第8旅6个团，共2.5万余人，连同猬集于此的周围各县恶霸地主和还乡团等土杂武装，总计4.6万余人，由整编第96军军长兼整编第45师师长陈金城指挥。潍县城垣工事坚固，明碉暗堡交错，利于防守，号称"鲁中堡垒"。

时任山东兵团司令员的许世友回忆道：

夹在潍县东、西城间的白浪河

潍县有东西两城，城垣高大，青石砌成，异常坚固，经过日、伪、蒋十多年的精心经营，构成了以西城为核心、三道防线的半永备型筑城。第一道防线在外围，有大小九十余个子母堡式的独立据点，设有地雷、陷阱、鹿寨、铁丝网等复杂的附防御物；第二道防线在四面城关，城关各有高三米、厚四米的土城寨，城寨外面又埋了一千多个地雷；第三道防线在东西两城，城墙上装有电网。整个工事，有点有面，既可独立坚守，又可互相策应。守军土顽的战斗力也不低于国民党军主力。因此，在围攻潍县之前，必须做周密的布置。

鉴于昌（乐）潍（县）地区国民党军已陷孤立，在周张战役结束时，许世友与华东野战军副政治委员兼山东兵团政治委员谭震林决心乘胜挥戈东指，集中54个团的兵力求歼昌潍地区守军。

考虑到潍县城高难攻、守军战斗力较强以及山东兵团攻城能力的实际情况，许世友、谭震林等学习了华北野战军攻克石家庄的经验，计划采取稳扎稳打的方针，首先分割潍县与昌乐等外围据点的联系，扫除四关守军，夺取攻城阵地，而后集中主力先攻西城，得手后居高临下夺取东城，最后肃清守军。具体部署是：

以第9纵队、渤海纵队和鲁中军区部队一部及炮兵部队共22个团的兵力，配备800多门火炮围攻潍县；以渤海军区第3军分区部队包围昌乐、田马，西海军分区部队包围寒亭；以第7纵队及渤海纵队新编第13师位长白山及其以东地区阻击济南援军；以第13纵队第39师、胶东军区新编第5师和滨北、南海

潍县旧城墙遗址

军分区部队于大沽河沿岸阻击青岛援军；第13纵队主力为总预备队。

4月2日，渤海纵队、鲁中军区部队首先开进，切断昌乐、潍县间的联系，主力于4日开始行动，8日完成对昌潍外围守军的分割和对潍县城的包围。9日袭占飞机场，切断潍县城的陆空联系，坊子守军逃往安丘。10日攻占发电厂，切断潍县电源。随即展开了争夺城关的激烈战斗。许世友回忆道：

战役发起后，部队在强大炮火掩护下，利用各种地形向前跃进，先筑防护性工事，后挖交通沟，先前后后、先点后面的进行土工作业。整个战役，共挖了交通沟七万多米，用坑道、炮火、爆破、爬城相结合的战术，大量使用炸药，摧毁了敌人工事。

战至18日，山东兵团攻占外围要点九龙山、凤凰山、坊子等50余处，肃清了四关守军，夺取了攻城阵地。

许世友、谭震林决定先攻西城，打烂守敌指挥中枢，造成其防御指挥瘫痪。为迷惑敌人，暂停攻击，转入敌前练兵，隐蔽地实施近迫作业，进行攻城准备。

山东兵团突然"休战"的行动，果然麻痹了守军，造成错觉。王耀武误以为山东兵团"伤亡甚大，放弃攻城企图"，竟在济南召开庆祝"潍县解围"大会。

没容王耀武、陈金城高兴几天，23日黄昏，山东兵团突然以猛烈炮火结合坑道爆破，对潍县城实施南北夹攻。

第9纵队第27师第79团在炮火掩护下，连续爆破，首先在北城垣打开缺口，5个连登城突进，遭到守敌顽强抵抗。双方在城墙上展开激烈的争夺战。

24日拂晓，第79团第5连首先突入城内，开始纵深战斗。下午，后续梯队第25师登城，扩大突破口，投入巷战。此时，城南渤海纵队、鲁中军区部队也相继突入城内。各部队密切协同，激战至当夜，全部占领西城，歼灭守军大部。陈金城和山东保安第8旅旅长张天佐率残部涉渡白浪河，逃往东城。战后，第79团被授予"潍县团"荣誉称号。

山东兵团立即调整兵力，以第9纵队主力依托西城，主攻东城，一部在城东北实施佯攻；鲁中军区部队自城南向北配合攻击，胶东军区西海军分区第1团于城东钳制，并准备围歼突围之敌。

华东野战军第 9 纵队第 27 师第 79 团荣获"潍县团"称号

26 日黄昏，攻城部队在城西、城南两个方向，同时向东城发起攻击。预先埋伏在外壕河堤下的第 9 纵队第 80 团一部在炮火掩护下，涉过白浪河，连续爆破，首先突入城内。

时任突击连连长的史洪田回忆道：

照明弹刚熄，我大声地命令第一爆破组："宋文堂，上！"第一组跳进水里。接着第二、第三爆破组也相继过了河。"轰"的一声，第一包炸药已在预定的地点爆炸了。直到这时，敌人的火力还未封锁河面。这说明，他们被我军强大的炮火震得还没有醒过来。立时，我下了决心：全连立即渡过河去！于是，我带着第四爆破组，指导员带着架梯班、突击班和二梯队，一气突过了河。……爆破员把第三个炸药杆竖在城墙上，可是待去拉导火线时，却发现绳子被敌人打断了。这时，敌人的火力点正像毒蛇一样向这里喷火。倘若不立刻把它炸掉，将会造成很大的伤亡，攻打东城的任务也会受到影响。

在这千钧一发之际，爆破员张友翠毫不犹豫地扒住炸药杆就往上爬。尽管敌人的子弹擦身而过，他还是一个劲地往上爬。他好不容易爬到上半腰，刚刚伸手揪住剩了半截的导火线，抱杆的手一滑，竟从上面摔下来。张友翠乘势用脚往城墙上猛力一蹬，身一跃，就跳到三丈开外。他刚摔到地上，"轰！"的一声巨响，药包爆炸了。……东城没有西城高，只要把城垛炸去，梯子就能通到顶。只见一丈三尺的大梯子像个巨人似的颤巍巍地竖起来，梯子顶端服服帖帖地靠上了城头。刚刚竖起，七班长刘天福的一只脚就踏上梯子，嗖嗖地蹿

登上潍县城墙

到城头上了。

27日晨，山东兵团已控制东城的三分之一区域。张天佐率300余人由东门向南突围，被击毙。陈金城则率残部3000余人向东南方向突围，被埋伏在城外的胶东军区西海军分区部队截歼，陈金城也当了俘虏。激战至黄昏，在攻城部队火力压制下，配合政治攻势，城内最后据点三官阁守军缴械投降，东城解放。

山东兵团随即开始肃清被围在昌乐、安丘、寒亭等地的国民党军。29日，困守安丘的保安第8旅第10团千余人仓皇南逃，被安丘独立团全歼。30日，被围昌乐的保安第3师师部和保安第6旅残部在撤逃途中，被渤海纵队和渤海军区部队歼灭。

战役期间，驻守青岛的国民党军于4月5日以5个旅西援，遭阻援部队节节抗击，伤亡4000余人，徘徊于大沽河沿岸不敢冒进。16日，王耀武亲率整编第84、第75、第73师由济南东援，遭阻援部队层层阻击，伤亡3000余人，滞留于益都（今青州）以西、临淄以南地区。当山东兵团将第13纵队主力西调，准备歼灭西路援军时，两路援军见潍县已失，于5月1日分别回撤。

山东兵团某部攻入潍县城内展开激烈的巷战

　　此役历时一月有余，山东兵团共歼国民党军整编第 96 军兼整编第 45 师主力以及山东人民最痛恨的反动地主武装张天佐、张景月等部 4.6 万余人，争取潍县自卫总队和诸城保安大队等 1600 余人起义。

　　随着昌乐、潍县地区的解放，渤海、胶东、鲁中解放区完全连成一片，切断了济南、青岛国民党军的联系，使其进一步孤立。

10. 豫东战役

　　1948 年 5 月上旬，国民党军统帅部为摆脱中原战场被动局面，部署 13 个整编师 30 个旅担任中原地区重要点线的防御，其中 7 个整编师 16 个旅位于沙河以南及豫西地区，其余位于商丘、开封、郑州、菏泽、阜阳、蚌埠等地。另以 12 个整编师 27 个旅和 4 个快速纵队编成 4 个兵团，执行机动作战任务，企图寻中原野战军主力或华东野战军西线兵团留置黄河以南的第 3、第 8、第 10 纵队决战，并监视和堵击在濮阳地区整训的华东野战军西线兵团第 1、第 4、第

1948 年春，华东野战军一部于河南濮阳整训，朱德亲临视察，与陈毅、粟裕等人合影

6纵队南渡黄河。

中旬，朱德到濮阳视察，号召华东野战军西线兵团努力学习战术，用"钓大鱼"的办法，寻机歼灭以整编第5军（即邱清泉兵团，下辖2个整编师和1个快速纵队）为主要对象的中原国民党军。

整编第5军号称国民党军"五大主力"之一，早在抗战时就已经全部美械化了，杜聿明曾担任该军军长。各级军、师、旅、团主官大都毕业于黄埔军校，倚仗着是王牌军，个个高傲自矜，目中无人，猖狂万分。

生于1902年的邱清泉在国民党军中是个颇具争议的将领。他誓死效忠蒋介石，对共产党怀有刻骨仇恨。此人骄横狂妄，崇拜普鲁士军事家克劳塞维茨，笃信用无限的暴力歼灭敌人，甚至对不少国军同僚的仇恨不亚于对共产党，人称"邱疯子"。

但邱清泉的确有些骄狂的资本：黄埔二期生，后到德国陆军大学留学，是蒋介石的浙江老乡、心腹爱将，曾任蒋介石的侍从副官，常常直接"通天"，与老头子对话。

此次来到中原战场，"邱疯子"气势汹汹，不可一世，口出狂言："活捉粟裕。"

5月30日晚，华东野战军西线兵团第1、第4、第6纵队结束在濮阳的整训，突然南渡黄河，前出至菏泽、巨野之线，与中原野战军第11纵队会合。

国民党当局大为震惊，判断华东野战军分东西两路向徐州进迫，先解决外围，进而夺取徐州，而后直逼江南。于是，国民党军陆军总司令部徐州司令部一面命鲁西南第四"绥靖"区刘汝明部收缩固守菏泽、曹县、金乡等地；一面急调已经南下的邱清泉兵团主力和整编第57师由淮阳、扶沟地区北返鲁西南地区，进行堵击。同时又增调整编第83、第25、第72师和整编第63师1个旅，分别自平汉路南段和苏北地区向鲁西南急进，企图与华东野战军渡河部队决战。

6月3日，毛泽东致电粟裕："在整个中原形势下，打运动战的机会是很多的。但要有耐心，要多调动敌人，方能创造机会。""你们到达适当地区后，不是休息三天，而是休息半月左右，全军精心研究技术战术，养精蓄锐。即使有打小仗的机动，主力也不要去打。……再采取调动敌人的行动，于运动中歼灭敌人。……不要急于求赫赫之名，急于解决大问题，而要忍耐沉着，随时保持主动。"

朱德（左2）在华东野战军第1兵团团以上干部会议期间视察部队

华野西线兵团原拟围攻定陶、曹县，吸引邱清泉兵团来援，配合陈（士榘）唐（亮）兵团夹击聚歼之。但因邱清泉兵团于5日已进抵曹县、单县一线，而陈唐兵团尚位于平汉路许昌附近未能北返，计划没有实现。

9日，为调动邱清泉兵团于运动中歼灭之，粟裕、张震提出五个作战方案，征询陈士榘、唐亮的意见。其中第二案是：以第3、第8纵队一部"佯攻开封，吸引其增援"。

10日，正率部由临颍地区向通许、杞县开进途中的陈士榘、唐亮复电，认为："目前敌我在鲁西南成为胶着状态，敌异常警觉，且有预定部署准备，正面不易歼敌。一般以避开鲁西南转入敌之侧后，调动敌于运动中歼击为有利。"并提出："在目前中原整个作战方针上，应以掌握战机，随时歼灭可能歼灭之敌人有生力量，削弱敌人，错乱敌人部署，造成敌人错觉，捕捉歼敌主力有利条件与机会为有利，勿为固定对象或固定时间、地区所限，免贻误战机，形成敌我主力长期对峙，反为被动不利。"

粟裕考虑到由于国民党军兵力集中，队形密集，不易分割，难以达到歼灭邱清泉兵团的目的；且鲁西南地区狭窄，地形于我不利，前有重兵，左有运河，右有黄河，形势严峻；而开封是中原战略要地、河南省会，攻克该城，对全国政治影响大，邱清泉必定增援，可为在运动中歼敌创造战机；驻守开封的国民党军仅有1个正规师及一些保安部队，战斗力不强，攻占比较有把握；第3、第8纵队正进至通许、陈留地区，距开封仅1日行程，就势转进，可收奇袭之效。

陈毅与华东野战军领导人合影

据此，粟裕果断改变计划，把战场由鲁西南转到豫东，于15日定下以第3、第8纵队"攻取开封，调敌西援""先打开封，后歼援敌"的方针和部署。

参加豫东地区作战的有华东野战军8个纵队、中原野战军2个纵队、冀鲁豫军区和豫皖苏军区部队各一部共20万人。国民党军有12个整编师、3个快速纵队，以及特种兵部队、保安部队共25万人。

17日，中央军委复电批准。同日，刘伯承、邓小平、陈毅也来电表示赞同。

位于河南省东部平原的开封，坐落在陇海铁路线上，时为国民党河南省政府所在地。开封是中国历史文化名城，六朝古都，古称"大梁""汴州""东京""汴京"，北濒黄河，南倚陇海铁路，东临商丘，西连郑州，地理位置十分重要。城周约20公里，有六门四关。

守军为国民党军整编第66师师部率第13旅、整编第68师1个团及河南省保安第1、第2旅和3个保安团共3万余人，由河南省政府主席刘茂恩担任总指挥，实际指挥为整编第66师师长李仲辛。具体部署是：

第13旅担任城区及曹关、西关防御；整编第68师1个团位于城南作预备队；保安第1旅1个团担任省府警卫，其余保安部队在南关、宋关担任防御。

华东野战军以第3、第8纵队组成攻城集团，由野战军参谋长陈士榘、政治部主任唐亮指挥，准备采取奔袭手段占领城关，而后实施攻城；以中原野战军第9纵队楔入郑州、开封之间，阻击郑州方面国民党军增援；以中原野战军

10. 豫东战役

华东野战军某部向考城发起冲锋

第11纵队和冀鲁豫军区独立第1旅于巨野地区，自北向南牵制邱清泉兵团；以华东野战军第1、第4、第6纵队揳入定陶、曹县、民权、考城地区，阻击邱清泉兵团西援；以冀鲁豫、豫皖苏军区部队相机攻占东明、兰封（今兰考），并破袭陇海铁路兰封至野鸡岗段，阻止国民党军西援。

16日晚，第3、第8纵队隐蔽向开封急进，于17日晨突然兵临城下，发起猛烈攻击，很快就占领了南关、宋关、曹关。

18日夜，攻城部队分东、南两面攻城。第8纵队第23师第68团2个营在第69团一部协同下，于23时首先突破新南门，但突破口很快被敌地堡火力封闭，后续部队未能跟进。已突入城内的部队在第68团副政治指导员宋涌泉指挥下，依托城楼，抗击守敌反扑，接应后续部队突入城内。

19日1时，第3纵队经炮火准备后，对宋门实施攻击。第9师突击营在火力掩护下，连续实施爆破，炸开城门，迅速突入城内，向两侧及纵深发展。9时，第8纵队重新组织突击，先肃清新南门外地堡群，再度控制突破口，与先期登城的部队会合，随后相继突破大南门和西门。

各入城部队多路向纵深穿插，与守敌展开激烈巷战。至20日23时，攻占了除核心阵地古龙亭、华北运动场以外的全部市区。

古龙亭原为北宋王朝的皇宫，高大宏伟。中央是巍峨的龙亭，四周是又高又宽的红墙。亭前左右有潘湖、杨湖和惠济河。李仲辛和他的参谋长游凌云率3个旅的残部困守在这里，企图凭借坚固的堡垒死守待援。

华东野战军某部向国民党军发起进攻

21日，陈士榘、唐亮入城实地组织攻城部队加强步炮协同，集中猛烈炮火压制敌军火力，步兵勇猛冲杀，与守敌进行近战肉搏。17时，攻城部队在猛烈炮火掩护下，发起最后攻击。

时任华东野战军某部1连指导员的于文珠回忆道：

我们第一连接受夺取龙亭的任务后，同志们急不可待，纷纷向我说："指导员，快快下手吧！"有的战士不知从哪里听说龙亭是宋朝的皇宫，指着龙亭大骂："它奶奶的，这批反动派，临死还想坐金銮殿咧！"……等待，等待，等待着攻击的命令。太阳像故意磨洋工，迟迟地不肯下落。敌人的飞机抓紧天黑之前的时机，盘旋、投弹。河南大学、伪河南省政府的原址，升起团团的烟火。我们在炸弹、机枪的响声中，紧张地进行攻击准备。……这时远处炮声响得更紧了。听动静，邱清泉和区寿年兵团，不需几小时就可以赶到了。这龙亭一战，若是打得不干脆，不漂亮，不仅影响着攻取开封的全胜，而且不利于我们下一步的行动。因此，我们的口号是："分秒必争，尽快拿下龙亭！"

大约六点钟的光景，攻击开始了。为了保护龙亭这一名胜古迹，我们尽量少打炮。战斗英雄副连长孙玉堂同志，亲自带领爆破队，逼近了惠济河岸边的两个桥头堡。可是，两个爆破员刚上去就牺牲了。爆破老手熊少南把帽子一甩，抱起第三包炸药，飞奔上去。眼看接近桥头堡了，又突然倒了下去。霎

10.
豫
东
战
役

国民党军的重机枪阵地

时，我们心里像腊月天喝了冰水，从喉咙眼凉到脚底板。第四名爆破员正想上去，只见熊少南从地上爬了起来，双手捧着炸药包，踉踉跄跄向地堡扑去。从他走路的动作看，负了重伤。孙副连长直叫："好同志，我的好同志！"紧跟着一声惊天动地的巨响，左边的桥头堡飞上了天。就在这时，张副营长指挥山炮开了火，哐哐两炮，把右连的桥头堡也打掉了。营长就站在我们进攻出发地上，一手提着驳壳枪，一手握着电话机，一面命令三连从左面迂回上去，一面指挥我们从正面猛攻。机枪把敌人所有的地堡枪眼一封，趁敌人无法还击的工夫，我们的二、六两个班，像两把剑，一左一右，插了上去。……战士们一步跨三层，往高高的台阶上飞奔。敌人端着明晃晃的刺刀，从上压下来。同志们也端着明晃晃的刺刀迎上去。冲杀声中，响着郭继胜营长洪亮的声音："登上龙亭就是胜利！"

一阵拼杀，我们的二班，在班长"广八"率领下，终于登上了龙亭。他们像赶羊群似的，把顶上的敌人赶下来。……敌人失去了这个制高点，混乱一团，跑的跑，逃的逃，不知如何是好。一个敌人的机枪手，抱着挺机枪，扯着嗓门直叫唤："连长，连长，机枪架哪里？"一排长战斗英雄刘兴金同志跳过去，用枪指着他喝道："就架在这里，听我指挥！"这个敌人的机枪手，不知吓昏了头，还是没认清人，连连应着："是，是，听你指挥……"架上机枪，向着反冲锋上来的敌人，"嗒嗒"地扫起来。

激战至 23 时，全歼古龙亭守军，击毙国民党军整编第 66 师中将师长李仲辛，俘虏少将师参谋长游凌云。22 日晨，华北运动场守军一部投降，一部在突围中被歼，开封获得解放。

在围攻开封期间，蒋介石亲临开封上空督战，组织多路增援，严令空军昼夜轰炸，邱清泉兵团等部全力增援。

位于兰封以东担任阻援的华东野战军第 1、第 4、第 6 纵队和两广纵队、中原野战军第 11 纵队，对西援之邱清泉兵团实施运动防御，予以重大杀伤。中原野战军第 9 纵队在豫皖苏军区部队的配合下袭占中牟，阻止了郑州整编第 47 军（即孙元良兵团）东援。华东野战军第 10 纵队及中原野战军第 1、第 3 纵队在上蔡及其以北地区阻击整编第 18 军（即胡琏兵团）北援。华东野战军山东兵团包围津浦铁路线上的兖州，苏北兵团攻克陇海铁路线上的阿湖，有力地保障或策应了攻克开封的作战。

开封之战，华东野战军西线兵团共歼灭国民党军 3 万余人。这是人民解放军在中原战场上继洛阳战役后又一次成功的攻坚作战，也是人民解放军第一次攻克国民党军据守的省会的作战，为此后攻占大中城市和制定城市政策提供了经验。

6 月 23 日，中共中央致电华东、中原野战军参战部队："庆祝你们解放开

华东野战军某部攻击开封市南门

封省城及歼敌三万余人的伟大胜利。尚望继续努力，为消灭蒋敌、解放全中原人民而战。"

开封失守，令国民党当局无比震惊，一片混乱。24日，立法院匆忙举行秘密会议，检讨中原战局。与会者惊怨交集，对军事当局大加指责。

蒋介石为挽回败局，急令邱清泉兵团并指挥整编第83师星夜向开封攻击前进，令由整编第75、第72师和新编第21旅组建的区寿年兵团从民权经睢县、杞县迂回开封，企图与华东野战军西线兵团在开封地区决战。

在强敌多路进逼的形势下，粟裕鉴于区寿年兵团刚刚组建，战斗力较弱，作战经验少，围歼把握性较大，决心放弃开封，集中兵力歼灭区兵团于运动中。具体部署是：

以华东野战军第1、第4、第6纵队和中原野战军第11纵队组成南北两个突击集团，隐蔽集结于睢县、杞县、太康之间和民权地区，准备对区兵团实施夹击；以第3、第8、第10纵队和两广纵队组成阻援集团，隔断邱、区两兵团的联系，在杞县以西地区阻击邱兵团东援；中原野战军第9纵队进至郑州东南地区，阻击郑州东援之敌，并从侧后牵制邱兵团等部；冀鲁豫、豫皖苏两军区各一部兵力破击陇海铁路徐州至民权段，直接配合野战军作战。

26日，毛泽东电示："敌八十三师调援兖州，二十五师一部到滕县，主

指挥豫东战役的粟裕

力有返徐州讯。蒋介石、白崇禧似均判断我粟裕、陈士榘、张震南进与刘伯承、邓小平会合打十八军等，故令邱清泉、区寿年从民权、兰封、开封之线向西南急进，以期合击我军。邱军又以一部来开封。在此情况下，粟陈张部署在睢县、杞县、通许之线（或此线以南），歼敌一路是很适当的。如能歼灭七十五、七十二师当然更好，否则能歼灭七十五师也是很好的。敌指挥官中区寿年和我军作战较少经验。"

时值盛夏酷暑，部队连续作

战，十分疲劳。有人提议应当立即转入休整，不宜再战。粟裕则认为：此战是扭转中原战局的关键一仗，必须发扬我军连续作战、敢打硬仗、不怕牺牲的精神，出敌不意，争取全胜。

对此，陈毅评价道："粟裕同志浑身是胆！"

果然，国民党统帅部根本没有料到华野会有如此强大的连续作战能力，错误地判断华野"似无积极企图"，"必向津浦路前进"。于是，急令邱清泉、区寿年两兵团全力追堵，同时令黄百韬整编第25师南下豫东，孙元良兵团积极东进，胡琏兵团兼程北上，企图围歼华野主力于黄淮地区。

26日晨，华东野战军第3、第8纵队撤离开封，向通许方向转移；第1、第4、第6纵队向杞县以南傅集地区转移。

邱清泉兵团即以先头1个旅占领开封，主力尾击第3、第8纵队。区寿年兵团在进抵睢县、杞县后徘徊不前，与邱清泉兵团形成40公里的间隙。

粟裕抓住这一战机，指挥突击集团于27日晚对区寿年兵团进行合围，并以一部搠入纵深，割裂其部署。至29日晨，将其兵团部及整编第75师包围和分割于龙王店、常郎屯、杨拐、榆厢铺、陈小娄等地，将整编第72师包围于铁佛寺周围地区。

与此同时，阻援集团第3、第8、第10纵队迅速插入杞县、齐砦、高阳集、王崮之线，隔绝了邱、区两兵团的联系。

29日晚，突击集团以一部兵力包围整编第72师，主力围攻龙王店外围各村落。

经两昼夜激战，至7月1日中午，将整编第75师所属第6旅及新编第21旅全歼。接着向龙王店守军发起猛攻，激战至2日凌晨3时，将区寿年兵团部、整编第75师师部及第16旅1个团全歼，俘中将司令官区寿年及整编第75师中将师长沈澄年。

作了阶下囚的区寿年哀叹道：内战不得人心，只有失败的下场。

就在华野围歼区寿年兵团的战斗激战正酣时，南京城的蒋介石再也坐不住了，携空军总司令周至柔乘飞机亲临杞县上空督战，严令邱清泉兵团迅速攻击前进，与区兵团会合。同时将进至山东省滕县（今滕州）的整编第25师回调，与以伞兵总队改编成的第3快速纵队和交警第2总队组成一个新的兵团，由整编第25师师长黄百韬任司令官，日夜兼程驰援豫东。

然而，西线阻援集团在杞县西南和以东地区进行了顽强的阵地防御战，

被俘虏的区寿年（左）和沈澄年（右）

连续打退邱清泉兵团在飞机、坦克、大炮支援下的轮番进攻，并予以重大杀伤。

7月2日下午6时，蒋介石在徐州给邱清泉写了一道手令，焦虑之情，跃然纸上：

雨庵军长弟勋鉴：

龙王店失陷，区寿年、沈澄年二同志若非阵亡，必已被俘。中原战局严重万分。两日来连电令弟全力东进增援，而弟违令迟滞，视友军危急不援，以致遭此最大之损失。得报，五中惨烈，不知所止！故今午特飞杞县，甚望与弟空中通话，督促急进，以救榆厢铺与铁佛寺友军之危！此时，唯有弟军急进，一面救援七十五师在榆厢铺之一旅与铁佛寺之七十二师；一面与西进之二十五师会合，方能挽坠势，亦所以保全弟军不致孤危被歼也。二十五师今午已攻克王老集，刻正攻击董店，距铁佛寺仅四公里之遥，则七十二师或可在今晚与二十五师会合。但弟若再不全力东进，则该两师已受龙王店失陷的影响，仍觉兵力单薄，孤危可虑。总之，无论战局如何变化，仍须以弟部与二十五师、七十二师会合作战，方有转败为胜之望，否则必被各个击破。如此次中原作战失败，则国家前途不堪设想！而此责任全在吾弟所率领第五军负之。以弟部不惟为中原之主力军，而且为全国各军中之主力也。因未能在战场上空与弟通话，故在徐州停机，写此一函空投，以期吾弟能负重责，挽回全局，将功赎罪也！

顺颂

戎祉

中正手启

7月1日，新组建的黄百韬兵团到达帝丘店附近。粟裕根据该敌经长途跋涉，立足未稳，利于围歼；在帝丘店附近铁佛寺的整编第72师已伤亡较大，无力出援等情况，决心先求歼黄兵团，然后再围歼整编第72师。具体部署是：

以第3、第10纵队及第8纵队一部继续担任对邱清泉兵团的阻击任务；以第8纵队主力及第6纵队1个师围歼榆厢铺、何旗屯的整编第75师残部；以中原野战军第11纵队监视整编第72师并作预备队；以第1、第4纵队和第6纵队主力及两广纵队东移，围歼黄百韬兵团。

3日，各纵队到达帝丘店西北曹营、谢营，同时全线出击，达成合围并迅速歼灭敌军2个团。接着增调第8纵队参战。5日晚发起总攻，至6日晨，攻克王老集、孙庄等地，再歼敌1个团。黄百韬兵团余部缩踞帝丘店地区顽抗待援。

见区寿年兵团没有解救出来，黄百韬兵团又陷入重围，蒋介石急得团团转，严令各部兼程增援。6日，东援的邱清泉兵团已由杞县以北柿园、谢砦地区到达帝丘店右侧，并正向东南方向迂回；由阜阳向北的整编第74师经商丘西援已到达宁陵以西地区；沿平汉铁路北援的张轸集团（包括胡琏兵团）已达淮阳、商水地区。

豫东战役中，华东野战军某部在构筑工事，准备阻击国民党援军

华东野战军某部缴获的区寿年逃跑用的坦克

　　针对战场形势的变化，粟裕认为如继续围歼黄百韬兵团，势必被迫与多路援敌作战，将陷入被动。同时，华东野战军和中原野战军参战部队已连续行军作战近1个月，十分疲惫，伤亡渐增，建制不全，弹药缺乏；加之战区久旱无雨，井河干涸，饮水困难，又兼盛夏酷暑，疫病流行，处境异常艰苦。

　　为保持主动，粟裕果断下令结束战役。华东野战军西线兵团和中原野战军各部队于当晚撤出战斗，向睢县、杞县以南及鲁西南转移。豫东战役第二阶段睢杞战役胜利结束，共歼敌5万余人。

　　在此期间，中原野战军主力钳制了平汉铁路南段张轸集团和胡琏兵团；山东兵团扫清了津浦铁路济南至临城（今薛城）段的国民党军，围攻兖州；苏北兵团攻克涟水、众兴（今泗阳）、宿迁等城镇，有力地策应了睢杞战役。

　　豫东战役，是人民解放军同国民党军在中原地区进行的一次大会战。华东野战军西线兵团和中原野战军一部，连续作战，歼灭国民党军1个兵团部、2个整编师师部、4个正规旅和2个保安旅，连同阻击战在内，共歼灭国民党军9.4万余人。不仅大大削弱了中原国民党军的有生力量，打破了中原战场上的僵持局面，动摇了其据守战略要地和远程机动增援的信心，同时也锻炼了人民解放军进行城市攻坚战、运动战和平原地区阻击战的能力，为进一步发展中原、华东战局创造了有利条件。

　　11日，中共中央发来贺电，指出："这一辉煌胜利，正给蒋介石'肃清中原'的呓语以迎头痛击；同时，也正使我军更有利地进入了中国人民解放战争的第三年度，"

粟裕在他的《粟裕战争回忆录》中写道：

豫东战役的胜利证明，适时扩大战役规模，组成更为强大的野战兵团，以对付敌人的高度集中，比以较小的野战兵团，寻歼较小目标的敌人，对我更为有利，发展下去，势将成为我军同敌人主力的决战。

11. 兖州战役

　　1948 年夏，国民党军连遭失败，中原、华北、东北战场频频告急，被迫从山东战场抽调走整编第 75、第 83 师，只剩下 8 个整编师，妄图固守济南、青岛等大城市，并以一部兵力守备津浦（天津—浦口）铁路中段各要点，以稳定济南、屏障徐州，支撑山东残局。

　　当时，济南的第二"绥靖"区、贾汪的第三"绥靖"区和兖州的第十"绥靖"区部队共 7 个整编师 18 个旅，控制着津浦铁路济南至徐州沿线的狭长地带。其中，以兖州为中心，东至新泰、西到济宁、南抵滕县（今滕州市）、北达南驿地区，由第十"绥靖"区司令部和整编第 12 军兼整编第 12 师（欠第122 旅）和保安部队共 12 个团约 2.8 万人据守。

　　潍县城头的硝烟尚未完全散去，5 月 7 日，中央军委致电山东兵团司令员许世友、华东野战军副政治委员兼山东兵团政治委员谭震林，命令山东兵团于当月下旬出击津浦铁路中段，由北向南逐步歼灭泰安至临城（今薛城）各点守敌，进逼徐州，打通与鲁西南的联系，从战略上配合华东野战军西线兵团的夏季作战。

　　据此，许世友、谭震林针对第二"绥靖"区与第十"绥靖"区结合部兵力薄弱的弱点，决心以渤海纵队配合地方武装监视济南、青岛等地国民党守军，以鲁中军区主力首先攻占泰安，第 7、第 13 纵队于泰安南北地区打援，切断济南和兖州间的联系，而后乘胜围攻兖州，吸引徐州国民党军北援，相机予以歼灭，以利西线兵团在中原歼敌。

山东兵团司令员许世友在前线

下旬，许世友、谭震林率山东兵团各部队挥师南下，对津浦铁路中段各要点发起攻势，兖州战役就此打响。

29日晚，鲁中军区4个团围攻泰安，第7纵队一部直插泰安以南，第13纵队一部进逼泰安以北，开辟泰安南北战场，调动济南、兖州守敌增援泰安，于运动中歼灭之；渤海纵队向济南以东章丘、龙山进击，鲁南军区部队破袭津浦铁路徐州、兖州段，以钳制敌人。

国民党军采取机动守备的方针，当渤海纵队向章丘进击时，守军整编第84师1个团即向济南撤退，泰安守军整编第84师第155旅也弃城北逃。

30日，山东兵团收复泰安、新泰，并乘胜向泰安南北地区扩张战果。

6月5日，鲁中军区部队全歼由大汶口退守魏家庄的整编第84师特务团和山东保安第1旅第1团，俘敌1800余人。7日，山东兵团决定继续向南发展进攻，扫清兖州外围据点。在肃清大万德至姚村间百余里铁路两侧的国民党守军后，第7纵队于11日夜攻占曲阜，全歼守军，并击溃由兖州出援的3个团。

与此同时，鲁中军区部队进击宁阳，守军缩进兖州城。15日，鲁中军区部队和第7纵队第20师攻克邹县（今邹城），并击溃由临城出援的2个团。渤海纵队、第13纵队自11日起向济南外围进击。14日，第二"绥靖"区司令官王耀武率济南守军实施疯狂反扑。18日，渤海纵队被迫撤出章丘。山东兵团令正在潍县地区休整的第9纵队驰援，将王耀武部赶回济南，并歼其一部。

至此，山东兵团扫清了兖州外围守军，收复了曲阜、泰安、新泰、泗水、蒙阴、宁阳、邹县等8座县城，控制了兖州以北300里的铁路线。

11.
兖
州
战
役

根据中央军委关于攻击兖州、调敌来援、减轻敌人对西线兵团压力的指示，山东兵团施展"围城打援"之计，于20日以第7纵队、鲁中军区部队包围兖州，以求调动济南、徐州守敌出援，至25日扫清兖州外围并攻占四关。同时以第9、第13纵队等部警戒济南、徐州方向，准备打援。

位于山东省济宁市东北部的兖州，为津浦铁路中段战略要点，交通便利，素有"齐鲁咽喉"之称，控制该城，南可威胁徐州，北可攻击济南，自古就是兵家必争之地、商贾云集之埠。

为解兖州之围，国民党军陆军总部徐州司令部总司令刘峙急令黄百韬的整编第25师，由苏北乘车经徐州沿津浦铁路北援，其先头部队于28日进抵滕县以北界河地区。

山东兵团当即调第9纵队和第13纵队（欠1个师）由济南附近南移泗水、曲阜一带迎击北援敌军；令第7纵队撤围兖州，准备协同打援。

就在这时，国民党军发现山东兵团有"围城打援"的企图，加之被西线兵团围困在豫东睢县、杞县地区的区寿年兵团求援甚急，国民党军统帅部遂改令整编第25师转援豫东战场。30日，黄百韬率整编第25师乘车掉头南下商丘增援。

山东兵团尾追不及，鉴于兖州国民党军处境孤立，乃重围兖州，决心集中主力及地方武装共45个团的兵力实施攻城打援。具体部署是：

以第7纵队并指挥第13纵队及鲁中军区部队担任攻城；以第9纵队集结于兖州以北，以鲁南军区部队位于兖州以南准备分别阻击济南和徐州援军；以渤

20世纪40年代的兖州城内兴隆塔

海纵队位于济南以东牵制济南守军。

兖州城郭坚固，筑有半永久性防御工事，城西开阔，东依泗河。城内驻有国民党军第十"绥靖"区司令部和整编第12师（欠第122旅），外围县城由保安团和土杂部队守备。

7月1日，山东兵团迫近兖州近郊。眼见解放军兵临城下，第十"绥靖"区司令官李玉堂、整编第12军军长兼整编第12师师长霍守义慌了手脚，连电王耀武告急。

王耀武自知兖州城的重要性，当即派整编第96军军长兼第84师师长吴化文率整编第2、第84师的4个旅南下增援。

吴化文，字绍周。生于1904年，原籍山东掖县（今莱州市），国民党陆军中将。

1920年，吴化文入冯玉祥的西北军当兵。因早年念过私塾，又曾上几天新式学堂，很受冯玉祥的赏识，被选去当勤务兵，后提升为司务长、排长、连长。1923年，经冯玉祥保举入北京陆军大学学习，毕业后回冯部任参谋、洛阳初级军校教育长、西北军第25师参谋长兼特务团团长。

中原大战结束后，吴化文随第6军军长韩复榘投靠了蒋介石。1932年起任国民党军第3路军手枪旅旅长兼济南警备司令、新编第4师师长兼暂编第1师师长。

抗日战争初期，吴化文任独立第28旅旅长，驻守临沂一带，曾率部抵抗日军，与八路军的关系也比较融洽。1939年底，日军对鲁南地区实施"扫荡"。吴化文指挥所部拦截由临沂来犯的日军一个联队，有力地配合了八路军的反

抗战时期，吴化文投靠汪精卫，任伪第三方面军上将总司令

"扫荡"作战。八路军东进抗日挺进纵队政治委员萧华还曾亲自到吴化文的司令部进行慰问。1940年春以后，在国民党山东省政府主席沈鸿烈的驱使下，吴化文开始与八路军发生摩擦。

1943年，抗日战争进入最为困难和艰苦的时期。这年春，日军在山东进行疯狂"扫荡"。吴化文经不起多方的诱降，屈服于日军的军事压力，投靠汪精卫，被委任为伪第三方面军上将总司令，成了可耻的汉奸。

当时吴化文拥兵万余人，武器装备也较精良，是山东伪军的主力，活动于鲁山南麓鲁村、南麻、悦庄一带，多次协同日寇进攻解放区。为打掉吴化文的反动气焰，1943年夏至1945年春，八路军鲁中军区先后发动了三次讨伐吴化文的战役，给其以沉重打击。延安《解放日报》曾为此发表《鲁中讨吴战役的胜利》的社论。

抗日战争胜利后，吴化文部又被蒋介石收编，摇身变为国民党第五路军，吴化文任总司令，奉命开赴邹县、兖州一带，掩护国民党嫡系李延年部北进，抢占胜利果实。10月，吴化文部兵分两路，沿临城、滕县北上。当进至界河

济南战役中起义的国民党军暂编第96军军长吴化文

地域时，遭陈毅指挥的新四军部队伏击，第6军被全歼，军长于怀安做了俘虏，第46军军长许树声则被击毙，在邹县的1个团也被全歼。这使吴化文又一次吞下了国民党嫡系部队受降摘果，杂牌部队效力挨打的苦果。

内战全面爆发后，蒋介石把吴化文部推上了反共第一线。吴化文先后任国民党军济南保安纵队司令、第86师师长、第96军军长等职，但所部装备低劣，供应不足，处境十分困难。

这时，吴化文已清醒地认识到：十多年来，他的这支杂牌部队在蒋介石的拉拢和利用下，一直在屈辱和危险的夹缝中求生存，简直是度日如年。投靠蒋介石屡遭排挤；自己想单干，又没有力量；而继续反共反人

民，屡遭重创，没有出路；同时又担心会追究他在抗战期间的汉奸罪行，深感前途渺茫，作战消极。

为求自保，吴化文率部如蜗牛般爬行，11天仅前进80里。至13日，其第161旅才渡过汶河进抵齐家庄、太平镇一带。

7日夜，第7纵队攻克西关，鲁中军区部队攻克旧关。此时的山东兵团指战员们攻坚水平有了很大的提高。为了最大限度地减轻攻城伤亡，各部进行了巨大的攻城近迫作业，同时开展了火线练兵运动。时任某团政委的谢雪畴回忆道：

第一连是我们团的尖刀部队。在总攻击时，他们要在兖州城老西门左侧打开缺口，登上城头。横阻在他们前面的，是敌军精心设置的七道坚固的障碍物和一层层绵密交叉的火网。这里，有一丈五尺来宽的护城河，有电网、鹿寨、地雷区、暗堡和干沟，最后才是那悬崖峭壁似的古老城墙。从围城的第一天起，这个连队的指战员们，就在城外的村庄上，依照敌军设防的情况，布置了阵地，在这样完全近似实战的情况下，演练着攻城突破的战术和技术。这些天来，他们频频传来了火线练兵的捷报。他们把火一样的战斗热情和藐视敌人的英雄气概，化作了一点一滴的艰苦细致的准备工作。横在他们面前的困难，被一个一个地克服了，新的战术技术在一点一点地锻炼出来。我们时常被这些新的成就引得心欢眼笑。……第一连驻在离城七八里的一个大村庄上。我赶到时，

兖州战役前解放军某团召开营以上干部会，研究作战部署

山东兵团某部登上兖州西城墙

部队的火线练兵正搞得火热。

村外的地形，发生了惊人的变化：平地上掘出了护城壕，架设了铁丝网，敷设着地雷、电网。原先地主庄院墙角上的一座大碉楼，权当了"城墙"。自然，这些都是假的，都是依照兖州城上敌军的设防设计的。

一连人被分成了几个小组，在进行不同任务的演练——有专门担任爆破各种障碍物的爆破组，有在护城壕上架设大木桥的架桥班，还有负责把一丈多高的云梯竖到城墙上去的云梯组……

经过紧张的准备，11日晚，攻城部队全部进入出击阵地。其中，第7、第13纵队担任主攻，由西向东，以老西门、新西门为重点，并肩实施突击；鲁中军区部队从城北佯攻钳制，第13纵队第39师由城东佯攻配合。

12日17时，总攻打响了。

攻城部队先以各种火炮进行火力准备，压制守军火力，摧毁老西门、新西

兖州战役后山东兵团召开祝捷会

兖州战役纪念碑

门城墙及纵深工事；山炮抵近射击，打开突破口；步兵在炮火掩护下实施连续爆破，连续突击。至20时30分，攻城部队多路突破城垣，突入城内，迅速向纵深发展，与守敌展开激烈的巷战，进行逐屋争夺。

13日，守军在空军助战下，多次组织反扑，均被击退。见大势已去，残部仓皇向东突围。当天黄昏时分，山东兵团攻克兖州，将城内守军及突围的部队全部歼灭，俘霍守义以下4.47万人。

此时南下增援的吴化文得悉兖州已失，星夜北逃。预先埋伏在泗水的第9纵队奉命冒雨远程奔袭，乘敌掉头回逃混乱之机，勇猛穿插。战至18日，第9纵队追歼其后尾整编第84师第161旅等部约万人。

此役，山东兵团共歼国民党军6.3万余人，收复和攻克泰安、曲阜、邹县、兖州、济宁等城镇12座，有力地策应了西线兵团在豫东作战，使鲁中南、鲁西解放区连成一片，进一步孤立了济南国民党军。

12. 济南战役

1948 年是中国的战争年，是中国两种命运的决战之年。对蒋介石来说，却是他那峰崖起伏的一生中最"触霉头"的一年。

俗话说：搬起石头砸自己的脚。用这句话来形容发动内战的蒋介石，是最恰当不过了。想当初，蒋介石丝毫没把毛泽东领导的依靠小米加步枪作战的"土八路"放在眼里，这怎能与美国盟友"无私"援助的飞机大炮相提并论，更何况他手里还拥有占绝对优势的、用美械武装到牙齿的 430 多万钢铁大军。就在这年初，蒋介石踌躇满志，信誓旦旦地宣称："我可以很负责地告诉大家，在最近六个月以内，国军有绝对把握消灭黄河以南匪军所有的兵力，决不让他们有整师或整旅的存在。"

半年过后，情况又是怎样呢？

在东北，林彪、罗荣桓率东北野战军在冬季攻势后，直取四平城，迫使国民党军东北"剿总"司令卫立煌的 55 万人龟缩在长春、沈阳、锦州地区，陷入孤立无援的困境。

在西北，彭德怀率西北野战军取得宜川大捷，瓦子街一役全歼刘戡部 4 个旅，并乘胜收复了延安。志大才疏的胡宗南 30 多万军队陷于西北，动弹不得。

在华北，人民解放军相继发动察南绥东、晋中、冀热察等战役，一时杀得阎锡山、傅作义集团 60 余万大军人仰马翻。

在华东，粟裕的胃口更是大得出奇。豫东一战，竟吃掉了国民党军 1 个兵团 9 万余人，生俘兵团司令官区寿年。要不是黄百韬拼死突围、邱清泉及时相援的话，恐怕这两个兵团也早已成为粟裕的盘中餐了，直吓得刘峙集团60万大军收缩在徐（州）蚌（埠）一线，不敢轻举妄动。

在中原，就连一向声称"不怕共产党凶，只怕共产党生根"的"小诸葛"白崇禧也无法阻挡住刘邓大军在大别山站稳脚跟……

国民党军处处被动挨打，每每损兵折将，从"全面进攻""重点进攻"转入"全面防御""分区防御"，士气大为低落，战斗力直线下降，优势早已荡然无存。上至高级指挥官下到普遍士兵，都已看出蒋介石发动的这场战争败局已定。厌战、反战情绪日益高涨，蒋介石就像一具僵尸，没有灵魂了。国民党的军政要员们，包括蒋介石所谓的"学生"们，也都不再信任他。对此，"大太子"蒋经国哀叹道："高级将领弃职潜逃、临危变节，而投匪者，比比皆是，真正忠贞为国而殉职的将领，寥若晨星。"

"匪越剿越多，兵越打越少，仗越打越背"，蒋介石无计可施，不得不承认："过去两年来的剿匪军事，我们全体官兵牺牲奋斗，固然有若干成就，但就整个局势而言，则我们无可讳言的是处处受制、着着失败！……无论军事、政治、经济各方面情形的表现，的确是严重而危险的……到了危急存亡的关头。"

战场上的节节失利，已使蒋介石焦头烂额，更令他一筹莫展的是国统区内经济金融秩序的混乱和政府信誉的严重危机。

蒋介石发表演说，誓将"剿共"进行到底

青年时期的蒋经国

蒋介石深知，治病先治本，要想扭转不利的时局，必须解决好经济危机，增强军事实力的物质基础，以巩固行将垮台的蒋家王朝。

为挽救危局，8月19日，蒋介石颁布了《财政经济紧急处分令》，进行所谓的"经济改革"，发行新货币金圆券，废止从1935年开始发行的法币，将所有物价一律冻结在8月19日之水准，妄图构筑起"8·19"防线。并任命蒋经国为"经济管制督导员"，亲赴上海监督币改，做拯救经济崩溃的最后一搏。

"大太子"雄赳赳地来到上海走马上任，准备以所谓"不顾一切地拼死行动"来"割去发炎的盲肠"。

正所谓"大厦将倾，独木难支"。仅过了短短两个月，"打虎不成反被虎伤"的蒋经国带着遍体鳞伤，黯然离开了上海滩。

10月31日，国民党政府通过《财政经济紧急处分令》的补充办法，宣布从次日起取消限价，"8·19"防线彻底崩溃了。

一时间，国统区内物价飞涨犹如洪水猛兽一般，民怨沸腾。以上海为例，从1948年8月底到1949年4月底，物价指数竟上升了135742倍。金圆券发行仅仅几个月，就同刚被废止的法币一样变成了废纸。

曾任国民党政府中央银行总裁的张嘉璈后来承认，用政治手段强制推行币制改革的失败，说明"政府的政治力量已不复存在，人民对它的信心已扫除净尽，从而加速其最终的垮台"。

无力回天的蒋介石在日记中哀叹："最近军事与经济形势，皆濒险恶之境，……盖人心之动摇怨恨，从未有如今日之甚者。"

与此形成鲜明对比的是，中国人民解放事业正以不可阻挡之势迎来了收获季节。

1948年8月，毛泽东在西柏坡会见华东野战军特种兵纵队司令员陈锐霆、

西柏坡毛泽东旧居

晋察冀军区炮兵旅长高存信时，用他那战略家兼诗人的特有气质，打了一个生动的比喻："解放战争好像爬山，现在我们已经过了山的坳子，最吃力的爬坡阶段已经过去了。"

毛泽东边说边用左手握拳，手背向上，右手食指沿着弧形手背越过拳头顶端比画过去，形象地把解放战争比作爬山，现在已经越过山的顶端了。

事实确实如此。

自 1947 年下半年人民解放军转入战略进攻后，经过一年的内线和外线作战，到 1948 年 7 月，国民党军被歼 260 多万，虽经补充但总兵力已由战争开始时的 430 万下降到 365 万，能用于一线作战的正规军只剩下 249 个旅（师）170余万人，且被分割在以沈阳、北平（今北京）、西安、武汉、徐州为中心的五个战场上，大部分只能担任战略要点和交通线的守备，能够进行战略机动的兵力屈指可数。其中新组建的和被歼后重建的师、旅又占绝大多数，士气涣散，军无斗志。

人民解放军掌握了战争主动权，总兵力则由 120 余万人猛增到 280 万人，其中正规军由 61 万上升至 149 万。武器装备大为改观，用从"运输大队长"那里"接收"的美式军械武装了自己，组建了特种兵纵队，不仅有炮兵，而且还拥有了坦克部队。在血与火的洗礼下，人民解放军斗志昂扬，作战经验更加丰富，已具备进行大规模运动战、阵地战，特别是城市攻坚战的能力。各解放区也已连成一片，在战略上可以直接互相支援。

同时，中国共产党的各项政治主张、政策深入人心，解放区得到了空前的扩大和巩固。解放区面积已扩展到235万平方公里，占全国总面积的24.5%；人口达1.68亿，占全国总人口的35.3%；拥有县以上大中城市586座，占全国城市的29.5%。约1亿人口的老解放区已经完成土地改革，广大翻身农民的革命和生产积极性高涨，支援战争的力量得到大大增强。

得道多助，失道寡助。种种迹象表明，国民党的反动统治已是风中残烛，摇摇欲坠。在神州大地，两种道路、两种命运的决战时刻即将到来。

古往今来，一切反动派都是不甘心退出历史舞台的。

为扭转败局，蒋介石在"废寝忘食""苦思冥想"之后，找到了失败的原因：不是他制定的战略不正确，而是各级将领，尤其是高级将领"对于统帅的信心动摇"；其次是高级将领"精神堕落、生活腐化"；再次是过去的战略太"注重地方的收复与固守"，不能集中主力机动使用，因而对付不了"共匪对我避作主力战之狡计"；最后是对"共匪"的战法缺乏研究，不能做到"取匪之长，补我之短"。

自以为找到救世良方的蒋介石，于1948年8月3日在南京召开军事检讨会，全面检讨两年来作战的经验教训，制定新的战略。

检讨会上，蒋介石决定将"分区防御"改为"重点防御"，并将作战重点置于黄河以南、长江以北的华东、中原地区，"裁并绥区，扩编新的机动兵团"，将每个兵团的兵力配到十二三个旅。在作战方针上，采取固守重要战略

"美国驻华军事顾问团"训练美式装备的国民党部队

点线，加强战略重要城市的兵力和工事，以部队为核心，实行兵力靠拢，猬集一团，企图以此使人民解放军对其战略要点"啃不烂"，对其机动兵团"吃不掉"，力争摆脱被动局面。在华东、中原战场上，国民党军统帅部将其精锐主力分别集结于徐州、信阳及其附近地区，并加强济南、郑州等要点的防御。

蒋介石认为，这次检讨会意义十分重大，"是今后剿匪成功的关键"。他告诫高级将领们，只要按照既定的方针实施，"即可使剿匪转危为安，转败为胜"。

国防部发表讲话，声称："过去国军与匪为三与一之比，今天也许快成二与一之比例。但国军有空军，装备补给干部都比匪优良，以国军的实力剿匪仍有绝大把握，得到胜利。"

一直密切注视中国战局的美国人也认为："共产党的军事供应现在似乎尚未达到已能支持大规模的、持续的、有足够力量和持久性的攻击，夺取国民党任何一个防守较强的城市中心的程度……在这种情况下，共产党必须严守他们的包围、消耗和有限制的进攻的战略。"

由此可见，无论是蒋介石，还是蒋介石的支持者美国当局，都以为实行军事检讨会确定的战略，解放军就将既"啃不烂"有国民党军重兵据守的战略要点，也"吃不掉"国民党军"强大之进剿兵团"。在国民党军的"新战略"面前，解放军只能陷于被动。

蒋介石未免太过天真了，距此次会议之后仅仅一个月的时间，西柏坡"九月会议"奏响了国共大决战的前进号角，宣告其"重点防御"计划的彻底破产。

美国政府给国民党政府大量军事援助，帮助蒋介石打内战。图为美蒋双方举行的军舰移交签字仪式

12.
济
南
战
役

在河北省石家庄市西北 90 多公里处，太行山东麓柏坡岭下，有一个名唤西柏坡的僻静的小山村。

村前滹沱河水淙淙流过，两岸高山峻岭，松柏叠翠。远远望去，炊烟袅袅，犬吠声声，三三两两的农夫荷锄挑担走在阡陌田埂间，好一幅温馨惬意的北方乡村山水画。

西柏坡既没有名胜古迹，也没有奇山异石，却蜚声中外，为世人所瞩目。因为在解放战争的最后两年里，中共中央和解放军总部便在此办公。

村里有一户用土墙围成的普通农家小院，谁也不曾想到这里竟是指挥百万解放大军的最高统帅部，毛泽东、朱德、刘少奇、周恩来、任弼时就住在这里。

虽身居穷乡僻壤，中国共产党的领袖们却领导了解放区轰轰烈烈的土改运动，指挥着全国解放事业从胜利走向胜利。周恩来曾自豪地宣布："我们这里可能是全世界最小的司令部，却在指挥世界上少有的大仗……我们这个司令部，一不发枪，二不发人，三不发粮，就是天天发报，叫部队打胜仗！"

1948 年 9 月 8 日，中共中央政治局扩大会议在西柏坡那个简陋的大灶食堂里正式召开，史称"九月会议"。

出席会议的政治局委员有毛泽东、周恩来、刘少奇、朱德、任弼时、彭真、董必武等 7 人，中央委员和候补中央委员邓小平、邓颖超、叶剑英、陈毅、徐向前、聂荣臻、贺龙等 14 人，列席会议的有胡耀邦、杨尚昆、胡乔木等 10 人。这是抗日战争胜利后到会人数最多的一次中央会议。

会议首先听取了毛泽东的报告。接着，与会者围绕着"军队向前进，生产

《西柏坡会议——从这里走向全国胜利》（油画）

长一寸，加强纪律性，革命无不胜"这个中心议题进行了广泛讨论。

　　会议提出了党的战略任务是：建设 500 万人民解放军，在大约 5 年左右的时间内（从 1946 年 7 月算起）歼灭国民党正规军 500 个旅（师）左右，正规军、非正规军和特种部队共 750 万人左右，从根本上打倒国民党的反动统治。

　　根据战局的发展，中共中央和毛泽东决定人民解放军在解放战争的第三年（1948 年 7 月至 1949 年 6 月）仍继续在长江以北作战，提出了歼敌正规军 115 个旅左右的作战任务，并具体规定了各野战军和各兵团的作战任务。其中要求华东野战军担负歼敌 40 个旅左右，并攻占济南和苏北、豫东、皖北若干大中小城市；中原野战军担负歼敌 14 个旅左右，并攻占鄂豫皖三省若干城市；西北野战军担负歼敌 12 个旅左右；华北徐向前、周士第兵团歼阎锡山部 4 个旅左右，并攻占太原；东北野战军配合罗瑞卿、杨成武两兵团担负歼卫立煌、傅作义两集团 35 个旅左右，并攻占北宁、平绥、平承、平保各线除北平（今北京）、天津、沈阳三点以外的一切城市。

　　关于战略决战问题，此次会议并没有形成专门决议，但毛泽东在其亲自起草的《关于九月会议的通知》中向全军明确指出：要确立敢于打前所未有的歼灭战的决心。

　　朱德、刘少奇、周恩来、邓小平等也一致认为：现在我们是在准备大会战，消灭敌人两三个兵团……将来在徐州决战是最大可能的，要准备若干次带决定性的大的会战，在一个地区来说，是最后的决战，而对全国来说则又不是。

济南战役中，华东野战军某部在巷战中

12.
济
南
战
役

"九月会议"后，各大野战军在取得夏季攻势胜利的基础上，又相继发动了大规模的秋季攻势。

此时，华东、中原战场的形势已发生很大变化，华东野战军内线和外线兵团与中原野战军紧密配合，在完成掩护刘邓大军展开战略进攻后，接连取得了平汉路、洛阳、豫东等战役的胜利，歼敌24万余人，建成了拥有3000万人口的中原解放区，打通了中原与华东两个解放区的联系。山东兵团经过一年的艰苦奋战，恢复了老解放区，扩大了新解放区，山东各解放区生产正在恢复，群众支前积极性高。

7月13日，山东兵团一举攻克鲁西南重镇兖州。至此，山东全境除济南、青岛、烟台、菏泽、临沂等为敌占据外，基本解放。国民党重兵据守的济南城，周围300公里的广大地区被华东野战军控制，更像是华东与华北解放区之间的一个孤岛，孤立无援。

14日，即兖州战役结束的第二天，中央军委致电粟裕、陈士榘、唐亮、张震并告许世友、谭震林："似以许、谭攻击济南为最有效。拟令许、谭于攻克兖（州）、济（宁）后，休息两星期，即向济南攻击，迫使邱（清泉）、黄（百韬）两兵团分兵北援（敌非北援不可）。此时，你们则寻敌一部攻击。"

这样，济南就成为华东野战军下一个打击的目标。

济南，又称泉城，山东省省会，位于津浦（天津—浦口）、胶济（青岛—济南）铁路交会处，北依黄河，南靠泰山，地势险要，易守难攻，历来为兵家必争之地。

当时济南有人口70余万，是国民党借以支撑其华北残局的战略要地，也是残存在山东腹地的唯一坚固设防的大城市。

为确保济南，蒋介石派他的心腹爱将——国民党第二"绥靖"区中将司令官、山东省政府主席王耀武，率十万重兵镇守。

在国民党军队中，曾流传着"三李不如一王"的说法。"三李"是指李仙洲、李延年、李玉堂，他们都是山东人，且均为黄埔一期生，"一王"就是指王耀武。

王耀武，1904年生于山东泰安上王庄一户普通的农家。自幼上过几年私塾，19岁时到天津一家烟草公司当工人，后到上海马玉山糖果公司作店员，堪称是地地道道的"工农子弟"。艰苦清贫的生活，培养了他吃苦耐劳的品质和顽强的意志。

大丈夫生于乱世，自然要创立一番大事业。1924年11月，20岁的王耀武南下广州，考入了黄埔军校第三期。

没有显赫的出身，没有过硬的后台，没有深厚的资历，王耀武这位普普通通的农家子弟，能够长期受到蒋介石的信任和重用，完全凭的是自己的才干和能力。

1926年1月，王耀武从黄埔军校毕业，被分配到国民革命军第1师第3团任少尉排长。由于骁勇善战，带兵有方，引起了师长何应钦、团长钱大钧的注意，不久就晋升为上尉连长。

第二次东征胜利后，第1师进驻广东潮汕地区休整。何应钦为整

何应钦

饬军纪，成立宪兵营，以自己的内弟为营长，又特意将王耀武调到宪兵营任连长。王耀武果然不负众望，辅助何应钦的内弟将宪兵营管理得井井有条，深受何应钦的赏识。

1930年3月，王耀武升任第1军独立第2团中校副团长，不久率部开赴河南参加了蒋冯阎中原大战。战斗中，王耀武展露出超群的军事指挥才能，屡建战功，仅过半年就被军长刘峙提拔为独立第32旅第1团上校团长。

1932年6月，独立第32旅参加对中央苏区的第四次"围剿"，在宜黄陷入红军的重围。旅长杨天民惊惶失措，准备弃城突围。

王耀武力阻：红军擅长攻点打援，我若突围，必遭全歼，如若死守，或可幸存。杨天民采纳了王耀武的建议，死守宜黄24天，始终未被红军攻破，创造了出乎蒋介石意料之外的"奇迹"。战后，蒋介石亲自召见王耀武，大加慰勉，当即提升为补充第1旅少将旅长。

这一年，王耀武刚满28岁，成为国民党军高级将领中一颗耀眼夺目的"新星"。

1936 年 8 月，王耀武晋升为第 51 师师长。从黄埔军校毕业后，王耀武可谓平步青云，短短 10 年间便爬到国民党军嫡系主力师师长的宝座，在黄埔三期生中也是不多见的。这其中自然有许多诀窍，但有两点至为重要，一是卓越的军事才能，二是对蒋介石的绝对忠诚。

全国抗日战争爆发后，王耀武率领第 51 师在淞沪抗战、南京保卫战中浴血奋战，让日军吃足了苦头。当时上海的《申报》《大公报》都报道了该师的战绩，并在显要位置刊登了王耀武的大幅照片。

王耀武以自己超群的才干和辉煌的战绩，证明了自己是国民党军中最优秀的将领之一，同时也获得了蒋介石极大的信任和宠爱。

1939 年 6 月，蒋介石在重庆亲自召见了王耀武，大加赞许，并擢升其为第 74 军军长。此后，王耀武指挥第 74 军先后参加了上高会战，第二、第三次长沙会战，浙赣会战和鄂西会战等诸役，无不取得了出色的战绩。

1943 年 8 月，王耀武升任第 5 集团军副总司令，半年后即升任第 24 集团军总司令，下辖第 73、第 74、第 100 军。1945 年 1 月，国民党陆军总司令部在昆明成立，下辖 4 个方面军。蒋介石亲自任命王耀武为第四方面军司令官，与老资格的卢汉、张发奎、汤恩伯并驾齐驱，可谓红极一时。

在国民党军队中，像王耀武这样多次受到蒋介石亲自召见，每战非升即奖的将领，是极为罕见的。抗战胜利后，王耀武升任第二"绥靖"区司令长官，驻守济南，随即兼山东省政府主席，总揽山东的党政军大权。

王耀武是粟裕的老对手了，有着血海深仇。

上高会战中，中国军队指挥官在上高县官桥视察战况

早在 1935 年 1 月，王耀武率补充第 1 旅参加在怀玉山围攻红 10 军团的战斗。那一仗红军输得很惨，除军团参谋长粟裕带先头部队 500 余人冲出重围外，军团主力 2000 余人大部壮烈牺牲，军团领导人方志敏、刘畴西被俘后英勇就义。

1947 年 2 月，陈毅、粟裕指挥华东野战军"示形于鲁南，决胜于鲁中"，决心在莱芜地区围歼李仙洲集团。与蒋介石、陈诚的错误判断截然相反，王耀武判断华东野战军有北上企图，立即下令李仙洲向北撤退。此事给粟裕留下了深刻印象，认为"王耀武之指挥，经一年多了解，是蒋军中指挥较有才干者"。

早在 1948 年 7 月，济南陷入华东野战军四面包围成为一座孤城之际，王耀武就飞赴南京向蒋介石建议"放弃济南"。驻华美国军事顾问团团长巴大维将军也力劝蒋介石"退出济南，把军队撤至徐州"。

但蒋介石却认为济南是山东的省会和华东战略要地，南可与徐州呼应，北能与平津声援，为了不让华东及华北的"匪区"连成一片，必须守住济南；为了不使驻在青岛的美国海军陷于孤立，不影响美国对华援助，济南决不可放弃。为此，他声色俱厉地呵斥王耀武："济南在军事、政治、地理上都很重要，如发生问题，你要负责。"

对济南的前景，王耀武要比他的校长清楚得多，否则他就不会大老远跑到南京请求"放弃济南"了。但见龙颜大怒，王耀武不敢再提弃守之事，只有喏喏称是。

为了给王耀武打气，蒋介石信誓旦旦地宣称："济南如果被围，我当亲自督促主力部队迅速增援，只要你能守得住，援军必然及时到达，我有力量来解

1948 年 9 月，华东野战军取得济南战役的胜利，由此揭开了战略决战的序幕。图为我军攻克山东省政府

12.
济
南
战
役

185

你们的围。为了确保济南，必要时还可以增加防守部队。打仗主要是打士气，鼓励士气，首先自己不要气馁。你要知道，我们的失败是失败于士气的低落。你们如不发奋努力，坚定意志，将死无葬身之地。"

在蒋介石看来，济南必须守而且一定能守住，但他的军政大员们对同解放军作战早已丧失了信心。

当时的南京城正笼罩在一片悲观失望的气氛中。王耀武的老长官、国防部长何应钦忧心忡忡地说："抗战胜利后，我们与共产党作战以来，我们的将领送给共产党的礼很多，你也送了不少。陈辞修（陈诚字辞修）曾夸口说过只需要三个月、六个月就可以解决共军的主力，可是现在已打了两年多了，不但没有解决共军的主力，我们的军队反而已经被消灭了约有二百多万。这样下去，真是不堪设想。希望你守住济南，不要再向共产党送礼了。"

另一位国民党元老级人物张群更是牢骚满腹："老头子总是说政治配合不上军事，兵员粮食困难也要怪我们。军队一打就败，地区不断地缩小；地区愈缩小，兵员粮食也就愈没办法。这样打下去，真是危险。"

说罢，张群长叹一声，充满着万般无奈。

一向唯校长之命是从的王耀武只得拿着蒋介石开得这张空头支票，心事重重地回到济南，准备和解放军拼个你死我活。

为了固守济南，王耀武命令守军各部到处征工征料，大量砍伐树木，加强工事，构筑了三道防御阵地：以内城为核心阵地，以外城和商埠为基本阵地，以周围城镇及制高点为外围阵地。各阵地以钢筋混凝土地堡为主，形成能独

国民党守军修筑的暗堡遗址

立作战的支撑点，内外城均构筑有巷战工事，挖有外壕、陷阱，架有铁丝网、鹿寨。

9月上旬，王耀武视察各部工事，对"固若金汤"的防御阵地十分满意："这样坚固的工事，共军如想攻下一个据点，是极不容易的事。我们如再守不住，那真太无用了。"

陪同视察的整编第73师师长曹振铎当即夸下海口："我在抗战时也没有作过这样好的坚固工事。我们的工事做好了，就怕共军不敢来，如来攻定会把他们击败。"

然而，蒋介石和王耀武未免过于迷信美国盟友"无私"提供的精良武器和济南的城高墙厚，未免过于小瞧粟裕和他麾下的几十万能征惯战的华东野战军健儿了。

8月中旬，华东野战军各个兵团开始从苏北、皖北、豫东各地向山东集结，参战兵力达到15个纵队32万人，超过了国民党济南守军和可能增援之军总数28万人，第一次实现了华东战场上解放军兵力超过国民党军的优势，从而在战役和战略上都掌握了主动权。

8月下旬，国民党统帅部发现华野部队北上，判断华野先攻徐州再夺济南；而王耀武则做出了正确的判断——华野下一个作战目标"必是济南无疑"。于是继续加紧备战，修筑工事和城东飞机跑道，储备粮食弹药，同时电请蒋介

国民党军重机枪阵地

石增调整编第 83 师加强济南防务。

不过，王耀武还是错误地判断了华野的作战意图，认为粟裕此次仍会采取以往惯用的围城打援战法，攻济是假，打援是真。便心存侥幸地认为只要能坚守十天半月，就可以转危为安。毕竟他对济南"固若金汤"的防御工事信心十足，自以为济南外围能守半个月，市区至少能守上一个月。

蒋介石认同了王耀武的判断，并据此制订了一个投入 27 万兵力的会战计划：以青岛之整编第 32 师第 57 旅及徐州以西之整编第 83 师增防济南，协助王耀武固守济南，吸引华野主力；同时命令徐州"剿总"副总司令杜聿明待华野攻城受到一定消耗后，再指挥邱清泉、李弥、黄百韬 3 个兵团 17 万大军北上增援，内外夹击，将华野主力围歼于济南城下。

然而，当第 57 旅和整编第 83 师第 19 旅于 8 月和 9 月上旬开始空运济南后，徐州"剿总"总司令刘峙担心整编第 83 师调走会减少徐州一带兵力于他不利，就以先向济南运送弹药、通信器材、铁丝网等物资为借口，向蒋介石建议停止整编第 83 师其余部队向济南的空运。

提起这位刘总司令可谓大大有名。

刘峙，字经扶，早年在黄埔军校任教官，是蒋介石的心腹爱将，号称"八大金刚"之一。当年在对中央苏区第四次"围剿"时任前敌总指挥，曾是红军手下败将。抗战时出任国民党军河北防线总指挥，未见日军便不战而逃，被国人讥笑为"长腿将军"，毛泽东笑他患了"恐日症"。内战爆发后，刘峙一马当先，企图在解放军身上重现当年的辉煌。谁知屡战屡败，最后被蒋介石一怒之下召回南京，当了一个有职无权的战略委员会上将委员。

1948 年 6 月，有"小诸葛"之称的白崇禧建议"将黄淮平原划成一个战区"，由他任战区指挥官，组织对人民解放军进行攻势防御。这与中共中央努力加强中原军区领导的见解相仿，不

出任徐州"剿总"总司令的刘峙

失为一个高见。但蒋介石另有打算，他不愿意也不放心让桂系白崇禧去掌握这100多万大军，结果硬把中原分为徐州和华中两个战区，委任只有资历而缺少能力的刘峙充当徐州"剿总"总司令。

长得肥头大耳的刘峙拍着胸脯向蒋介石表示："要我做官，不能奉命；要我拼命，义不容辞！"

这下在国民党内部引起了不少的震动，许多高级将领纷纷抱怨："徐州是南京的大门，应派一员虎将把守；不派一虎，也应该派一狗看门；今派一猪，眼看大门会守不住。"

正如一位史学家所言：国民党的失败，决非败于智商，却有一个高于智商的因素——平衡。

果然这一次，蒋介石又听从了刘峙的建议，立即停止向济南增兵。

王耀武迟迟不见整编第83师其余部队运到，心急如焚，于9月14日再度飞往南京，向蒋介石请求另调整编第74师（注：张灵甫的整编第74师在孟良崮战役中被全歼后，蒋介石重新组建该师）空运济南。

蒋介石准其所请，于15日下令将整编第74师自徐州空运济南。但留给蒋介石和王耀武的时间已经没有了。16日晚济南战役打响了，17日济南西郊机场即被华野炮火所控制，整编第74师实际只运到济南7个连。

"胜兵先胜而后求战"。在战前这场谋略竞赛中，华野不仅先敌一步，而且高敌一筹，未战而胜负之势已定。

王耀武返回济南后，立即制订了"缩小防御圈，加强要点，特别是机场和

华东野战军炮兵部队向济南国民党守军发起攻击

城区的守备，控制强大预备队，准备适时进行反击，支援外围据点防守，消耗解放军力量于外围，达到固守待援之目的"的作战计划。

具体部署是：以黄河北岸泺口镇至城南马鞍山之线为分界线，分为东、西两个守备区，东守备区由整编第73师、保安第6旅等3个旅防守；西守备区由整编第96军、"绥靖"区特务旅、保安第8旅和青年教导总队等8个旅防守；另以保安第4旅等部守备长清、齐河等外围据点，以第19、第57旅为预备队。总兵力为9个正规旅、5个保安旅及特种兵部队等约11万人。

根据中央军委指示，华东野战军组成攻城、打援两个兵团。攻城部队由山东兵团司令员许世友、华东野战军副政治委员兼山东兵团政治委员谭震林指挥。整个攻济打援作战由粟裕指挥。

攻城兵团以6个半纵队和特种兵纵队大部以及地方部队共14万人组成，分为东、西两个集团，以西线为主攻方向，从东西两线向济南城实施钳形突击。其中，东集团由第9纵队、渤海纵队及渤海军区一部兵力组成，由第9纵队司令员聂凤智、政治委员刘浩天指挥。西集团由第3、第10纵队和两广纵队、鲁中南纵队一部组成，由第10纵队司令员宋时轮、政治委员刘培善指挥。并以特种兵纵队炮兵第1、第3团及各纵队炮兵团组成东、西两个炮兵群，分别配属东、西集团，支援攻城作战。另以第13纵队为攻城总预备队。

阻援、打援兵团由8个半纵队和特种兵纵队一部及地方部队约18万人组成。其中，以第4、第8纵队和冀鲁豫军区部队等组成阻援集团，于运河以西城武（今成武）、金乡、巨野、嘉祥地区阻击可能由徐州以西北援之敌；以第1、第2、第6、第7、第12纵队和中原野战军第11纵队及鲁中南纵队一部组成打援集团，于运河以东邹县（今邹城）、滕县（今滕州市）地区待机歼击北援之敌。

战役发起前，华野前委发布了《攻济打援政治动员令》，提出了"打进济南府，活捉王耀武"的战斗号召。

9月6日，离济南战役预定发起时间还有10天，粟裕率领华东野战军指挥机关由曲阜转移到宁阳西北的大柏集，进入指挥位置。

大柏集位于济南、兖州之间，南靠打援战场，北距济南80公里。在这里，粟裕可以更好地关照全局，兼顾攻济打援两个战场。

从9日起，攻城部队分别隐蔽地向济南开进，于15日晚逼近城郊。东集团一部于行进间攻占了龙山镇、三官庙；西集团的两广纵队于16日拂晓包围长清

华东野战军第 13 纵队某部在济南战役中

城，主力进至长清东南地区。

此时，王耀武判断华东野战军的主攻方向在西面，遂将预备队第 19 旅调至飞机场以西古城方向待机，将第 57 旅撤入市区，准备转用于西郊，并掩护整编第 74 师空运济南。

16 日夜，正是中秋节前一天，秋高气爽，月明如昼。

就在王耀武和他手下将领忙于准备过节月饼时，华东野战军 6 个半纵队 14 万大军分为东、西两个兵团，按照预定计划，乘着夜幕以突然勇猛之动作向济南城发动全面进攻。中原决战的帷幕就此拉开了。

在强大炮火的支援下，攻城兵团连续爆破，连续突击，连续得手。经过一夜激战，西集团占领长清、齐河、匡李庄、双山头，并乘胜进逼西郊飞机场、腊山、党家庄；东集团攻占王舍人庄、辛店和茂岭山、砚池山、回龙岭等地后，直扑外城。

攻城部队的迅猛攻势，特别是东集团以出人意料的速度，迅速攻占王耀武视为济南屏障的茂岭山、砚池山，令国民党守军大为震惊。王耀武据此又判断华东野战军的主攻方向在东面，随即一面将预备队第 19、第 57 旅东调，一面以整编第 73 师第 15 旅及空运刚到的整编第 74 师一部自七里河向东实施反击。

17 日，攻城东集团击退守军连续猛烈的反击，巩固了茂岭山、砚池山等阵地。

18 日，西集团乘机向前推进，攻占古城、党家庄等地。为扩大战果，攻城

华东野战军某部在济南战役中发起冲击

兵团指挥部调预备队第13纵队加入西集团作战。西集团以排山倒海之势迅速扫清敌人外围据点，并用炮火控制了西郊机场，切断了敌人的空中通道。

19日夜，面临覆灭的国民党军整编第96军军长吴化文在解放军强大的军事压力和政治攻势下，率所部两万余人举行起义，将飞机场及其周围防区移交给解放军。

王耀武苦心经营的济南防线在西面出现了一个大缺口。

攻城西集团乘势疾进，于20日拂晓占领商埠以西、以南守军阵地。与此同时，东集团也抢占了黄河铁桥，攻占了燕翅山、马家庄、泺口、新城、黄台山等要点，主力直逼城垣。

王耀武坚守济南的信心动摇了，连忙发电报给蒋介石，请示"可否一举突围"。蒋介石复电，要他"坚守待援"。

万般无奈之下，王耀武调整部署，除以3个多旅防守商埠外，将主力撤入城内，做垂死挣扎。至此，攻城兵团仅用4天时间即扫清了守军的外围据点，从四面包围了济南市区。

攻城兵团指挥部为不给守军以喘息之机，令西集团迅速攻占商埠，令东集团抓紧进行攻城准备。

从20日黄昏开始，西集团对商埠发起攻击，充分发挥了炮火及炸药威力，

华东野战军某部攻占济南市商埠

多路突破守军阵地，并向纵深发展，迅速揳入商埠东部，直逼外城西墙，切断了商埠守军的退路。经过激烈战斗，分别攻占"绥靖"区司令部、火车站等主要据点。至 22 日中午攻占商埠，歼灭守军两万余人。

东集团在炮火及坦克支援下，也肃清了外城守军的地堡群，逼近城垣，进行近迫作业。

商埠被攻占后，王耀武又错误地判断攻城部队需经三四天的准备才能攻城。然而，攻城部队轮番使用兵力，实行"随战随补，随补随战"的办法，及时调整战斗编组，保持了持续强大的突击力。

22 日黄昏，东、西两个集团开始合击外城。各部队在猛烈火力的掩护下，实施连续爆破，勇猛突击。仅用一个小时，即攻入外城，与守军展开激烈巷战。至 23 日中午，攻占外城，逼近内城。紧接着向内城发起总攻。

蒋介石一面严令王耀武率部坚守内城，一面督促徐州各兵团迅速北援，并令空军对解放军攻占的城区狂轰滥炸。王耀武回忆道：

23 日上午 9 时，刘峙偕空军副总司令王叔铭飞到济南上空，用无线电话与我谈话，给我打气。刘峙说："你们的困难我知道。援军进展很快，几天就可以到济南。你们必须坚守待援。你们需要什么，可以空投。"王叔铭说："总统很关怀你们，叫我竭力援助你们作战。解围有望，盼你们坚守待援。"我回答他说："共军多住在郊区的村庄里，请集中力量轰炸。"同日，国民党空军

华东野战军某部列队进入济南城

向大明湖地区空投了一些弹药，有一部分落在城外。

攻城各突击部队发扬勇敢战斗和连续作战的作风，于23日晚对内城发起总攻。

济南内城护城河河宽水深，城高墙厚，守军设有许多明碉暗堡，组成三层严密火力网。退守内城的第15、第19、第57旅等部依托坚固工事，运用各种火力与障碍进行顽抗，战斗异常激烈。

攻城部队在炮火支援下，分别从东西两个方向对内城实施突击，首先在城东南角和西南角各打开一个突破口。但由于守军拼死抵抗，攻城部队除第13纵队一部从西南角登城并占据少数房屋外，全线受阻。

攻城兵团指挥部随即调整部署，将炮弹、炸药集中使用于主要突击方向，再次组织突破。

24日子夜2时许，第9纵队第25师和第13纵队第37师各一部，运用炮火、爆破、突击紧密结合的战术，先后在城东南角和西南角突破成功。其余各纵队也于拂晓突入城内，与守军展开激烈巷战。随后，突入部队东西对进，直插纵深，守军节节败退。

王耀武看到大势已去，丢下他的残兵败将，化装潜逃。可终究没能逃出人民战争的天罗地网，刚刚逃到寿光县，就被当地民兵活捉了。王耀武回忆道：

9月24日上午11时，我看到局势已经绝望，就要全部被歼，即派十五旅

被俘的国民党第二"绥靖"区司令官王耀武

高子日团的一个营及特务团的一部，由北极阁通过出城的坑道向北突围。该部突至约一华里半处，因受解放军的猛烈阻击，无力前进。在解放军集中精力与突围的部队作战时，我就在一个小村庄里化好装，并为了使我容易脱身，令突围的部队向后撤退。我乘解放军追击后退部队的时候，即向东逃去，虽逃出重围，但逃至寿光县，即被查出捕获了。

9月24日黄昏，经过八天八夜的浴血奋战，华东野战军以伤亡2.6万余人的代价，终于攻克了国民党军坚固设防的济南城。

此战，华东野战军共歼灭国民党军10.4万余人，俘少将以上高级将领23名，缴获各种火炮800余门、坦克和装甲车20余辆、汽车238辆，击毁击伤飞机3架。同时解放长清、齐河、历城三座县城，战果辉煌。

30日，新华社发表题为《庆祝济南解放的伟大胜利的社论》，指出：

虽然济南有十万国民党军，虽然他们有美国的装备，有永久性的层层工事构筑，有准备长期固守的物资，有美国所供给的空军的接济和配合，又有蒋介石所允诺的大量集结在徐州附近援军，还有国民党的有名将领王耀武指挥，但是在人民解放军的进攻之下，只在八天里面就全军覆没。这证明人民解放军强大的攻击能力，已经是国民党军队无法抵御的了，任何一个国民党城市都无法抵御人民解放军的攻击了。

　　《美联社》就此发表评论："自今而后，共产党要到何处，就到何处，要攻何城，就攻何城，再没有什么阻挡了。"

13. 碾庄圩战役

1948 年 9 月 24 日，西柏坡。

此时已是深夜，毛泽东仍在办公室里工作着。他正在仔细阅读一份由华东野战军代司令员兼代政治委员粟裕签名于当天早上从济南前线发来的电报。

粟裕在电报中称，攻济战斗日内即可结束，如敌停止北援，我们下一步行动，拟作以下建议：立即进行淮海战役。战役可分为两个阶段，第一阶段以苏北兵团加强 1 个纵队攻占两淮，战至第二阶段，以 3 个纵队攻占海州、连云港。结束淮海战役后，全军再转入休整。

山东省长清县人民群众欢送华东野战军第 10 纵队南下参加淮海战役

围绕这个建议，粟裕提出了三个方案供中央军委参考。

第一方案是，举行淮海战役，即第一阶段，乘两淮国民党军兵力空虚，由苏北兵团司令员韦国清、副政治委员吉洛（姬鹏飞）指挥所部，攻占淮阴、淮安、高邮、宝应，野战军主力位于宿迁至运河车站线，准备歼击由徐州方面来援之敌。第二阶段，用3个纵队攻占海州、连云港，结束战役。而后华东野战军全军转入休整。

第二方案是，"只进行海州作战，仅以攻占海州、新浦、连云港等地为目标，并以主力控制于新安镇、运河车站南北及峄（县）枣（庄）线，以备战姿态进行休整。"此案对部队休整有利，"但亦增加今后攻占两淮的困难（敌人可能增兵）"。

第三方案是，全力向南求歼由徐州增援济南之敌一部，"但在济南攻克，敌人加强警惕，可能退缩，恐不易求战"。

原来，在济南行将解放之际，粟裕召开华东野战军前委作战会议，着重讨论济南战役后我军的下一步行动。会议分析了敌我双方当前的态势，提出了两个未来作战方向。

一是兵出鲁西南，跨陇海铁路，会合中原野战军，寻歼国民党军于徐州西南。这个方向，战场辽阔，便于大兵团运动，一仗胜利，便可乘胜追击，形成对徐州的战略包围，对国民党军是致命的威胁。但这一地区，东临徐州，南依蚌埠，西南又是白崇禧集团，华野将三面受敌，和优势的国民党军进行主力决战，而且脱离了老根据地，后方供应困难，加之鲁西南水网密布，大兵团进出不便，这是很不利的。

华东野战军某部渡过唐河向徐州东南挺进

另一个则是由鲁南挥师南下，出苏北，战淮海，然后攻略徐州。这个方向，可以避免出鲁西南的诸多不利，一仗胜利，就可改善南线战局，暴露津浦线，迫使国民党军退守或加强江边及津浦沿线的防务，以减少其机动兵力，有利于我恢复江边工作，为将来渡江创造有利条件。同时为今后进行陇海路以南的作战，提供交通运输和供应的便利，争取华中人力、物力对战争的供应和支持。当然这个方向也有特殊困难。在国民党军重点进攻的过程中，国共双方在山东境内集中了一百多万人作战，对山东根据地，特别是鲁中南地区的人力、物力的消耗尤为严重，再支持这么大的战争，自然会有更大的困难。但这比起兵出鲁西南的无后方作战来，却还是有利的多。

经过利弊权衡，会议最终统一了思想，一致认为后一个作战方向更好。

24日晨，粟裕具名向中央军委和中共中央华东局、中原局致电汇报了这一构想。

谁也不曾想到，这封电报竟成了震惊中外的淮海战役的第一份请战书。

读完这封来自济南前线的电报，毛泽东不禁喜上心头。毛泽东是非常理解粟裕心情的，从电报中，他分明感受到作为一名优秀的战略战役指挥员的粟裕所具备的敏锐、胆识和坚定，似乎看到了活跃在华东前线指挥部里粟裕的身影。在那近乎矮小瘦弱的躯体里，竟蕴含着无法抗拒的活力与永不言输的意志，永远有一种积极进取的信念。

毛泽东又一次将电报从头至尾、一字不漏地看了一遍。

作为一位成熟干练的高级指挥员，粟裕对战争时机的捕捉常常是机敏而准确的，毛泽东非常欣赏他这种不无天赋的指挥才能。

华东野战军某部正在跨河追击敌人

"三策之中，必有上策"。毛泽东不难看出，电文中列举的三个方案，粟裕是属意第一个方案的。

从战略上看，正如粟裕所说的，举行淮海战役可以更好地改善中原战局，孤立津浦线，并迫敌退守江边，有利于而后华野进入陇海路以南作战，并为而后渡江南进创造有利条件。

从战场形势看，徐州"剿总"所属的邱清泉第2兵团、李弥第13兵团、黄百韬第7兵团集结在徐州周围，而在淮阴、淮安及海州、连云港却只有为数不多且战力不强的几个军，是淮海战场上国民党军最为薄弱部位，取胜应有较大的把握。所以，举行淮海战役也正是毛泽东所属意的方案。

作为统帅的毛泽东，比粟裕更高一筹。此时，毛泽东已经打好了复电的腹稿，完全同意粟裕举行淮海战役的建议，并在此建议基础上做出重大补充和调整——这就是先打黄百韬兵团，而不是先打两淮之敌。

10月8日，山东曲阜，华东野战军司令部第一次作战会议刚刚结束。

此时，粟裕还在审视眼前这份墨迹未干的淮海战役作战方案。他努力思考着，想从方案中每一个步骤每一个细节中再找出些问题，以使其更加周密、完善。

是啊，"兵者，国之大事，死生之地，存亡之道，不可不察也。"

熟读《孙子兵法》的粟裕深知其意。淮海战役非同一般，当面之敌是徐州"剿总"60余万重兵，这必然要牵扯到我军投入至少50万以上的部队，其生死存亡的关系，不同于以往国共双方几千、几万人的角逐，要三思而后行。如果作战方案出现漏洞，哪怕是在某一细节上出现小小的纰漏，其后果可能导致成千上万的指战员无谓牺牲。

想到此，粟裕站起身来，走到巨大的军用地图前，仔细审视起当前徐州国民党军的布防态势：

邱清泉第2兵团集结在商丘、朱集地区；李弥第13兵团的第8军驻防徐州，第9军集结在宿县至固镇一带；黄百韬第7兵团的第25军驻郯城，第64军驻新安镇一带，第63军主力驻瓦窑；孙元良第16兵团已由郑州东调，准备开往蚌埠；国民党第四"绥靖"区刘汝明部由商丘东移；第55军第181师米文和部已弃菏泽撤至商丘；山东伪保安旅王洪九部放弃临沂南窜至郯城。

这样，以徐州为中心，国民党军沿津浦、陇海铁路摆成两条长蛇阵，其主力则一字排列在陇海路沿线。

国民党军某部在防御阵地中

毛泽东戏称，蒋介石不愧是个基督徒，在徐州为自己摆了个"十字架"。

透过蒋介石摆的"十字架"，粟裕敏锐地认识到这是极利于各个歼灭的阵形。尤其是位于东段的黄百韬兵团，既非蒋介石嫡系，又远离徐州，利于我军迅速分割包围。一旦将其全歼，便可斩断徐州之敌的右臂。

"毛主席电示从此处开刀，眼光不凡，令人耳目一新，不愧统帅风范。"粟裕暗自赞叹。

11日，毛泽东代表中央军委电示饶漱石、粟裕、谭震林并告华东局、中原局，提出关于淮海战役作战方针部署的意见，供粟裕等开作战会议考虑。

此前，华东野战军已向中央军委报告了他们初步的作战计划。在收到毛泽东11日电后，又向中央军委致电同意毛泽东的意见，认为有两大好处：一是华东野战军兵力可以全部展开，避免拥挤，给徐州敌人侧背威胁大，可增大敌人顾虑，减轻我军对敌人正面抗击、阻击的压力。二是便于粮食供给和后方交通运输。

14日凌晨3时，西柏坡，又是一个不眠之夜。

风在窗外呼呼地刮着。毛泽东坐在他的办公桌前，脸上没有丝毫倦意。此时，他的思绪又飞向了淮海前线。

（一）你们十二日一时电部署的缺点是将打援兵力放在正面，而不是放在侧面。你们十三日十三时电同意我们十一日电意见，即可改正此项缺点。其具体部署应以一个强力纵队袭占运河车站，歼灭守敌，控制该地带；以三个纵队攻占及控制台儿庄及其以南地区，一部直达铁路；以两个纵队攻占临城、韩

毛泽东（右）与周恩来在西柏坡研究解放战争战略问题

庄……务使邱、李援敌感到威胁，不驱逐我侧面兵力，不攻占台儿庄，即无法越运河向东增援，又使徐州城内感受威胁，不得不留李部第八军驻守。（二）韦吉率一个纵队南下……控制徐、宿公路，从南面威胁徐州，使邱、李援敌感到如不驱逐韦吉，则无法经睢宁、宿迁东援，同时对于徐蚌线亦起威胁作用，使李部第九军不敢离开该线。（三）以九广两纵出鲁山南……，从西北威胁徐州，使孙元良部只能对付我九广两纵，而不能到徐州接替李部第八军守城。（四）……（五）……（六）以一、四、六、七、十一、鲁中等六个纵队再特纵，担任歼灭黄兵团三个军，这是全战役的中心目标。

　　毛泽东以他卓越的战略家、军事家的才能，紧紧抓住了淮海战役首仗成功的关键——为迷惑敌人，以较主攻方向为多的兵力进逼徐州，给刘峙造成大军围攻徐州的态势，以之钳制徐州国民党军主力，使其不能救援黄百韬兵团，从而取得歼灭黄百韬兵团，实现淮海战役第一目标所必需的时间。

　　14日，粟裕在华东野战军司令部召开各纵队负责人参加的第二次作战会议，讨论中央军委当天的指示，研究拟制淮海战役具体作战部署。

　　会议决定在战役发起后，坚决把徐州之敌阻击于运河以西，争取足够的时间消灭黄百韬兵团。

　　其部署为：以6个纵队向新安镇攻击，围歼黄百韬兵团；以6个纵队隔断徐州之敌与黄兵团的联系，侧击敌主力；另以2个纵队配合中原野战军4个纵队佯攻徐州。总攻时间定于11月5日。

华东野战军将这一方案上报后，17日，毛泽东批示："完全同意15日电之各项部署，望即照此执行。"

这时，情况又发现新变化。徐州国民党军开始向黄百韬兵团增调兵力，加强防备。

20日，粟裕召开了第三次作战会议，重新调整了部署，把原定围歼黄百韬兵团的兵力由6个纵队增至8个纵队。

此计划上报后，毛泽东于21日复电批复"完全同意"，并指出佯攻徐州的部队应与围歼黄百韬兵团的部队同时发起攻击，否则我军声东击西的意图有可能过早地暴露，使佯攻徐州"不起大的作用"。

粟裕在淮海战役前线对华东野战军干部讲话

28日，离淮海战役发起时间日益临近了，粟裕感到前所未有的压力。

慎重初战，历来是古今中外兵家津津乐道的原则。

身经百战的粟裕更是深知，战争是一种特殊的社会活动，是敌我双方各种因素激烈对抗的过程。

兵法云"胜可知而不可为"，就是说战场上的胜利是可以预先知道的，但战斗中敌人有无可乘之隙，则不是由我方所决定的。纵观古今中外的战争，从没有一成不变的战场，也从没有完美无缺的作战计划。只有不断依照新情况，改变既定的计划，使之适应新情况，才能于瞬息万变的战争中立于不败之地。墨守成规和一味蛮干，最终必在战场上碰得头破血流，自食苦果。

为了此次淮海战役有个好的开端，粟裕亲自主持召开了第四次作战会议。

会议再次研究了敌我双方的情况，估计我军起攻击后，国民党军由于一时摸不清我军是强攻徐州，还是围歼黄百韬，可能依当时的态势固守，以达到于外围消耗我军、保卫徐州的目的。因此有可能将李弥兵团和黄百韬兵团集结固守几点，互相声援策应，在发现我军主力出击陇海段后，黄百韬兵团可能以新安镇为核心进行固守，李弥兵团可能以运河、碾庄圩一线守备。

当晚，华东野战军决定应进一步加强攻击黄百韬兵团的力量，由9个纵队完成这一任务，计划先于 7 日夜攻击徐州，8 日晚对黄兵团发起攻击，使敌首尾难顾。并将此计划电告中央军委。

30 日晨，毛泽东复电"28 日 21 时电悉。计划部署甚好，请即照此施行"。同时指示，战斗应同时于 7 日晚或 8 日晚各处一起动作。这样，各处之敌同时受攻，都认为自己处于危险境地，互相不能照顾。当两三天后查明我军的主攻方向时，又因我军各部均已迫近，而无法互相增援。尤其要使黄百韬兵团丧失收缩集结的必要时间，这一点极为重要。最后又强调"除华野照 28 日部署外，中野方面亦请于 7 日或 8 日同时动作。"

毛泽东的英明之处就在于他有不同寻常的洞察力，能在极为错综复杂的情况下，发现事态变化的关键之处，加以控制。他不仅看到敌人举棋不定，丧失战机，也看到了国民党军队在装备火力上的优势，一旦集结收缩，就会使我军

淮海战役中支前民工

华东野战军某部向淮海前线开进

一时难以吃掉，把歼灭仗打得拖泥带水，甚至出现不可收拾的后果。在时间上，他不仅要求华野各部同时行动，而且要中野东出的4个纵队在陈毅、邓小平指挥下，也于7日或8日晚同时发起攻击。

至此，经过半个多月的酝酿、修改，淮海战役作战计划最终确定下来，它较开始之时对战役的设想已有了很大的变化，特别是规定中野和华野同时发起攻击，这就使中野由原来的在西边配合转为直接参战，为扩大战役规模，使两大野战军会师淮海进行战略决战，歼敌主力于长江以北奠定了基础。

10月下旬，刘伯承率中野2个纵队，把黄维兵团尽量引向豫西腹地；陈毅、邓小平指挥中野主力越过黄泛区，向徐西隆隆逼近；粟裕指挥40余万华野大军，以排山倒海之势，直出山东，奔向淮海。

半个山东，人在追赶，车在飞奔。西起单县，东至赣榆，700余里宽的鲁南大地在轰轰烈烈的行军脚步声中颤抖。数十路纵队蜿蜿蜒蜒，纠葛交错。钢盔在晨光里锃锃闪亮，崭新武器——机枪、步枪、冲锋枪压在战士的肩头；一辆辆滚滚开来的卡车拖着重炮，掀起一路遮天蔽日的烟尘……似乎没有人声，只有车队、马队、脚步声在匆匆地流动着，覆盖了整个鲁南大地。

31日，粟裕向中央军委建议，鉴于"此次战役规模很大，请到达淮海前线的陈毅司令员、邓小平政治委员统一指挥"。

中央军委接受了粟裕的建议，复电批示："整个战役统一受陈、邓指挥。"

11月2日，陈毅、邓小平向中央表示："本作战我们当负责指挥，唯因通

淮海战役总前委旧址

信工具太弱，故请军委对粟谭方面多直接指挥。"

这是淮海战役开始时的指挥系统。

当时，中野司令部随陈赓的中野第4纵队行动，使用第4纵队的电台，与华野的电台没有沟通，所以两大野战军的行动都各自报中央军委，而中央军委的指示、电文，同时发给两大野战军。

陈毅、邓小平统一指挥中原、华东两大野战军，使原来由中野配合华野作战的格局，逐步演变成两支野战军联合作战，共同执行淮海决战的新格局。这是南线战局的一个十分重要的事态发展，是中央军委、毛泽东和刘伯承、陈毅、邓小平、粟裕、谭震林在战场总兵力少于敌军的条件下，敢于进行战略决战的重要原因之一。

4日8时，粟裕在曲阜发布了《淮海战役攻击命令》：

以华野第3纵队、两广纵队号称五六个纵队，配合中野主力，由陈毅、邓小平统一指挥，对徐州形成包围态势，以华野山东兵团第7、第10、第13纵队攻取台儿庄，进击运河线，截断陇海铁路，集中华野第1、第4、第6、第8、第9、第11纵队、鲁中南纵队和苏北兵团第2、第12纵队及中野第11纵队共10个纵队，再加上特种兵纵队和江淮军区2个旅，由北而南，以迅雷不及掩耳之势，将黄百韬兵团割歼于新安镇地区，完成中间突破。命令规定全军于8日晚统一发起战斗。

5日，国民党军参谋总长顾祝同、徐州"剿总"总司令刘峙召集军事会议，确定采取"备战退守"方针，一面向徐州、蚌埠间收缩兵力，准备应战，一面从徐州撤退物资和非战斗人员，以备在形势不利时全军南撤淮河以南。

6日，蒋介石下达命令，确定"华东战场方面暂取战略守势"，并调整部署：

海州第44军西撤新安镇，并归黄百韬指挥；黄百韬兵团由新安镇撤至运河以西地区；第三"绥靖"区由临城、枣庄向南退守韩庄、台儿庄地区；李弥兵团由陇海铁路碾庄圩、炮车南移灵璧、泗县；第一"绥靖"区防守淮阴、扬州一线；邱清泉兵团由商丘东移砀山、永城；第四"绥靖"区由商丘、马牧集南移固镇、蚌埠；孙元良兵团由柳河移至蒙城。徐州"剿总"直接指挥的第107军守备窑湾以南段运河，第72军加强徐州守备，第96、第66军防守蚌埠、五河、盱眙。黄维率第12兵团由确山东进阜阳、太和。

蒋介石声称：徐淮会战是党国"存亡最大之关键"。

华东野战军某部涉过齐腰深的河流向碾庄圩追歼黄百韬兵团

当晚，随着粟裕一声令下，华野大军按预定计划以雷霆万钧之势，向驻新安镇的黄百韬兵团发起进攻。

担任围歼的11个纵队，分四路出击：华野司令部率领主要攻击部队第1、第6、第9纵队和鲁中南纵队及特种兵纵队，从临沂地区南下，直扑新安镇；担任阻援和截击任务的第4、第8纵队及炮兵一部，由临沂西南地区出发扑向邳县；苏北兵团第2、第12纵队及中野第11纵队，由临沂以东地区南下，对黄百韬兵团实行迂回包围；原驻睢宁、宿迁地区的华野第11纵队和江淮军区部队同时沿运河北上，直指运河车站。

8日正午时分，华野司令部里，粟裕双眉紧锁，久久注视着地图。

室内空气格外沉闷、紧张。进进出出的参谋人员神色严峻、脚步急促，互相似乎都不认识。

黄百韬兵团跑了！新安镇扑空了！

原来就在7日晨，黄百韬率兵团部和第25、第44、第64、第100军，由第63军担任翼侧掩护，自新安镇地区沿陇海铁路西撤，经堰头、窑湾西渡运河。

黄百韬可是粟裕的老对手了。这位当年北洋军阀李纯的传令兵，既非黄埔系又不是浙江人，靠忠诚与善战成了蒋介石"期望至殷"的中将司令官。早在抗战时期，担任第三战区参谋长，多次参与制造同新四军江南部队的"摩擦"，并且参与制造了震惊中外的"皖南事变"。抗战胜利后，又充当起内战急先锋，在苏中战役、孟良崮战役和豫东战役中，多次与华中、华东野战军交锋，尤其是在豫东战役中因"救援有功"而被蒋介石授予"青天白日勋章"，升任第7兵团司令官。淮海战役开始后，蒋介石把5个军交给他指挥，使其成为淮海战场上国民党军队兵力最多的兵团。

解放战争初期的黄百韬意气风发，根本不把"土八路"放在眼里

决不能让黄百韬跑掉！

十几分钟之后，汽车轰鸣、战马嘶叫、人声鼎沸起来，一个沉重的声音在回响："追！快追！"

司令部火速拔营，前线各部队火速追击。

在这千钧一发之际，粟裕一边将黄百韬兵团西撤的情况上报中央军委和陈毅、邓小平，一边立即调整部署追击：

电告山东兵团第7、第10、第13纵队穿过第三"绥靖"区防区，排除一切困难，迅速插向徐州以东大许家、曹八集地区，截断黄百韬兵团西逃退路，分割其与徐州的联系；位于陇海路以南皂河地区的华野第11纵队和江淮军区两个旅经土山镇向大许家前进，由南向北，配合山东兵团断敌后路；华野第1、第6、第9纵队和鲁中南纵队及中野第11纵队从新安镇及其以西地区沿陇海路南侧向西追击；华野第4、第8纵队沿陇海路北侧向西追击。

粟裕严令各部不惜一切代价，务必抓住黄百韬兵团。

野司的命令变得异常大胆却处处透着自信："克服疲劳、克服困难，不为小敌迷惑，不为河流所阻，敌人跑到哪里，就追到哪里，直至将其歼灭。要求全体人员在伟大的追击战中，光荣完成各个任务，不怕打乱建制，不怕伤亡，不怕困难不怕疲劳，不怕饥寒，发扬连续持久的战斗精神，活捉黄百韬，全歼黄百韬兵团，继续向徐蚌进军。"

冬天的太阳，金光闪烁在徐海平原之间这一巨幅富饶旷野，从来没有显得这么活跃。千军万马从这里流过，猛扑向狼狈奔逃的黄百韬兵团，千万双脚同

华东野战军某部通过"十人桥"，追击黄百韬兵团

时迈着步伐，昼夜兼程，以一天120～140里的急行军速度向西勇猛追击，有如狂潮席卷而去……

此时，黄百韬兵团十几万大军像惊弓之鸟，丧魂落魄，名为西撤，但慑于几十万华野大军南下的威势，竟然变成了溃逃。

沿路丢下的辎重、伤兵、器材更是一望无际。整个陇海铁路两侧烟尘滚滚，到处都是狂奔不息的部队。枪声、机械撞击声、脚步声、喘气声交织在一起。最为可怜的是那些随黄百韬兵团撤退的平民百姓，夹在乱军中，哭喊哀号，呼儿唤女，凄惨之状令人泣然泪下。

苏沃洛夫有句名言：胜利由两腿决定。

现在的确是用两腿来对付敌人的时候了。队伍中一个战士走得稍微慢了点，间隔拉大了，另一个战士立刻提醒他："喂，脚底板要硬呀！"

这个战士抢前两步跟上队，一边说："你放心吧，我一定要硬过去的！"

"要硬"这是每人在作战动员时表示的决心。大家的口号是：参加淮海大战要做到"三硬三比"。"三硬"是：头皮硬（意志坚定），脚底板硬，打仗硬；"三比"是：比行军互助，比团结巩固，比纪律齐整。在这个口号下，班与班之间，组与组之间，个人与个人之间，展开了竞赛。

连队宣传员们也不时打起竹板进行"鼓动"：

这次行军不一般，

部队宣传员在行军途中进行宣传鼓动

过沟涉水走平原，

真金不怕火来炼，

战胜困难做模范，

……

行军为了打胜仗，

猛追猛插把敌歼！

为了节省时间，追击部队是饿着肚子进行急行军的。在前进的行列中，没有人叫苦，没有人抱怨，除了宣传员的鼓动声，就是飕飕的脚步声……

所有的华野追击大军此刻只有一个信念：追上去，追上去！不让敌人喘气！追上去，追上去！不让敌人跑掉！

一首响彻淮海战场的歌曲《乘胜追击》在战火中诞生了。指战员们唱着这首歌追击黄百韬兵团，后来又唱着这首歌追击杜聿明集团。后来，它又作为《淮海组歌》的组成部分，由第三野战军文工团带到北京演出。

毛泽东称赞说："三野的仗打得好，歌也唱得好。"

11月8日，华野司令部里，粟裕正和华野副参谋长张震研究前线各部发来的战报。

种种迹象表明，形势正按战前设想的顺利发展。华野第1、第6、第9纵队和鲁中南纵队及中野第11纵队正从新安镇及其以西地区沿陇海路南侧日夜兼程

率部起义的国民党第三"绥靖"区中将副司令官张克侠（右）、何基沣（左）

向西追击；陇海路北侧，陶勇、郭化若指挥的华野第4、第8纵队正不惜一切代价向西追击；位于陇海路南侧皂河地区的华野第1纵队等部经土山镇向大许家前进，由南向北包抄黄百韬兵团的退路。

但粟裕心中仍有疑虑：山东兵团第7、第10、第13纵队能否迅速通过第三"绥靖"区防线，直插曹八集，由北向南堵住黄百韬兵团西去之路吗？

就在这时，一个天大喜讯传来：防卫贾汪的第三"绥靖"区冯治安部在何基沣、张克侠将军率领下举行起义。

消息传到西柏坡，毛泽东和周恩来兴奋异常，以茶代酒，举杯祝贺。毛泽东说："北线何张起义是（淮海战役）第一个胜利。"

后来，粟裕谈起提前发起战役的决策时说："如果再晚4个小时，让黄百韬窜入徐州，那仗就不好打了。"

华野的神速行动和何张的起义，在南京国民党统帅部和徐州"剿总"引起强烈震动，纷纷惊叹："没有料到共军行动这样迅速！"

何张起义，让出运河防线，徐州东北门户顿开。粟裕喜不自胜，立即传令谭震林、王建安率山东兵团马不停蹄向曹八集挺进。

揳入曹八集，犹如拦腰斩断陇海路，黄百韬兵团西去之门便被严严堵上了。想到此，粟裕疲惫的脸上露出一丝笑容。

猛然间，一个大胆而新奇的念头在粟裕脑海中冒出。

当日，粟裕、张震联名致电中央军委，对淮海战役提出了新的构想：

1948年10月，粟裕与钟期光、张震（后排右一）、唐亮、陶勇在一起

由于近来全国各战场的不断胜利，蒋匪有采取下述两种方针之可能：第一以现在江北之部队再加上葫芦岛撤退之部队，继续在江北与我周旋，以争取时间，加强其江南及华南防御；第二，立即放弃徐州、蚌埠、信阳、两淮等地，将江北部队撤守江南，迅速巩固江防，防我南渡，并争取时间整理其部队，以图与我分江而治，侯机反攻。我们不知各老解放区对战争尚能支持到如何程度，如果尚可能作较大的支持的话，则以迫使敌人采取第一方针为更有利……因此，此次战役于歼灭黄百韬兵团之后，不必以主力向两淮进攻，而以主力转向徐蚌线进攻，扣留敌人于徐州及其周围，而后分别削弱与逐渐歼灭之（或歼孙元良兵团，或歼黄维兵团），同时以主力一部进入淮南，截断浦蚌铁路，错乱敌人部署与孤立徐蚌各点敌人。

永不知足的粟裕随着战局的发展，现在已不满是仅仅歼敌十几个师、占领两淮的目标，他的目光又盯上了猬集徐州的刘峙集团，要将其滞留在江北，就地全歼。

11月9日，西柏坡。毛泽东也正密切关注着淮海前线，思考着同一问题。

由于11月2日东北辽沈战役已胜利结束，中国革命进入了一个新的转折点：战争双方的力量对比发生了质的变化，在此大好形势下，淮海战役该怎么打？

毛泽东原来设想以华野和中野互相配合，分别进行淮海和徐蚌两个作战。淮海战役的规模和范围也只限于鲁南和苏北地区，歼徐州集团一部。而中野举行徐蚌作战的目的则既是为了歼敌一部，更是为了在徐州西南牵制徐州兵力，配合华野徐东作战。

战役发起后，形势发生了急剧的变化，徐州周围的国民党军纷纷向徐州集结。两淮和海州、连云港等地区已解放，原来设想的淮海战役的范围就自然地向西扩展。而中野大军也由徐州以西东进至津浦线以西，两大野战军逐步靠拢并联结起来。

这样，原来中野为配合华野的战役行动而准备发动的徐蚌作战，也自然地和华野的作战有机地结合在一起，成为发展了的淮海战役的一个组成部分。

据此，毛泽东于 11 月 7 日致电粟裕并告陈毅、邓小平：

淮海战役烈士纪念塔

第一仗估计需要 10 天左右时间，力争歼灭黄百韬 10 个师（包括 44 军），李弥一至两个师，冯治安 4 个师（包括可能起义者在内），刘汝明 6 个师（包括可能起义者在内），以上共计 21 个至 22 个师。如能达成此项任务，整个形势将改变，你们及陈、邓即有可能向徐蚌线迫进，那时蒋介石可能将徐州及其附近的兵力撤退至蚌埠以南。如果敌人不撤，我们即可打第二仗，歼灭黄维、孙元良，使徐州之敌完全孤立起来。

接到粟裕、张震来电后，毛泽东兴奋异常，真是英雄所见略同。在胜利形势日趋逼近之际，他最需要的就是这种有头脑、有胆量、有魄力的将才。

毛泽东非常欣赏粟裕、张震的分析判断，淮海之战如能求歼国民党主力于江北，不但渡江后的作战要顺利得多，而且国内的胜利形势将大大加快。

基于此点考虑，毛泽东以中央军委的名义复电粟裕、张震："徐州敌有总退却模样，你们按照敌要总退却的估计，迅速部署截断敌退路，以利围歼是正确的……现在不是让敌人退至淮河以南或长江以南的问题，而是第一步（即现在举行之淮海战役）歼敌余部于长江以北的问题……应极力争取在徐州附近歼灭敌人主力，勿使南窜。"

同时，毛泽东致电中野，令刘伯承即刻从豫西赶到淮海前线与陈邓会

阻击李延年、刘汝明两兵团的华东野战军某部在战斗中

合。原在豫西牵制国民党黄维兵团的中野第 2、第 6 纵队及一部分地方武装，在黄维兵团增援淮海战场的情况下，也采取尾击、侧击、截击等办法阻滞其东进速度，并在其之前来到了淮海战场。这样，解放军的总兵力也增加到 60 多万人。

与此同时，蒋介石也在调兵遣将，除严令徐州"剿总"倾力东援外，还命原在豫西"剿匪"的黄维第 12 兵团火速东进增援，以及蚌埠地区新组建的刘汝明第 8 兵团、李延年第 6 兵团北进增援，国民党军的总兵力达到 80 万。

淮海战役的范围由此扩大到江、淮、河、汉之间，战役规模也随之扩大成国共江北大决战。

屈指半月间，在粟裕等人的积极建议下，毛泽东使较为模糊的战役设想清晰起来，原定打淮阴、淮安，打海州、连云港，歼灭黄百韬兵团十几个师的"小淮海"上升为江北与国民党 80 万大军决战的"大淮海"。

两天后，毛泽东在西柏坡，骄傲地向全世界宣布：

九月上旬（济南战役前）中央政治局会议时所做的五年左右建军 500 万，歼敌 500 个正规师，根本上打倒国民党的估计及任务，因为九、十两月的伟大胜利，已经显得是落后了。这一任务的完成，大概只需再有一年左右的时间即可达到了。

毛泽东洪亮的声音传到了中原，传到了南京，解放军前线将士为之欢呼，

国民党军调集兵力，准备与解放军决战中原

国民党官兵为之震慑。

蒋介石沮丧中颇为不服，严督徐州"剿总"，打破解放军围攻黄百韬兵团态势，扭转战局，重新与解放军决战中原。

淮海平原，隆隆的枪炮声已是沸地惊天，一场震撼世界的大决战正一步步走向高潮。

11 月 10 日，谭震林、王建安率第 7、第 10、第 13 纵队进达徐州以东、大许家以西地区，控制了阻援阵地。陈士榘指挥第 1、第 4、第 6、第 8、第 9、第 11 纵队抢渡运河，在黄百韬兵团刚刚到达碾庄圩地区时，即从北、东、南三面逼近。

至 11 日，黄百韬兵团部和 4 个军终于被华野大军合围在碾庄圩及其周围约 18 平方公里的地区内。

碾庄圩，位于徐州以西 150 里，中心碾庄圩位于陇海铁路北侧，是一个只有 200 来户人家的小村庄。1948 年 11 月，这个地图上难以找到地方，在国共大决战中一夜成名。国共双方 40 余万大军聚集于此，展开殊死拼搏，惨烈空前！

自从兵团撤过运河在碾庄圩坚守以来，黄百韬就寝食难安了。眨眼间 5 天过去了，共军的包围圈一天天缩小，如同套在脖颈上的绞索，勒得他透不过气来。

空军每天空投下成堆的《中央日报》《扫荡日报》，整版地刊登黄百韬的半身像和蒋介石的嘉奖令。各条消息的大字标题更是标新立异：

"百胜将军黄百韬率神兵大破'人海战术'"

"顾总长惊呼——黄百韬真乃干将！"

"何应钦部长派飞机给黄将军空中授勋"

华东野战军某部向困守碾庄圩的黄百韬兵团发起猛攻

对此，黄百韬只能相视苦笑，靠吹牛是不能解他的第 7 兵团之围的。

被围之初，黄百韬还曾信心十足地说："杜聿明是支持我的，还有孙元良、李弥两个兵团都和我们互相救援过。"

然而令他可恨又可气的是，徐州"剿总"的电报天天都说邱、李两兵团正在挺进解围，但至今一个援兵也不见。眼下粮弹两缺，虽有空投，也是杯水车薪。狭窄的包围圈里挤满人马和辎重，遍地都是伤兵，痛苦呻吟，血迹满地，脓腥熏人。

黄百韬紧锁眉头，面孔就像他的阵地，一日消瘦一日。当年孟良崮上张灵甫的阴魂正时时困扰着他的思绪，难道这场噩运今天真摊到他的 7 兵团头上？自己将步张灵甫的后尘？

思前想后，黄百韬只有拼死抵抗，盼援兵早日到来。虽明知这是幻想，然而也只有此一线希望了。

此刻，粟裕也是双眉紧皱，承受着巨大的压力。

想当初，是他最早提出举行淮海战役的构想，又是他挥师南下，尾追黄百韬，如秋风扫落叶。第三"绥靖"区战场起义，李弥兵团逃离曹八集，63 军窑湾被歼，黄百韬兵陷碾庄圩，几乎一切都是按他预先设计的轨迹运行。眼看黄百韬已是瓮中之鳖，山穷水尽了，上上下下无不认为不出几日，第 7 兵团将灰飞烟灭。在此大好形势之下，倍受鼓舞的粟裕又大胆设想致电中央，力图歼敌主力于徐州附近。如能全歼徐州之敌，江北形势即可大定，江南便无大仗可打，全国解放也指日可待，那将是何等的振奋人心。

西柏坡，同样处于高度兴奋中的毛泽东当即首肯，"应极力争取在徐州附

被中原野战军攻占的宿县城一角

近歼灭敌主力，勿使南窜。"10日，毛泽东又连电陈毅、邓小平："你们应集全力（包括三、广两纵）攻取宿县，歼灭孙元良，控制徐蚌段，断敌退路，愈快愈好，至要至盼……"

眼下，一切正按计划展开。陈毅、邓小平已率中野杨勇苏振华的第1纵队、陈赓谢富治的第4纵队、陈锡联的第3纵队、秦基伟的第9纵队以及华野孙继先丁秋生的第3纵队、曾生雷经天的两广纵队，攻占宿县。将国民党军主力抑留于淮海战场逐次歼灭的战略态势正在形成。

但粟裕万万没有料到，黄百韬的杂牌兵团竟如此难啃，而邱清泉、李弥居然也拿出一副"以大局为重"的样子拼死相援，兼程东进的黄维兵团更是咄咄逼人。华野、中野各方面都在承受着巨大的压力，一时军情险象环生。

久经沙场、从来都沉得住气的粟裕也有点坐立不安了。

毛泽东和粟裕一样，没有想到黄百韬如此难啃。济南府王耀武的10多万嫡系精锐城破被围之后也不过两三天便全军覆没，更何况在他的印象里"攻击精神是差到极点的"黄百韬的杂牌军了。

种种错误的信息使毛泽东的判断也出现了偏差。早在11月13日他就以为黄百韬、李弥、孙元良兵团共计17至19师可于17日被华东、中原两大野战军全部解决。14日，当华野将士在碾庄圩外围阵地与黄百韬兵团反复拉锯式地血战时，毛泽东乐观地预测"黄兵团本日大约可解决"。

但事实远非如此。

围歼黄百韬兵团的战斗从11日打响后，一连三天进展都不够顺利，许多阵地要经过反复争夺。在作战地图上，有些村庄上午插上红旗，下午换上蓝旗，晚上又插上红旗。包围圈虽日见缩小，但华野部队伤亡也较多。

13.
碾庄圩战役

西柏坡纪念馆

华野前线不断传来的战报使西柏坡急剧上升的高温迅速下降。

毛泽东清楚粟裕的实力，也相信粟裕指挥作战的能力，出现这种情况说明先前对敌情的判断有偏差。毛泽东已经3天没有好好休息了。全歼黄百韬不仅决定整个淮海大战的命运，也关系到下一步能否全歼国民党军主力于江北，解放战争能否提早结束的问题。在这种关键问题没解决前，他是睡不着的。

毛泽东的目光紧盯着粟裕，紧盯着碾庄圩……

11月14日，粟裕得到了碾庄圩攻击部队伤亡重大的报告。

仗再这么打下去，各个方面都将承受不住，他挥手吩咐："马上通知攻歼黄兵团的6个纵队指挥员立即来指挥部开会！"

随着各纵队指挥员的到来，各种信息也传到粟裕的手中。

原来，华野各纵队在追击中打乱了建制，过运河后也没有及时调整，随到随发起攻击。部队由野战中猛打猛冲突然转入村庄攻坚，各级指挥员有些麻痹轻敌，依然按照追击时的动员令"大胆穿插，分割包围"来指挥，以为可以将敌一举歼灭。

不料黄百韬兵团利用阵地，层层设防，组成了强大的交叉火力网，根本无法分割，再加上新安镇一带村庄稀疏，每一村庄又由若干个集团家屋分散构成。这里经常闹水灾，老百姓为防洪水，都在村子里筑起一个个一米多高的土台，房屋建在土台上，各村之间和村庄内部密布水沟、洼地、水坑。这样一来，几乎每家成了一个堡垒。再加上黄百韬兵团各部并未溃败，拼死顽抗，所以攻击部队的伤亡太大，进展迟缓。

听完前线指挥员的报告后，粟裕马上意识到黄百韬的拼死精神远非想象中

华东野战军某部官兵冒着严寒，涉过碾庄圩外的深沟，向敌发起总攻

的那样差，而华野拿手的运动战在碾庄圩行不通了。

俗话说："狗急跳墙，兔子急了还咬人呢！"杂牌军一旦铁下心来顽抗，有时更甚于嫡系精锐之师。

粟裕知道中野为支援华野全歼黄百韬兵团，正承受着黄维、李延年、刘汝明几个兵团的巨大压力，当然更知道宋时轮、韦国清的阻援部队在徐东为拖住邱清泉、李弥两兵团所付出的巨大牺牲。

粟裕感到莫大的压力，这种时候欲速则不达，过于轻视对手，尤其是对手的火力，往往会给部队带来重大损失。对困兽犹斗之敌必须有耐心，要一口一口地啃才行。

若干年后，粟裕和妻子楚青谈起淮海战役，仍激动不已。他说战役中他紧张过两次，第一次就是围歼黄百韬兵团：

上至中央军委，包括主席，下至我们，开始都对黄百韬兵团的战斗力估计不足！后来我们碰上钉子，可又不敢向主席叫苦，只有豁出命来打。主席天天来电催问战况，我心里很着急。部队打得很苦啊……

会议一直开到午夜12时。考虑到碾庄圩之敌不可能在一两日消灭掉，徐东阻援就成了大问题，为把精力集中在堵截与牵制邱清泉、李弥两兵团东援上，粟裕决定把围歼黄百韬兵团的硬骨头交给山东兵团指挥员谭震林、王建安。

碾庄圩战斗中，华东野战军炮兵观察所

对谭震林、王建安，粟裕充满信心。

谭震林是华野副政治委员，也是粟裕的老搭档。济南战役，粟裕将攻城重担交给了谭震林。短短8天谭震林便将坚固设防的济南城拿下。王建安也是一员身经百战、骁勇善战的虎将，老练持重，富有魄力，在鲁中、鲁南颇具威名。

果然，谭震林、王建安没有让粟裕失望，没有让西柏坡失望。

15日，谭震林、王建安移至宿羊山西北的茸山庄指挥，果断下令全军停止攻击。一方面研究调整部署，组织火力，一方面加紧补充弹药，作好攻击的准备。在战法上采取了"先打弱敌，后打强敌，攻其首脑，乱其部署"的方针，发扬夜战近战特长，利用夜间进行对壕作业，隐蔽接敌，揳入各村之间，将敌分割开来，并不断加强侦察和充分做好攻击准备，把兵力和兵器集中用于攻克一点，一个村庄一个村庄地夺取，层层剥皮，逐次消灭。

碾庄圩整个包围圈附近突然没有了枪炮声、喊杀声，刚才还前赴后继、浴血厮杀的华野将士似乎一下从地平线上消失了。

然而，另一种声音却在响起：挖土声、倒土声、扛运木头的喘息声。这种声音在一寸寸、一尺尺的推进，虽然很难、很慢，却是那样的坚实而不可抗拒。这声音虽没有惊天动地的枪炮声那么刺激，那么激动人心，但使包围圈内的黄兵团官兵闻声色变，惶惶不可终日。

黄百韬兵团坚固的防御阵地开始一寸寸、一尺尺的被吞食。黄百韬惊慌失

华东野战军某部攻入黄百韬兵团在碾庄圩的司令部

措，再也沉不住气了。

16日，山东兵团下达对黄百韬兵团攻击的命令，各部均集中优势兵力，发扬猛打猛冲的战斗作风，逐村逐堡进行争夺战。首先攻歼战斗力较弱的第100、第44军，而后围歼兵团部与战斗力较强的第25、第64军。

激战至18日，全歼第100、第44军，重创及第64、第25军，俘第100军少将代军长杨荫、第44军中将军长王泽浚，第150师师长赵璧光率残部投诚。

19日，对碾庄圩黄百韬兵团部的总攻打响了。至20日拂晓，攻占碾庄圩，聚歼黄百韬兵团部和第25军大部。

黄百韬转至碾庄圩东北大院内，继续指挥残部负隅顽抗，梦想援军的到来。但留给黄百韬的时间不多了。

22日夜，华野指挥部里，粟裕面无表情地盯着地图发呆。

图上，标示黄百韬兵团据守的蓝旗被一面面拔掉，换上了小红旗。红色越来越醒目，蓝色在渐渐褪去……

副参谋长张震轻轻走过来，压抑着无比的亢奋，小声报告："粟司令，谭、王报告，碾庄圩战斗圆满结束！"

"嗯？"粟裕怔怔地看着张震。

"碾庄圩战斗已经结束了！"张震激动的心情再也无法抑制，猛地放开嗓门："黄百韬兵团已被全部歼灭！黄百韬本人也兵败自杀！"

13.
碾庄圩战役

国民党军第 7 兵团中将司令官黄百韬的胸章和照片

"哦"，粟裕平淡地应了声，突然身子一歪，倒了下去。

张震急忙上前搀扶，却发觉粟裕竟晕厥了过去了……

是啊，多少个日日夜夜了，粟裕几乎没脱衣睡过一个囫囵觉。军委在看着他、中野在看着他、华野官兵也在看着他，几乎全国各地解放大军都在注视着他，太多期盼的眼光压得他无法安寝，无法进餐，他的大脑一直像一根绷得太紧的橡皮条，胜利带来的松懈击倒了他。

粟裕终于可以安安稳稳地睡上一觉了。

直到掌灯时分，粟裕才长长地吐了一口气，慢慢地醒过来。

当晚，华野司令部里灯火通明。参谋处处长夏光正在详细统计参战部队的伤亡数字，粟裕和谭震林、陈士榘、唐亮等人围坐一起，总结碾庄圩作战经验教训。

多年来粟裕养成一个习惯，每打完一仗，总结经验教训时的专注、投入甚至不亚于战斗激烈时，就像纹枰高手，总爱在复盘时找出得失。或许这就是他常胜不败的原因之一。

大家的心情既兴奋又沉重。几个主要方向作战的纵队，如第4、第7、第8、第9、第10、第11、第13纵队的伤亡人数均在两千人以上，有的竟达五千余人。如此重大的伤亡，在华野战史上是绝无仅有的。

"这一条经验非常重要，是我们用生命和鲜血换来的。"粟裕语调沉重地总结："在江淮平原作战，由运动战转至攻坚战的时候，不可急于求成，而应

淮海战役烈士纪念塔

加强对壕作业，隐蔽接近敌人，将堑壕挖到敌人跟前再发起攻击，逐点争夺，逐个歼灭。"

"这就叫吃一堑长一智嘛！"谭震林插了一句话。

会后，粟裕又专门审阅张震起草的电报，补充道："基本可以。不过教训部分讲得太抽象，还要具体点；伤亡情况再核实一下，不许打埋伏，如实上报陈司令员、邓政治委员，上报中央军委。"

粟裕明白，全歼黄百韬兵团虽是大胜，但只是淮海决战的第一幕。今后的仗还不少，而解放军也将逐步由山地转向平原、水网，由游击战、运动战转向攻坚战，华野的教训应该成为全军的前车之鉴，这可是上万名华野将士用鲜血和生命换来的。

西柏坡的清晨，好久没有这么宁静了。就在这天凌晨，毛泽东办公室的灯灭了。

"主席睡觉了！"

不知是谁传出来的。声音不大，带着几分神秘和惊喜，在西柏坡中央军委机关各个角落迅速蔓延。

这几乎成为歼灭黄百韬兵团的代名词。自粟裕向黄百韬兵团发起攻击后，毛泽东小屋里的灯彻夜长明，白天也很少见毛泽东入睡。尤其在华野迟迟解决

淮海战役碾庄圩战斗纪念馆

不了黄兵团后，毛泽东更是无法入睡，毕竟关系到淮海乃至全国的战局。

经过 17 个昼夜的浴血奋战，华东野战军和中原野战军共歼灭国民党军 1 个兵团部、8 个军部（含起义、投降各 1 个军部）、18 个整师（含起义 3 个半师，投诚 2 个师），重创各路援军，计歼敌 17.8 万余人，并攻占了宿县，孤立了徐州，淮海战役第一阶段胜利结束了。

14. 陈官庄战役

　　1948年11月6日，华东野战军和中原野战军在华东、中原军区及华北军区所属冀鲁豫军区部队配合下，发起了震惊中外的淮海战役。

　　激战至22日，华东野战军主力在徐州以东的碾庄圩全歼黄百韬第7兵团。26日，中原野战军将由阜阳增援的黄维第12兵团合围于宿县双堆集地区。

　　噩耗传到南京，蒋介石惊出了一身冷汗。要知道黄维的第12兵团可是蒋介石的嫡系部队，下辖第10、第14、第18、第85军共11个师和1个快速纵队，

碾庄圩战役旧址

约 12 万人，其第 18 军号称国民党军的五大主力之一。一旦被歼，徐州刘峙、杜聿明集团就成为瓮中之鳖，插翅难飞。果真如此，则淮河以北无兵可战，无险可守，南京危矣，党国危矣！

蒋介石当即电令刘峙、杜聿明"黄维兵团刻在双堆集附近被围，战斗激烈，此次会战关系国家安危，希严督徐州方面各兵团按预定计划，迅速果敢行动，不得延误为要"。所谓预定计划即蒋介石精心炮制的"南北对进、三军会师"。

然而，在解放军强大兵力的阻击下，徐州杜聿明集团南下不成，蚌埠李延年、刘汝明兵团又北上不得，而黄维兵团的处境愈来愈困难，蒋介石"南北对进、三军会师"，打通徐蚌交通线的计划落了空。

28 日前后，蒋介石两次召杜聿明到南京研究对策，最后决定"放弃徐州，出来再打"，由杜聿明率邱清泉、李弥、孙元良 3 个兵团避开华东野战军的正面阻击，绕经萧县、永城南下涡阳、蒙城，先解救黄维兵团，然后一起撤到淮河以南；由刘峙率徐州"剿总"机关乘飞机移驻蚌埠，指挥李延年、刘汝明 2 个兵团北进策应。同时令华中"剿总"抽调第 20、第 28 军增援蚌埠。

几乎与此同时，中央军委也已预料到杜聿明集团可能会放弃徐州，电示总前委和华野："须估计到徐州之敌有向两淮或向武汉逃跑可能。请你们注意掌握。"

华野司令部内，粟裕召开会议，研究徐州之敌可能逃跑的方向。早在歼灭黄百韬兵团后，粟裕就一直在关注着徐州之敌的动向。

杜聿明在部属的众星捧月下走进淮海战场，试图力挽狂澜

以他来看，徐州之敌不外两种选择：固守徐州或突围南撤。突围并不可怕，也许在某些方面更有利。不突围，三个兵团固守一座坚固设防的大城市，要吃掉它绝非易事。但突围时，关键要能把这一大坨敌人围住。为此，粟裕一歼灭黄百韬兵团，就以主力南下，防其突围南撤。鉴于华野已抽出几个纵队参加中野围歼黄维之战，而粟裕又同时要南阻蚌埠的刘、李两兵团，向北监视徐州30万之敌，兵力一时用到极限。粟裕索性网开三面，只把六七个纵队摆在了徐州南面津浦路两侧，而在东、西、北三面大唱空城计。

粟裕的意图很明显——只要徐州之敌不南撤，随你往哪边跑。

会上，粟裕提出，蒋介石后方已无机动兵力，因而，徐州之敌放弃徐州的可能性比较大。至于向哪个方向逃窜，他提出有三个可能：

一是沿陇海路向东，经连云港海运南逃，以摆脱被歼命运。可是，海运要迅速解决装载20余万军队的船只和码头是困难的，而且解放军在这一带已集中了强大主力，如解放军尾追，则陷入背海作战的境地，更易于全军覆没。二是直奔东南走两淮，而后经苏中南渡转向京沪。这样做，虽可避开解放军主力，以集中兵力防守蒋介石的老巢，但是两淮河川纵横，除几条干线外，非舟楫不通，不便于大兵团行动，而且均为老解放区将陷入地方军和民兵包围中，难于逃脱。三是沿津浦路西侧绕过山区南下。此区域地形开阔，道路平坦，便于大兵团、摩托部队行动，又距离黄维兵团较近，还可与李延年兵团相呼应，实行南北对进，既解黄维之围，又可集中蒋介石可能机动的兵力防守淮河，达到所谓"一箭双雕"的目的。但是，若走此路，必将遭到华东、中原两大野战军的强大打击，而可能全部被歼灭掉。

淮海战役中杜聿明指挥部旧址

粟裕认为杜聿明总是过高地估计自己的力量，迷信他们的美式摩托机械化部队。因此，估计徐州之敌很可能沿津浦路西侧绕过山区向南逃窜。大家对此表示赞同。

于是，华野前委立即命令在徐州南面阻击徐州之敌南下的 8 个纵队，对徐州的敌人注意侦察，严加监视，准备随时东西机动截击逃敌。同时，对在蚌埠以北阻击李延年兵团、刘汝明兵团北犯的 5 个纵队的部署也做了调整：第 13 纵队归中野指挥参加歼灭黄维兵团的作战；第 6 纵队位于曹八集监视蚌埠的敌人，以防北犯；第 2、第 10、第 11 纵队迅速北调宿县东南为总预备队。

为使全体指战员从思想上作好追击逃敌的准备，树立不怕疲劳，连续作战，坚定将敌歼灭于长江以北的决心，11 月 30 日，华野前委向全军发布了《为全歼当面敌人，争取淮海战役全胜的政治动员令》。要求华野全军认真做好思想准备，重新进行战役动员，认识这次淮海战役是一个带有决战性质的战役。这一仗能够打胜，就基本上解决了蒋介石的主力，为我大军过江南下造成更有利的条件。政治动员令号召全体指战员发扬勇敢顽强连续战斗的精神，坚决完成战斗任务，在伟大的决战中为人民立新功。各兵团、各纵队接到华野前委的政治动员令后，立即对所属部队进行决战思想的动员。

果然不出粟裕所料，就在政治动员令发出的当天，华野第 9 纵队报告，徐州之敌大举向西南方向运动。

原来在 11 月 28 日，杜聿明从南京飞回徐州后，立即部署撤退行动。为确保撤退做到神不知鬼不觉，他决定在 30 日全面实施佯攻以迷惑解放军，当晚秘

徐州守敌狼狈逃窜

密撤出徐州，同时严令西撤各部队行动保密，如有泄露者，军法从事。杜聿明对他这一手颇为得意，自吹以神速的行动决定了撤退大计。

28日这一天，恰逢杜聿明的母亲七十大寿。蒋介石授意在上海、徐州为杜母祝寿。刘峙请杜聿明点戏，杜用手一点，二人相视哈哈大笑。

杜聿明点的是《空城计》。

一切部署完毕后，30日晚，杜聿明率3个兵团21个师近30万部队夹杂着从徐州逃出的商人、地主、职员、军官眷属以及原先从海州逃到徐州的难民，还有30余所中小学校的学生——仅铜山中学的学生就达三千余人，甚至还有和尚、道士、妓女……沿萧县、永城公路仓皇撤退。

就在一月前的辽沈大战中，杜聿明曾和东北野战军玩过一次金蝉脱壳之计。那一次他干得挺漂亮，瞒过了林彪，从葫芦岛救出了东北的三四个军，连蒋介石都为他大声叫好。今天他要在徐州唱出空城计，从陆上把30万大军引出死地。

杜聿明想做诸葛孔明，可粟裕不是司马懿。

12月1日，粟裕在查明徐敌西窜行动后，当即部署了11个纵队的强大兵力，采取多层多路尾追、平行追击与迂回拦击相结合的战法，展开猛追：

渤海纵队由大许家宿羊山地区，立即沿陇海路向徐州急进，除留一个师控制徐州市外，主力向萧县地区跟踪追击前进；位于徐州西南的第3、第8纵队和鲁中南纵队以及陇海路西侧的第9纵队，由城阳、桃山集、永固砦、杨庄、路町、夹沟地区直插瓦子口、濉溪口、祖老娄、五户张集、张寿楼等地区，截歼逃敌；位于徐州以南及东南的第1、第4、第12纵队由潘塘镇、张棋杆、双

淮海战役中，华东野战军某部通过徐州市区追击逃敌

14.
陈官庄战役

沟、褚兰、朝阳集地区，经徐州以南三堡之间转向徐州西北徐州萧县间，尾敌侧击追歼；靠近固镇一带的第 10 纵队沿宿（县）永（城）公路急进；位于固镇地区的第 2 纵队经宿县向永城前进，作为第二线截击部队；第 11 纵队由固镇西南地区沿固（镇）涡（阳）公路向涡阳、亳州急进，作为第三线迂回部队；另以第 13 纵队尾后跟进，冀鲁豫两个独立旅及两广纵队，暂且控制徐州西南孤山一带原阵地待命出击。

当然，此刻粟裕的心情分外紧张。

尽管 11 月 30 日他就得到了杜聿明将放弃徐州的情报，并向部队发出了动员令，可直到杜聿明集团全部撤出徐州之后，情报才被完全证实。待粟裕下令所部倾力西追时，已延宕了一天的时间。如果不能追上并且截住杜集团。一旦使其与黄维兵团会合，淮海战役又将是另外一个局面。

为此，粟裕急电命令豫皖苏地方部队控制涡河、沙河渡口，迟滞敌人；一面电报中央军委和刘、陈、邓首长，希望在南线支援中野围歼黄维兵团的华野第 13 纵队归还建制，从南线北上堵击；一面用电报、电报、骑兵等各种通讯手段通知各纵队，火速全线追击。

此时，陈毅也打电话给粟裕："华野的部队多，要全部用上，你们在北边抓住杜聿明，在南边把李延年、刘汝明看好，我们这边才能收拾黄维这个冤家。"

十二月的淮海平原，天寒地冻，北风凛冽。

粟裕一声令下，华野各纵队勇猛动作，积极行动，不顾天冷风急路艰，不顾敌军飞机轰炸阻拦，向杜聿明集团逃跑的方向勇猛追击。华野将士们废寝忘食，日行百余里，不怕一切艰难险阻，只怕敌人跑掉溜回江南。

时间就是军队。时间就是胜利。一幅极其独特而蔚为壮观的景象出现了。

一路是机械化钢铁大军和混杂在其中的难民、百姓，像一个一眼望不到头的巨大怪兽，所过之处卷起漫天尘土，方圆数十里都在这隆隆而过的脚步声中战栗；另一路是一色人流汇成的人海，散布在田间、路上，密密麻麻的，极目所望，到处都是人。六七十万大军外加数十万难民和支前民工，上百万人结成的移动的人海在缓缓地向西南移动着，构成了古今中外战争史上最为壮观的一幕。

12 月 3 日拂晓，华野追击部队终于在孟集地区追上了杜聿明集团。迂回部队也前出到永城东北，封闭了杜集团向永城的逃路。

在料敌如神、用兵神速的粟裕面前，杜聿明自以为得手的"空城计"唱

华东野战军某部准备乘火车追击逃敌

砸了。

这时，粟裕才松了一口气。许多年后，他和夫人楚青谈起淮海战役时，说他曾紧张过两次，第二次便是这次追击杜聿明集团：

非常危险啊！尽管我们估计到了他们的撤退方向，却没有想到他们撤得这么快。有的纵队又突然失去联络，怎么也找不着了！万一让他们三十万部队撤到淮南，问题就大啦！

杜聿明集团由于西撤途中混乱不堪，行动迟缓且指挥中断，不得不于2日晚进行整顿，决定3日再向永城前进。这时，蒋介石得知杜聿明集团已安全撤离徐州，唯恐他一意西逃，"迂回避战"，而"坐视黄兵团消灭"，遂用飞机向杜聿明空投手令，命其改向永城以东濉溪口方向攻击，协同李延年兵团南北夹击中原野战军，以解黄维兵团之围。

杜聿明虽感不妙，但还是调整部署，采取东、西、北三面掩护，向东南面突击的战法，向濉溪口逐次攻击前进。

华东野战军采取北、东、西三面攻击，南面阻击的战法，压缩敌人。至4日拂晓将杜聿明集团30万人马团团合围于陈官庄、青龙集地区。

5日，杜聿明召集邱清泉、李弥、孙元良研究突围办法，不经请示蒋介石，自行决定当日黄昏各兵团同时各自向淮河以南突围。但随后，杜聿明因担心突围失败个人无法承担责任而取消突围行动。

中原野战军在淮海战役中向被围困在双堆集的国民党军黄维兵团发
起进攻

不料，孙元良兵团已抢先于当晚向西南突围，除孙元良率少数随员化装脱逃重围，另有一部溃逃邱、李防区外，主力被华野第8纵队和冀鲁豫军区、豫皖苏军区部队分别歼灭于永城附近的黄瓦房、张老窝和亳县地区。第41军中将军长胡临聪、第47军中将军长汪匣锋等被俘。

至10日，杜聿明集团数次以主力在坦克、重炮掩护下向东南方向突围，均未得逞，被围于以陈官庄为中心的约50平方公里地区内，动弹不得。

此时，国民党军统帅部为解脱困境，从武汉等地调兵遣将，继续开赴淮海战场。南线的李延年兵团在刘汝明兵团的策应下，渡过浍河向包家集方向攻击前进。

针对敌情，总前委认为必须迅速歼灭国民党军被围两大集团中的一个，才能保持主动。经中央军委批准，决心集中足够兵力，首先歼灭黄维兵团，而后再集中全力歼灭杜聿明集团。刘伯承风趣地说，这就叫吃一个（黄维兵团），挟一个（杜聿明集团），看一个（李延年、刘汝明两兵团）。

为了吃掉黄维兵团，总前委决定抽调战役预备队华野第7、第13纵队和特种兵纵队炮兵一部，参加围歼黄维兵团。中野第1、第3、第4、第6、第9、第11纵队，华野第3、第7、第13、鲁中南纵队，以及华野特种兵纵队的炮兵和地方武装的几个独立旅，共约20万人，采取坚决围困、稳步攻击、攻占一村、巩固一村、逐个歼灭的战法，激战至15日，终于突破敌指挥中心双堆集核心阵地，全歼黄维兵团，俘虏中将兵团司令官黄维、中将副司令官吴绍周，取得了淮海战役第二阶段的胜利。

华东野战军某部向淮海战场挺进

16 日晚，刘伯承、陈毅、邓小平驱车前往华野指挥部驻地蔡凹村，与粟裕、谭震林会合，召开总前委会议。

粟裕与刘伯承自在中央苏区分别后，已有 17 年没有见面了。当年，刘伯承刚从苏联归来，由上海来到江西苏区。毛泽东和朱德派他担任中央红军学校的校长兼政治委员，并将红 4 军参谋长粟裕调到刘伯承身边，任中央红军学校学员连连长，这是他们初次相识。那一年，刘伯承 38 岁，满头青丝，精壮盛年；粟裕 23 岁，青春勃发，英姿潇洒。

17 年，弹指一挥间，两人历尽千辛万苦，浴血奋战，终于迎来了接近全国胜利的大好形势。在与国民党进行最后决战并取得节节胜利的时刻，故友战地相逢，心情格外兴奋、激动。

粟裕紧紧握住刘伯承的手说："刘校长，我们有 17 年没见面了！"

"啊，对，对。那时你才 20 多岁，现在都胡子拉碴了！哈哈哈哈……"

陈毅与粟裕分别仅有半年，看到粟裕比过去更加消瘦，立即让随行医生给他检查身体。

医生心痛地说："粟司令，看你瘦成这个样子！"

粟裕笑着说："打完这一仗，就可以休息一下了。"

次日一早，谭震林由山东兵团驻地赶来。总前委五位领导人，终于共聚一堂，商讨战事。这也是淮海战役中总前委唯一的一次聚会。

蔡凹，是黄淮平原上一个普通农村，位于萧（县）永（城）公路南，距萧县县城约 20 里，在总前委指挥部驻地小李家村的东北方向 100 多里。粟裕的指

淮海战役总前委成员。左起：粟裕、邓小平、刘伯承、陈毅、谭
震林

挥所设在小村北部一座土坯砌成的北房里。窗前有一棵枝干光秃的石榴树。

历史上经常有这种情况：一个原本不引人注意的小地方，往往因为一个偶然的机会，发生了一件足以改变国家和民族命运的大事，而身价倍增。蔡凹，这个不起眼的小村庄，正是因为 1948 年 12 月 17 日的聚会而永载史册。

总前委会议，整整开了一天。

鉴于杜聿明集团歼灭在即，未成为会议的主要议题。会议主要研究了淮海战役结束后渡江作战建议与部队整编方案。会间休息时，总前委 5 位领导人在屋前拍照合影留念。

当晚，刘伯承、陈毅驱车北上，前往西柏坡向党中央汇报。邓小平回到小李家村。谭震林回到山东兵团驻地。粟裕仍留在蔡凹村，指挥华野部队进行战场休整和部署防敌突围的措施。

事情就这么怪，唯一的总前委会，不是研究淮海战役怎么打，而是研究战役结束后怎样休整；不是研究淮海战役的作战计划，而是研究下一步作战计划及将来渡江作战计划。

这一点蒋介石恐怕做梦也想不到……

黄维兵团被歼后，国民党李延年、刘汝明兵团仓皇撤回淮河以南。此时，国民党投入淮海战场的 5 个兵团 80 万大军，仅剩下杜聿明集团的邱清泉、李弥两兵团，约 8 个军 21 个师不足 20 万的残兵败将，龟缩在陈官庄一带，全军覆没已成定局。

19日，杜聿明收到了蒋介石与空军副总司令王叔铭写给他的亲笔信。据杜聿明回忆：

> 蒋介石的信写得很长，大意是：（一）第十二兵团这次突围失败，完全是黄维性情固执，一再要求夜间突围，不照我的计划在空军掩护下白天突围。到十五日晚，黄维已决定夜间突围，毁灭了我们的军队。（二）弟部被围后，我已想尽办法，华北、华中、西北所有部队都被共军牵制，无法抽调，目前唯一办法就是在空军掩护下集中力量，击破敌一方，实行突围，哪怕突出一半也好。（三）这次突围，决以空军全力掩护，并投掷毒气弹。如何投掷，已交王叔铭派董明德前来与弟商量具体实施办法。王叔铭的信写得很简单，大意是说："校长对兄及邱、李两兵团极为关心，决心以空军全力掩护吾兄突围，现派董明德前来与兄协商一切，董是我们的好朋友，请兄将一切意见与明德兄谈清，弟可尽量支援。"

见蒋介石决心已下，杜聿明只好从命，拟定了陆、空军协同施毒突围的计划，同时规定毒气弹为"甲种弹"，其他弹为"乙种弹"，计划中只写甲种弹、乙种弹，而不写毒气弹。

鉴于黄维兵团与孙元良兵团突围被歼的先例，杜聿明虽拟订了突围计划，但认定突围是下策，是死路一条。于是，他又与邱清泉等商定了摆脱目前困境

国民党军杜聿明集团被围困在陈官庄内

平津战役中，人民解放军向新保安发起攻击

的上中下三策：

上策是集中可能调动的国军"前来救援"，作最后决战；中策是持久固守，争取"政治上的时间"，"以待国民党中央在政治上有所运筹"；下策是选定适当时机，全线突围。

实际上，杜聿明很清楚所谓"上策"不过是画饼充饥，蒋介石手里哪里还有救兵可搬。至于"下策"，杜聿明知道那是死路一条。他真正盼望的其实是"中策"，即希望国共和谈。

这时，在华北战场上，人民解放军已经发起了平津战役。为了不使蒋介石迅速决策海运平津地区的国民党军南下，中共中央军委命令淮海前线人民解放军，在一段时间内对杜聿明集团只作围困不作最后歼灭的部署。

根据中央军委指示，华东野战军进行战场休整，广泛开展"立功运动"、"评定伤亡"和"即俘即补"等活动，进行战前练兵，总结经验，补充兵员，整顿组织，养精蓄锐，准备决战。

到12月下旬，华野包围圈越缩越紧，杜集团阵地越来越小，空投物资杯水车薪，加上"天不佑蒋"，整个战区雨雪交加、气温骤然下降。被围的蒋军官兵处于饥寒交迫、外无援兵、内缺粮弹的绝境，士气低落，苟延残喘。

陈官庄成了人间活地狱。蒋军官兵把包围圈内老百姓的门窗甚至棺材板都烧光了，把麦苗、树皮、马匹等一切可以吃的东西都吃光了。为了争夺吃的，官兵互相残杀，甚至活埋伤兵。每天都有大批蒋军士兵冻饿而死。

华野广大指战员创造了许多攻心战法，阵地广播、释俘劝降、发射传单、给蒋军士兵送饭等等，造成了"四面楚歌"的强大声势，促进了蒋军的动摇和瓦解。每天都有大批蒋军士兵和下级军官携械投降。在华野发起总攻以前的20天内，蒋军被毙伤、瓦解10余万人，其中整连整营投降的就有1.4万余人。

许多国民党军队士兵，原本是被"抓壮丁"抓来的劳苦大众，经过"诉苦教育"，提高了阶级觉悟，立即掉转枪口参加战斗，连军服也来不及换。为此，粟裕决定赶制10万顶军帽发给"解放战士"，以便识别敌我。

到淮海战役最后阶段，华野部队中的"解放战士"达到总人数的80%。以致有人说笑话：在淮海战场上，是"共产党指挥的国民党军队同国民党军队作战"。

经过20天的休整，华野部队士气旺盛，体力恢复，战斗力大为提高，为最后总攻、全歼杜聿明集团打下了良好的基础。

1949年元旦后，平津前线已完成了对傅作义集团的战略包围和战役分割。

这时，陈官庄内国民党军调动频繁，南京空投也日趋紧张，这一情况反映到华野司令部。

"看来，杜聿明要狗急跳墙，实施突围。"粟裕当即根据中央军委指示精神，决定发起总攻。

粟裕亲自主持召开野司作战会议，讨论产生了两个方案：第一方案是抽调一部于永城以东组成第二防线，设一口袋阵，诱敌突出现阵地，在运动中歼灭之；第二方案是不使敌突围，乘其调整部署之机，立即发起总攻歼灭。

会上，各纵队司令员大多倾向于第二方案，认为杜集团已被困饿近40天，

解放军炮兵准备向敌轰击

华东野战军向杜聿明集团发起总攻

士气低落，业已不支，是强攻的好时机，不必再放口袋诱敌，费时费力。中央军委也批准实施第二方案。

1月3日，野司进行总攻部署，确定全歼杜聿明集团分为两个阶段，即首先集中兵力用3至7天，全歼李弥兵团，而后转入第二阶段，消灭邱清泉兵团。由华野10个纵队共27个师分为东、南、北三个集团，发起总攻。具体部署是：

东集团4个纵队11个师在宋时轮、刘培善指挥下，主攻李弥兵团；南集团3个纵队8个师在韦国清、吉洛指挥下，协同东集团作战；北集团3个纵队8个师在谭震林、王建安指挥下，切断李弥兵团与邱清泉兵团的联系；野司另以5个纵队15个师为总预备队。

6日，淮海总前委下达了对杜聿明集团残部的总攻令。

下午3时30分，随着粟裕的一声令下，华野万炮齐鸣，陈官庄顿时在强大的炮火下战栗起来。饱受蹂躏的陈官庄，在接受着最后一次血与火的洗礼。

炮火过后，华野攻击部队以穿插分割的战术，猛扑陈官庄中心地带。所到之处，势如破竹。仅6日一夜，即攻克敌外层坚固设防的13个村庄据点，歼敌万余人。

7日，华野继续向纵深冲杀，攻占了20多个村落据点，并攻克李弥兵团司令部驻地青龙集。当晚，李弥率残部全线溃败，仓皇逃入邱清泉兵团防区。

至此，陈官庄整个防御体系已被打破。原计划 3 至 7 日才能达到的任务，只用不到两天时间，就已实现。国民党国防部也承认在六、七两日作战中国民党军"损失九个团以上之兵力，阵亡副师长两员"。

杜聿明没有料到解放军攻击如此猛烈，进展如此神速，眼见李弥兵团全线溃退，邱清泉兵团南北防线也被突破，便急忙收缩兵力，调整部署：一面继续顽抗，一面向蒋介石告急，要求 9 日预备轰炸，10 日投"甲种弹"以掩护突围。

8 日，粟裕召开作战会议，对第一阶段战斗进行了小结，提出"以壕攻壕、以堡攻堡，把攻击阵地伸到敌前沿"，要求各部队迅速从夜间攻击转为白天作战，不使残敌乘夜暗突围。

9 日，国民党空军副总司令王叔铭亲自飞临陈官庄上空助战。他告诉杜聿明南京将于今明两日，出动百架飞机前来轰炸，掩护突围。

机群如黑云般涌到陈官庄上空，在狂轰滥炸中，向陈官庄西北接连投掷毒气弹，邱清泉兵团乘势向西猛攻。然而解放军很快作好防毒准备，戴上缴获的防毒面具从四面八方向心突击，穿插分割，迅速攻占了陈官庄敌军核心阵地。

激战至 10 日，全歼杜聿明集团，生俘杜聿明，击毙邱清泉，李弥化装逃脱。在淮海战役第三阶段中，共歼国民党军 1 个"剿总"前进指挥部、2 个兵团部、8 个军部、22 个师、1 个骑兵旅，计 17.6 万余人。

至此，历时 66 天淮海战役胜利结束。华东、中原两大野战军紧密配合，以

被俘的杜聿明

伤亡 13.6 万余人的代价，歼灭了国民党军在长江以北的主要战略集团共计 55.5 万余人，彻底粉碎了国民党"力争华北、坚守中原、经营华南"的防御方针，基本上解放了长江中下游以北广大地区，使国民党反动统治中心南京、上海完全暴露在人民解放军攻击矛头之下。

15. 上海战役

1948 年底，中国人民解放战争进入了战略决战的最后阶段。

辽沈战役解放了东北全境；淮海战役解放了华东大部，胜利在即；华北地区除北平（今北京）、天津几座孤城外均已解放；西北一部和长江中下游以北广大地区也已解放，各解放区连成一片。人民解放军总兵力发展到 400 万人，士气高昂，装备得到进一步改善，大兵团作战的经验更加丰富。

国民党军精锐被消灭殆尽，只剩下 71 个军 227 个师的正规军番号约 115 万人，加上特种兵、机关、学校和地方部队，总兵力 204 万人，其中能用于作战的部队只有 146 万人。这些部队多是新建或被歼后重建的，且分布在从新疆到

1949 年初，根据中央军委统一全军组织及部队番号的指示，各地解放军开始进行整编。图为解放军某部下达整编命令

台湾的广大地区，在战略上已无法组织有效防御。同时，国民党统治区内的经济已陷入总崩溃的局面，通货膨胀，物价飞涨，财政枯竭，民不聊生。以上海为例，从 1948 年 8 月至 1949 年 4 月底，物价指数竟飞涨了 13 万倍。国民党在中国的败亡命运已无可挽回。

屋漏偏逢连夜雨。正当蒋介石为战场上的连连失利而焦头烂额时，后院又起火了。桂系白崇禧、李宗仁等人乘势而起，以"吁和"为名，仿效古人"逼宫"。

12 月 24 日，国民党华中"剿匪"总司令白崇禧给蒋介石发了一封意味深长的"亥敬"电，请求停战以议和，同时宣称非蒋介石下野不能和谈。在南京，时任国民党政府副总统的李宗仁也不失时机地发表和平主张，与白崇禧一唱一和。随后，湖北省参议会、河南省参议会，以及湖南省政府主席程潜、河南省政府主席张轸等也在李宗仁、白崇禧的授意下，相继来电促蒋介石引退，为与共产党和谈扫平道路……国民党统治集团内部互相倾轧现象愈演愈烈。

1949 年元旦，对蒋介石来说，没有一丝节日的喜悦。

当日，新华社发表新年献词，提出"打过长江去，解放全中国"的响亮口号。蒋介石也发表元旦《文告》，发出了"和平果能实现，则个人的进退，绝不萦怀"的哀鸣，并声称为"以冀弭战消兵解人民倒悬于万一"而甘愿"引退"。

1 月 5 日，毛泽东为新华社起草评论《评战犯求和》，明确将蒋介石列为

1949 年 1 月，蒋介石宣布第三次下野，离开南京总统府

战犯，拒绝以蒋为谈判对手。而国民党内要蒋介石下台的呼声日益高涨。更为严重的是，美国人已然看出蒋介石对他们已无多大价值，开始在国民党内物色新的代理人。

种种迹象表明：这次，蒋介石真的是走投无路，除了下台。

但蒋介石是不会轻言认输，更不甘心退出历史舞台。因为，他一生最大的兴趣就是追逐权力，对他来说最为痛苦的事莫过于失去权力。纵观其一生，他的性格确像一根高强度弹簧，千拉万扯也难改其顽韧的特性。

21日，内外交困的蒋介石在写下"冬日饮寒水，雪夜渡断桥"的诗句后，黯然神伤地离开总统府，回老家奉化溪口——这个他在政治上失意时总要回去的避风港，"归隐"去了。

蒋介石走了，表面上像闲云野鹤，游山赏水，但他并非真的退而为山野之人，只不过是由前台转到了幕后。这和当年袁世凯削职回项城、段祺瑞下野回合肥一样，是职退权未退，退而不休。

在奉化溪口，当蒋介石逗留在雪窦寺中，或流连于四明山林木泉石之间时，仍操纵着一切。虽然名义上下野，但他仍以国民党中央总裁的身份在幕后实际掌控着党政军大权，甚至比在南京时公务更繁忙更紧张了。代总统李宗仁只不过是一具空壳，要不到钱，调不动兵，命令出不了南京城。

在溪口小镇，蒋介石架设了七部电台，昼夜不停地作情报联络，继续进行军政遥控指挥，而国民党、政、军要员奔赴溪口请示总裁面谕的人也不绝于途。溪口小镇取代了六朝粉黛的故都南京而成为国民党新的政治中心，蒋介石也成为世界上最忙的"闲人"。

"下野"对蒋介石来说早已不是第一次，也无所谓了，因为每次"下野"都成为他积蓄力量、东山再起的契机。当年蒋介石曾两度"下野"，而后卷土重来。有过这

下野"隐居"家乡的蒋介石在四明山的石窗晨读

两次经验，蒋介石认为自己还会第三次"复出"。为此，在"下野"之前，他要抓紧时间进行部署，为和毛泽东争夺长江以南，为有朝一日东山再起做好准备。

按照蒋介石的设想，尽管东北、华北、华东已尽为共军所据，但他手中仍有最后一搏的本钱：70万美械装备的大军、占绝对优势的海空军力量和"固若金汤"的长江防线。这足够阻挡共军南下的步伐，维系半壁江山，重整军力，等待时机，卷土重来。于是，蒋介石积极扩军备战，将京沪警备总司令部扩大为京沪杭警备总司令部，任命汤恩伯为总司令，统一指挥江苏、浙江、安徽三省和江西省东部的军事，会同华中"剿匪"总司令部总司令白崇禧指挥的部队组织长江防御。

到1949年4月，国民党军在湖北宜昌至上海间1800余公里的长江沿线上，共部署了115个师约70万人的兵力。其中，汤恩伯集团75个师约45万人，布防于江西湖口至上海间800余公里地段上；白崇禧集团40个师约25万人，布防于湖口至宜昌间近1000公里地段上。同时，以海军海防第2舰队和江防舰队一部计有军舰26艘、炮艇56艘分驻安庆、芜湖、镇江、上海等地的长江江面，江防舰队主力计舰艇40余艘分驻宜昌、汉口、九江等地江面，沿江巡弋；空军4个大队300余架飞机分置于武汉、南京、上海等地，支援陆军作战。此外，美、英等国也各有军舰停泊在上海吴淞口外海面，威胁或伺机阻挠人民解放军渡江。

长江是中国的第一大江，自西向东横贯大陆中部，历来被兵家视为天堑。下游江面宽达2至10余公里，水位在每年4～5月间开始上涨，特别是5月汛期，不仅水位猛涨，而且风大浪高，影响航渡。沿江广阔地域为水网稻田地，河流湖泊较多，不利大兵团行动。

防守该地段的汤恩伯集团，除以一部兵力控制若干江心洲及江北据点作为警戒阵地外，以主力18个军54个师沿南岸布防，重点置于南京以东地区，并在纵深控制一定的机动兵力，企图在人民解放军渡江时，凭借长江天险，依托既设工事，在海空军支援下，大量杀伤其于半渡之时或滩头阵地；如江防被突破，则分别撤往上海及浙赣铁路沿线，组织新的防御。具体兵力部署是：

以第8兵团指挥第55、第68、第96军防守湖口至铜陵段；以第七"绥靖"区指挥第20、第66、第88军防守铜陵至马鞍山段，第17兵团所属第106军位于泾县、宁国、太平地区为预备队；以第6兵团及首都卫戍总司令部指挥第

准备渡过长江的解放军一部

28、第 45、第 99 军防守南京及其东西地区；以第一"绥靖"区所属第 4、第 21、第 51、第 123 军防守镇江至江阴段，第 54 军位于丹阳、武进地区为预备队；以淞沪警备司令部指挥第 37、第 52、第 75 军防守苏州至上海间。另以第 9 编练司令部指挥第 73、第 74、第 85 军和第 18、第 67、第 87 军共 20 余个师位于浙赣铁路沿线及浙东地区，担任第二线防御。

防守湖口至宜昌段的白崇禧集团，以 27 个师担任江防，其中以主力第 3 兵团位于武汉及其以东至九江地区；以 13 个师位于长沙、南昌之间地区。

长江，在历史上多次大动乱的时期都成为民族分裂的界河。1949 年仲春，蒋介石集团仍希望它能成为阻止人民解放军南进的天然屏障，但稳操胜券的中国共产党人却坚信：这一次，长江不会再成为民族分裂的界河了！

中央军委依据向长江以南进军的既定方针，命令人民解放军第二、第三野战军和中原、华东军区部队共约 100 万人，统归由第二野战军司令员刘伯承、政治委员邓小平和第三野战军司令员兼政治委员陈毅、副司令员粟裕、副政治委员谭震林组成的总前委指挥，准备在 5 月汛期到来之前，由安庆、芜湖、南京、江阴之线发起渡江作战，歼灭汤恩伯集团，夺取国民党政府的政治经济中心南京、上海以及江苏、安徽、浙江省广大地区，并随时准备对付帝国主义可能的武装干涉。同时决定，第四野战军以第 12 兵团部率第 40、第 43 军约 12 万人组成先遣兵团，由平津地区南下，归第二野战军指挥，攻取信阳，威胁武汉，会同中原军区部队牵制白崇禧集团，策应第二、第三野战军渡江作战。

15. 上海战役

解放军某部突击队在渡江战役中冲上江岸

为实现党中央的战略决策，总前委依据国民党军的部署以及长江中下游地理特点，于3月31日制定了《京沪杭战役实施纲要》，决定组成东、中、西三个突击集团，采取宽正面、有重点的多路突击的战法，于4月15日在江苏靖江至安徽望江段实施渡江作战，首先歼灭沿江防御之敌，而后向南发展，夺取南京、上海、杭州等城，占领江苏、安徽南部及浙江全省。其兵力部署是：

以第三野战军第8兵团指挥第20、第26、第34、第35军，第10兵团指挥第23、第28、第29、第31军和苏北军区3个独立旅，共35万人组成东突击集团，由粟裕、第三野战军参谋长张震指挥。其中第34、第35军位于江北全椒、仪征、扬州等地并攻占瓜洲、浦口、浦镇，吸引和牵制南京、镇江地区国民党军；主力6个军由三江营（扬中以北）至张黄港（靖江以东）段实施渡江，成功后向宁沪铁路挺进，控制该路一段，阻击南京、镇江的国民党军东逃和上海方向的国民党军西援，并向长兴、吴兴方向发展，会同中突击集团切断宁杭公路，封闭南京、镇江地区守军南逃的通路，完成战役合围，而后协力歼灭被围之敌。

以第三野战军第7兵团指挥第21、第22、第24军，第9兵团指挥第25、第27、第30、第33军，共30万人组成中突击集团，由谭震林指挥，在裕溪口（芜湖以北）至枞阳段渡江，成功后以一部兵力歼灭沿江守军，并监视芜湖守军；主力迅速东进，会同东突击集团完成对南京、上海、杭州地区国民党军的包围，而后各个歼灭被围之敌。第7兵团并准备夺取杭州。为求得中、东两

人民解放军百万大军突破长江天险

集团行动上的协调，迅速合围南京、镇江地区守军，中突击集团过江后统归粟裕、张震指挥。

以第二野战军第3兵团指挥第10、第11、第12军，第4兵团指挥第13、第14、第15军，第5兵团指挥第16、第17、第18军及中原军区部队一部，共35万人组成西突击集团，由刘伯承和第二野战军副政治委员张际春、参谋长李达指挥，由枞阳至望江段实施渡江，成功后以1个兵团挺进浙赣铁路衢州及其以西、以北地区，控制该路一段，切断汤恩伯集团与白崇禧集团的联系；主力沿江东进，接替第9兵团歼灭芜湖守军的任务，并准备参加夺取南京的作战。

4月3日，中央军委批准了上述计划。为避免部队过分拥挤，17日，总前委决定西突击集团过江后，第3、第5兵团直出浙赣铁路沿线，第4兵团执行东进任务。邓小平、陈毅位于合肥以南的瑶岗，代表总前委统一指挥渡江作战。

参加渡江作战的人民解放军各部队，于3月初～4月初先后进抵长江北岸，开展战役的各项准备工作。进行形势任务和新区城市政策纪律教育；侦察国民党军的防御部署、工事和长江水情、两岸地形；在地方党和政府的帮助下筹集、修理船只，到渡江前夕，共筹集各型木船9400余只，培训了数千名部队选调的水手；开展以强渡江河和水网稻田地作战为主要内容的战术、技术训练等。

在中共中央华东局和中原局的统一部署下，地方各级党政机关竭尽全力动员和组织广大人民群众进行支前工作，仅随军参战的船工即达1万余名，临时民工达300万人，山东、苏北解放区还组建了16个民工团随军服务。与此同时，各兵团还以一部兵力拔除了枞阳、土桥、仪征、三江营等长江北岸国民党军据点10余处，从北岸控制了长江航道，为主力渡江开辟了道路。

饮马长江的时刻到了。

人民解放军某部在渡江战役中

4月21日，毛泽东主席、朱德总司令发布《向全国进军》的命令，号召人民解放军将士"奋勇前进，坚决、彻底、干净地歼灭中国境内一切敢于抵抗的反动派，解放全国人民，保卫中国领土主权的独立与完整"。人民解放军百万雄师随即发起渡江作战。

午夜时分，中突击集团第一梯队第24、第25、第27、第21军，在裕溪口至极阳镇100多公里的江面上，分乘数千只木船，乘夜幕扬帆起航。

时逢西北风，船借风力，千帆竞发，万桨击水，劈波斩浪，飞向南岸。先头船距南岸约300米时，国民党军才发觉，匆忙打炮拦截。

顿时，江面波涌浪叠，水柱冲天。早已严阵以待的人民解放军炮兵群立即以雷霆万钧之势齐轰对岸，敌军阵地随即陷入一片火海，火光映红了夜空。

第27军第一梯队在荻港至旧县之间登岸，一举突破国民党第88军防线。第79师第235团1营3连5班所乘木帆船，首先在夏家湖附近登上南岸，成为百万雄师中的"渡江第一船"。

按照过江信号规定，登岸部队立即点灯报信。这时，数十里长江南岸上，红灯闪烁，宛如璀璨群星。先遣渡江大队也按预定要求，在山头、高坡燃起一堆堆篝火，把胜利的捷报飞传大江南北。

登岸部队如猛虎下山，迅速突破鲁港（芜湖西南）至铜陵段国民党军江防阵地，连续打退守军的多次反击，巩固了滩头阵地，而后向纵深发展攻势，至21日，占领铜陵、繁昌、顺安等地。

人民解放军以迅雷不及掩耳之势，一举突破国民党军的长江防线，汤恩伯

人民解放军在敌人的炮火下渡江

如热锅上的蚂蚁，于 21 日慌忙赶到芜湖部署堵击，急令第 99 军前往增援。

但于事无补，第 99 军进抵宣城，第 20、第 88、第 55 军等部已放弃江防阵地，在一片混乱中仓皇撤逃。第 99 军旋即向南逃去。

为逃脱沿江一线部队被分割围歼的命运，以图在浙赣线和上海地区组织新的防御，汤恩伯秉承蒋介石旨意，于 22 日下午匆匆下令全线撤退：芜湖以西的部队向浙赣线退却，芜湖以东、常州以西的部队向杭州退却，常州以东的部队向上海退却。

23 日清晨，在人民解放军的隆隆炮声中，李宗仁仓皇逃离南京，乘专机飞往桂林。树倒猢狲散。国民党留在南京的政府官员纷纷逃向广州、桂林等地。

当晚，第 35 军在中共南京地下市委的接应下开始渡江，进入南京市区。24日凌晨，第 35 军第 104 师第 312 团首先进占总统府，将红旗牢牢插在总统府的门楼上，标志着国民党蒋介石集团 22 年的反动统治被推翻。

至此，国民党苦心经营的长江防线，除上海附近地段外，已彻底崩溃。国民党反动派凭借长江天险负隅顽抗的企图彻底破灭。

总前委依据沿江国民党军全线南撤的情况，迅速调整进攻部署，令第三野战军除以第 8 兵团部率第 34、第 35 军担任镇江、南京地区的警备任务，以第 10 兵团第 29 军东进占领苏州并向上海方向警戒外，主力在粟裕统一指挥下分别沿丹阳、金坛、溧阳及太湖西侧和南陵、宣城、广德之线向长兴、吴兴（今湖州）地区疾进，完成战役合围，歼灭由南京、镇江、芜湖地区南逃的国民党

杭州市民欢迎解放军入城

军，第7兵团并准备夺取杭州。同时解除第二野战军第4兵团沿江东进的任务，改为与第3、第5兵团并肩向浙赣铁路沿线挺进，追歼逃敌，控制浙赣铁路，切断汤恩伯集团与白崇禧集团的联系，保障第三野战军作战的翼侧安全，另以第10军担任安庆、芜湖地区的警备任务。

各部队接到命令后，发扬连续作战的优良作风，不顾疲劳，顶风冒雨，日夜兼程，猛打猛追。

26日，第9兵团主力通过广德；第10兵团进抵天王寺、宜兴一线，并在溧阳以西、以南地区歼国民党军第4、第28、第51军各一部。

国民党军在人民解放的多路追击下，早已成惊弓之鸟，不敢再沿宁杭公路南逃，改由宜兴以西山区直下郎溪、广德，企图由此突出重围，直趋杭州。

27日，第10兵团第29军进占苏州。第三野战军主力会师吴兴，将国民党军第4、第28、第45、第51、第66军等5个军包围于郎溪、广德之间地区，经两天激战，将其8万余人全部歼灭。

5月3日，第7兵团第21、第23军解放杭州，随后向浙赣线奋勇前进，相继占领浙赣铁路沿线的贵溪、上饶、衢县、金华等地，并在追击作战中歼国民党军第68、第88、第106、第73军各一部。

7日，第3兵团一部与第7兵团一部在诸暨会师，控制了浙赣线东乡以东地段，完全割断了汤恩伯集团与白崇禧集团之间的联系。

至此，渡江战役第二阶段任务胜利完成，歼灭了国民党军大批有生力量，使蒋介石、汤恩伯在浙赣线山区组织纵深防御的图谋彻底破灭。

第 7 兵团第 21 军攻入杭州后继续追击敌人

　　中央军委和总前委依据战局的发展，决定攻取上海。

　　位于东海之滨的上海，濒临长江出海处，人口 600 万，是中国的最大城市和经济中心，号称"十里洋行"。它既是中国共产党的诞生地，也是蒋介石赖以起家、各种反动势力麇集的地方，还是帝国主义侵华的主要基地，战略地位极为重要。

　　4 月 30 日，蒋介石气势汹汹地赶到上海，与京沪杭警备总司令汤恩伯一起具体策划和部署淞沪决战。

　　蒋介石之所以要亲自指挥淞沪战役，"保卫"大上海，是有他的打算的。蒋介石年轻时就是在上海发迹的，得到了爱情、名气和权力。在如今灾难临头之际，他想到了一个更为疯狂的计划。淞沪战役一打响，美英等国便不再袖手旁观，坐视国民政府败北，所以他发誓要打好"第三次世界大战导火线"——淞沪决战。

　　汤恩伯，蒋介石的老乡，生于浙江武义。早年留学日本，就读于陆军士官学校。回国后任中央陆军军官学校军事教官，其间著有《步兵中队（连）教练之研究》，博得蒋介石的赏识，自此成为蒋的心腹爱将，平步青云，官至陆军中将。

　　别看汤中将指挥打仗确实不怎么样，可谓是志大才疏，却能在官场屡屡咸鱼翻身，起死回生。这其中自然有很多诀窍，但有一点至为重要，这就是他对于蒋介石无二的忠诚。就在不久前，他将恩师陈仪准备投共一事密报蒋介石。蒋介石也正是看重此点，才将镇守上海的重任交于他。

1945 年，陈仪（中间者）在台湾接受日军投降

陈仪，字公侠，号退素，浙江绍兴人，国民党陆军二级上将。

1893 年出生的陈仪，在国民党军政界资历甚深，是一位元老级的人物。早年东渡日本，先后在陆军测量学校、士官学校学习。其间加入光复会，结交了徐锡麟、秋瑾、蔡元培、蒋百里、蔡锷等革命党人，与鲁迅关系甚密。辛亥革命爆发后，任浙江都督府军政司长。1917 年，再次东渡日本，入陆军大学深造，成为中国留日陆大第一期学生。

陈仪担任过浙江省主席、福建省主席兼第 25 集团军总司令、台湾行政长官兼警备总司令等要职，曾独揽福建军政大权八年之久，是国民党军政界的一位重量级人物。

1925 年，穷困潦倒的汤恩伯经人介绍认识了时任浙军第 1 师师长的陈仪。因是浙江同乡，加之汤恩伯生得魁伟强壮，谈吐不凡，陈仪很是欣赏，便慨然应允每月资助五十元，供汤赴日求学。汤恩伯感激涕零，立即跪拜于地说："生我者父母，知我者乃陈老也，学生愿拜您为恩师，生死与共。"

正是由于陈仪的鼎力相助，汤恩伯才得以东渡日本，入陆军士官学校深造，从此开始了他的军旅生涯。在日期间，汤恩伯与同在日本留学的陈仪外甥女黄竞白相识并热恋。两年后，汤恩伯携黄竞白回国完婚，与恩师陈仪又有了亲戚关系。

当时，陈仪已依附蒋介石。汤恩伯便通过陈仪的大力推荐，与蒋介石相识，并逐渐得到蒋的器重，成为蒋的心腹爱将。陈仪对汤恩伯有知遇之恩，汤恩伯也视陈仪为亲生父亲。因此当 1949 年 1 月，时任浙江省主席的陈仪准备反

上海战役中，人民解放军某部向国民党军固守的要点发起攻击

蒋时，曾派外甥带着他的亲笔信面见汤恩伯，要其起义。

谁知，汤恩伯出卖了陈仪，派人把信送到奉化交给蒋介石。不久，陈仪被解职扣押。1950年6月18日被蒋介石以"勾结共党，阴谋叛乱"罪枪杀于台湾。

靠出卖恩师，汤恩伯再次获取了蒋介石的信任，被委以京沪杭警备总司令重任。

根据蒋介石要死守上海的意图，汤恩伯确定的守备方针是：以海、陆、空军协同作战，实行固守防御；利用碉堡群工事，坚守市郊，屏障市区；巩固吴淞，确保海上退路；机动使用江湾、龙华机场，维护空中通道。具体部署为：

以第21、第51、第52、第54、第75、第123军等6个军共20个师，配属坦克、装甲车，守备黄浦江以西市区及外围太仓、昆山、嘉兴、金山等地；以第12、第37军共5个师，守备黄浦江以东地区。另以海军第1军区和驻上海空军协同防守。其防御重点置于浦西市郊吴淞、月浦、杨行、刘行、大场和浦东高行、高桥等地区，借以屏障吴淞和市区，保障其出海通路。

然而此时上海已成一座孤城，国民党军心动摇，官僚恐慌，就连蒋经国也哀叹道："如大海中孤舟，四顾茫然。"

为给部下鼓气，蒋介石连续接见团以上军官，忙得"几无一刻休息"，并在汤恩伯的陪同下，亲自巡视上海街头，宣称："共产党问题是国际问题，不是我们一国所能解决的，要解决必须依靠整个国际力量。但目前盟国美国要求我们给他一个准备时间，这个时间也不会太长，只希望我们在远东战场打一年。因此，我要求你们在上海打六个月，就算你们完成了任务，那时我们二线

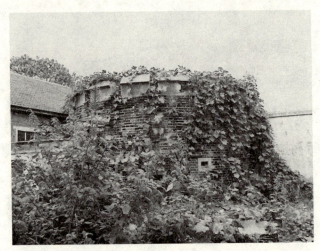

国民党军修筑的碉堡遗址

兵团建成了，就可以把你们换下去休息。"

蒋总裁亲自坐镇指挥，汤恩伯更是豪情万丈，扬言一定要把上海变成"第二个斯大林格勒"。他召集部属训话，称："总裁指示我们要决心坚守上海六个月，上海是个国际都市，非常重要，只要我们能把上海保住半年，美国就会直接来援助我们，那时如果第三次世界大战打起来，就可整个解决国际共产党的问题，中国的问题也就可以一起解决了。"

为死守上海，汤恩伯不惜血本地在市区与郊县构成外围、主体、核心三道阵地。其中，钢筋水泥筑成的主碉堡阵地 3800 个，碉堡间战壕相连，壕沟内还可行驶吉普车，半永久性的掩体碉堡 1 万多座。中央社誉为"固若金汤"。阎锡山视察阵地后，颇有信心地认为至少可以守上一年。蒋经国则称之为"东方的斯大林格勒"，可与"马其诺防线"媲美。

在渡江战役的进程中，中央军委和总前委依据战局的发展，决定攻取上海。

4 月底 5 月初，中央军委向总前委、华东局、第三野战军发出一系列指示，要求抓紧完成占领上海的准备工作，既要歼灭守军，又要完整地接管上海，以利之后建设，并保护外国侨民。在军事部署上，要先占领吴淞、嘉兴，封锁吴淞口和乍浦海口，断敌海上退路，防止大批物资从海上运走。

据此，总前委决心以第三野战军所属第 9、第 10 兵团 8 个军及特种兵纵队近 30 万人的兵力攻取上海；以第二野战军主力集结于浙赣铁路金华至东乡段休整，策应第三野战军夺取上海，准备对付美、英等国可能的武装干涉。

人民解放军某部在上海战役中

上海郊区地形平坦，村庄稠密，河流沟渠纵横。国民党守军以水泥地堡为核心，构筑大量集团工事，不便于大兵团机动和近迫作业。市内高大建筑物多而坚固，主要市区傍黄浦江西岸，市北吴淞位于黄浦江与长江的交汇点，是上海市区出海的交通咽喉。为求完整地接收中国最大城市上海，避免市区遭受战火破坏，陈毅、粟裕决定首先兵分两路，采取钳形攻势，从浦东、浦西两翼迂回吴淞口，断敌海上退路，而后再围攻市区，分割歼灭守军。其部署是：

第 10 兵团指挥第 26、第 28、第 29、第 33 军和特种兵纵队炮兵一部，由常熟、苏州向昆山、太仓、嘉定攻击前进，直插吴淞、宝山，封锁黄浦江口，截断上海守军的海上通路，而后由西北向市区进攻；第 9 兵团指挥第 20、第 27、第 30、第 31 军和特种兵纵队炮兵一部，以 2 个军由南浔、吴江等地迂回浦东，向奉贤、南汇、川沙攻击前进，进逼高桥，协同第 10 兵团封锁吴淞口；另 2 个军集结于松江以南和嘉兴及其以东，视机攻占吴淞口、青浦。而后该兵团由东、南、西三面与第 10 兵团会攻上海市区。

战前，第 9、第 10 兵团进行了认真准备，包括组织部队整训、加强城市政策纪律教育，并要求在市区作战力争不使用火炮等重武器。华东局和第三野战军抽调 5000 名干部组成接管机构，拟制了接管计划和警备措施，并筹集大量粮食和煤炭。中共上海地下组织秘密组织大批纠察队护厂护校，保护人民财产。

5 月 12 日，第三野战军各部队分别向上海外围守军发起攻击，上海战役就此打响了。

第 9 兵团第 20、第 27 军先后攻占了平湖、金山卫、奉贤县南桥镇、松江、

1955 年被授予少将军衔的胡炳云

青浦等地，进逼川沙，对上海形成了包围之势。至 14 日，在特种兵纵队重炮兵部队的协助下，封锁了高桥以东的海面，部分达到了封锁黄浦江的目的。汤恩伯见侧背受威胁，被迫由市区抽调第 51 军至白龙港、林家码头地区加强防御。

第 10 兵团攻占昆山、太仓、嘉定、浏河等地，向月浦、杨行、刘行守军发动猛攻。国民党军依托钢筋水泥碉堡群，在舰炮和飞机的支援下，实施连续反击。15 日，又将第 21 军及第 99 师自市区调至月浦、杨行、刘行加强防御。

由于渡江作战节节胜利，进攻部队指战员滋生了轻敌思想，对敌人败逃后的战斗力消耗和混乱情况估计过重，对敌人的负隅顽抗和防御能力估计不足，致使进攻受阻。

总前委于 15 日指示部队：沪敌在我钳形攻势下，已难逃脱，我军攻沪作战不要性急，应做好充分准备，而后实施对敌坚固工事的攻击。

前沿各攻击部队暂停进攻，深入进行思想动员，及时总结攻击钢筋水泥地堡群的经验，改取以小分队行动为主，实施"锥形攻击"的战法，以近迫作业，单人爆破，先打孤堡，后打群堡，逐步推进，稳扎稳打的攻坚战术，逐个夺取碉堡，加速战斗进程。同时广泛地开展阵前练兵活动。时任第 10 兵团第 29 军军长的胡炳云回忆道：

从十七日到二十一日，一直是阴雨连绵。这几天，除八十六师所属的三个团，经与敌人反复争夺，先后攻占吴家宅、徐宅两个据点和唐宅附近的几个敌堡外，再没有大的战斗。交通壕里的积水很多，战士们浑身都是污泥，湿漉漉的。他们经常靠啃几块冷大饼填肚子，即使这样，照样有说有笑。一天中午，我和梁灵光（注：时任第 29 军参谋长）同志到前沿阵地去走了一趟，只见大家三五成群、七嘴八舌地在嚷嚷什么，走近一听，原来是在开"诸葛亮会"。大家正你一言我一语地讨论如何破障碍、炸碉堡、打坦克……看着眼前的这一切，我久久不愿离去，眼睛里不由得热泪滚滚。多好的战士啊！真像当年的红军！

经过发扬军事民主和战前练兵，全军上下统一了战术指导思想，这就是要变急袭猛扑的运动战法为逐堡夺取的攻坚战法。

战事再起，第10兵团相继攻占月浦、国际无线电台，肃清了刘行地区的守军。第9兵团攻占川沙、周浦，在白龙港地区全歼第51军，将第12军压缩于高桥地区，并割断了其与浦东市区第37军的联系，与第10兵团形成了夹击吴淞口之势。

汤恩伯为保持吴淞口出海通路，将第75军东调，增防高桥，依托该地区濒江依海、三面环水、地形狭窄的有利条件，在海、空军配合下频繁反击。

进攻部队与其展开激烈争夺战。23日，特种兵纵队的远程火炮对高桥东北海面的国民党军舰艇进行炮击，击中7艘，其余逃走。至此封锁了高桥以东海面，将守军主力压缩于吴淞口两侧地区，为攻取市区、全歼守军创造了有利条件。

经过10天的外围作战，人民解放军歼灭国民党军第51、第123军和暂编第8师等大部2万余人，攻占了守军的外围阵地和部分主阵地，形成南北钳击吴淞的强大攻势。但由于仅从两翼实施突击，地域狭窄，部队不便展开，短时间内难以奏效。

鉴于华东局接管上海的准备工作已初步完成，20日，中央军委电示粟裕、

人民解放军某部在清理上海战役中缴获的武器

张震并总前委："接收上海的准备工作已大体就绪，似此只要军事条件许可，你们即可总攻上海"，"攻击步骤，以先解决上海后解决吴淞为适宜。如吴淞阵地不利攻击，亦可采取攻其可歼之部分，放弃一部分不攻，让其从海上逃去"。并指示进攻市区应同时由南向北，实行多面攻击，以分散守军兵力。

为加强进攻市区的兵力，第三野战军依据战况的发展，决定调整部署，对上海发起全面攻击。并增调第7兵团第23军、第8兵团第25军及特种兵纵队的炮兵第1、第3团各两个营和第2团、战车团，分别配属第9、第10兵团作战，总兵力达10个军30个师及特种兵纵队，近40万人。

21日，第三野战军下达了《淞沪战役攻击命令》，分为三个阶段：

第一阶段，全歼浦东地区之敌，控制黄浦江东岸阵地，封锁敌人的出海通路。限于25日前完成。为此，第9兵团应以第30、第31军全力攻歼高桥地区守敌，控制黄浦江东岸阵地，组织炮火切实封锁黄浦江面，切断敌军海上逃路。其余各部队完成对市区的攻击准备。

第二阶段，预定27日发起，夺取吴淞、宝山及苏州河以南的上海市区，完成对苏州河以北地区守军的包围。为此，第10兵团应以第25、第29军全力攻占吴淞、宝山，控制黄浦江岸要塞阵地，组织火力封锁吴淞口，与黄浦江东岸部队沟通火力联系，切断敌军海上逃路，并严防敌舰袭扰；第9兵团应以第20、第23、第27军攻取苏州河以南市区，力求揳入敌纵深，分割歼灭市区守敌；第30、第31军除加强沿江沿海之警戒外，并以必要的炮火支援黄浦江西

第三野战军一部进驻上海市

岸作战。

第三阶段，聚歼可能退缩到以江湾为中心地区之敌，达成攻占淞沪全区之目的。为了尽量使城市人民生命财产和公私建筑物不受或少受损坏，规定部队在市区作战时，力争不使用火炮、炸药。

正当各部积极部署总攻之时，23日侦悉敌人已准备从海上撤逃，第54军已从真如撤走，苏州河以南市区仅有5个交警总队。据此，第三野战军前指即令各部同时实施作战计划。

当夜，第20、第21、第23、第26军分别从东、南、西三面攻击市区，第25、第28、第29、第33军继续强攻杨行、月浦地区，第30、第31军继续攻歼高桥地区守敌。

24日，第20军攻占浦东市区，守敌西窜；第27军攻占虹桥镇、龙华镇和龙华机场，挺进至苏州河以南市区边缘；第23军亦进至龙华地区；第26军沿绿杨桥、塘桥攻击前进；第29军攻占屏障吴淞、宝山、江湾机场的月浦南郊制高点。

此时，已于18日登舰准备逃跑的汤恩伯及其总部见大势已去，一面将第75军第6师从高桥调回月浦地区增强防御，以保障吴淞的安全；一面指挥苏州河以北主力向吴淞收缩，准备从海上撤逃。

第三野战军指挥部命令各部队立即发起追击，大胆揳入守军纵深，截歼溃逃之敌。

24日夜，第23、第27军分别从徐家汇、龙华进入市区，第20军主力从高

在庆祝上海解放大会上（左起陈毅、饶漱石、粟裕、宋时轮）

昌庙西渡黄浦江进入市区。各部队多路快速跃进、勇猛穿插、迂回包围，直插每条街道，抢占街垒和楼房火力点，打得敌人蒙头转向、手足无措。战斗中，淞沪警备司令部一名传令军官竟开着吉普车将作战命令送到了解放军的阵地上。

至 25 日凌晨，第 27 军基本上控制了苏州河以南的主要市区。但进至南岸开阔地段时遇到了麻烦。守敌凭借北岸百老汇大厦等高大建筑物和成片厂房，居高临下构成强大的火力网，严密封锁解放军必经之马路、桥梁和河面。

突击部队多次攻击受阻。双方一直对峙到中午，仍未打破僵局。指战员情绪激愤，强烈要求使用重炮强攻。

军长聂凤智亲自来到前沿察看，随即召开军党委紧急会议，统一认识，研究决定：一是尽最大努力保护人民生命财产和国家建筑，坚持不准使用重武器；二是改变战术，避免正面强攻，待天黑后迂回袭击敌人；三是采取政治攻势，争取敌人放下武器。

通过地下党的关系，查到了国民党留守上海市区的最高指挥官、淞沪警备副司令刘昌义的电话号码。聂凤智与刘昌义通话，晓以大义，劝其放下武器。

在人民解放军的强大军事压力和政治攻势下，刘昌义于 26 日凌晨率 4 万余人撤至江湾、大场地区缴械投降。第 27、第 23 军和第 20 军一部渡过苏州河，迅速占领河北市区。

其间，第 26 军攻占真如车站、大场、江湾，第 25、第 29 军攻占吴淞、宝山，第 28、第 33 军攻占杨行等地，第 30、第 31 军攻克高桥。

聂凤智（左）在指挥作战

27 日上午，第 27 军攻至上海市区东北角杨树浦地区。据守该地发电厂和自来水厂的国民党军约有 8000 人。这是淞沪最后一股残敌，已无路可逃，覆灭在即。为避免水电设备遭到破坏，保证全市水电正常供应，第 27 军决定在加强军事压力的同时，争取以政治攻势迫敌投降。经过争取，守敌投降。至此，上海市区已全部解放。

战役期间，第二野战军主力控制浙赣铁路沿线，第三野战军第 7 兵团主力解放浙东宁波、温州等地，有力地策应了攻占上海的作战。上海军事管制委员会的接管人员及时跟进，在中共上海地下组织的密切配合和人民群众的热情协助下，有秩序地进行接管工作。警备部队实施严密的警卫措施，工人护厂队积极护厂，保防了人民生命财产的安全。

人民解放军进入上海市区后，严格执行政策，自觉遵守纪律。各级指挥所不进民房，指挥员就在马路边、街道旁指挥作战。部队一面清扫残敌，一面维护社会秩序，严格保护人民群众和外侨的生命财产。指战员们不入民宅，不扰市民，谢绝馈赠，进入市区的头三天都露宿街道两旁。在货币制度变动未明确前，不买东西，没有菜吃，就用盐水拌饭，以实际行动扩大了中国共产党和人民解放军的政治影响。

面对此情此景，上海各界人士齐赞人民解放军是仁义之师。西方通讯社也纷纷报道，胜利之师睡马路，情景感人。

第 25 军向崇明岛发起攻击，歼守敌一部，于 6 月 2 日解放全岛。至此，上海战役胜利结束。

人民解放军攻占上海，部队官兵露宿街头

此役，除汤恩伯率 5 万人乘军舰从吴淞口撤逃外，第三野战军歼灭国民党军第 51、第 37 军和 5 个交警总队全部及第 123、第 21、第 12、第 75、第 52 军大部，共 15.3 万余人，缴获各种炮 1370 门，坦克、装甲车 119 辆，汽车 1161 辆，舰艇 11 艘。上海的解放，为继续肃清华东国民党军残部，保卫东南沿海国防，以及恢复国民经济创造了有利条件。

16. 福州战役

1949 年 1 月 21 日，新年的钟声刚刚敲过，内外交困中的蒋介石便不得不违心地宣布下野，由副总统李宗仁任代总统。

下野对蒋介石来说早已不是第一次，也无所谓了，因为每次下野都成为他积蓄力量、东山再起的契机。当年蒋介石曾两度下野，而后卷土重来。有过这两次经验，蒋介石认为自己还会第三次复出。为此在下野之前，他要抓紧时间进行部署，为和毛泽东争夺长江以南，为有朝一日东山再起做好准备。

放眼神州，哪里才是他东山再起之地呢？

蒋介石在南京就任中华民国总统，李宗仁为副总统

蒋介石曾有多种打算：一是将国民党军队转到西康，建立以西昌为中心，以西南广大地区为依托的"根据地"，在大陆上继续同中共顽抗到底；二是将国民党军队撤到海南岛并以此为中心，以东南沿海地区为依托，作为其最后的阵地；三是将国民党军队撤退到台湾，以台湾作为存身之地，进而经营"反攻大陆、复兴党国"的基地。

经过再三斟酌、反复比较以及后来战局发展的影响，蒋介石最终选中了被美国人誉为"不沉的航空母舰"的台湾，作为今后的退身之所。

台湾，中国第一大岛，与福建隔海相望，是一个南北长东西窄、酷似香蕉叶的岛屿，总面积约 3.6 万平方公里。

在败退大陆之前，蒋介石曾去过一次台湾。也就是那一次，他对台湾的战略地位有了更为深刻的认识。

那是 1946 年 10 月 21 日，蒋介石携夫人宋美龄飞抵台北，参加台湾光复一周年庆祝大会，受到十万近似疯狂的民众的夹道欢迎，享受着如雷如潮般的欢呼和掌声。

27 日，蒋介石在台北召开记者招待会。会上，他兴奋地说："台湾尚未被共党分子所渗透，可视为一片净土，今后应积极加以建设，使之成为一模范省，则俄、共虽狡诈百出，必欲亡我国家而甘心者，其将无如我何乎！"

三年苦短，南柯一梦。

蒋介石出席台湾光复一周年庆典

如今到了山穷水尽之际，蒋介石自然把目光投向了东海中的宝岛。蒋介石认为台湾的好处是退可守，进可攻：与大陆隔着一条海峡，万一大陆被共产党拿了去，凭借海峡天险，和自己掌握的海空军力量，完全可以与当时尚无海空军的共产党周旋，以延续香火，积聚力量，等待国际形势发生了于己有利的变化时，渡过仅有 130 公里宽的海峡，从厦门、福州登陆，反攻大陆，卷土重来，再圆自己的帝王梦。

客观地讲，蒋介石能够在中国近现代政治舞台上叱咤风云几十年，尤其是在 20 世纪二三十年代通过一系列的讨伐军阀的运动，使此前一盘散沙的中国得到了空前的统一，说明他绝非庸碌之辈。在国共双方的角逐鹿死谁手初露端倪的情况下，蒋介石就为自己选好了退路——撤守台湾。仅从这一点上看，蒋介石并非没有远见之人。后来，他曾对第三次下野有一番高论：

　　我之所以下野，还有一个重要考虑，就是台湾地位的重要。在俄帝集团侵略下，宁可失了整个大陆，而台湾是不能不保的。如果我不下野，死守南京，那台湾就不能坚守，亦然不能成为反共抗俄的坚强堡垒。（民国）三十六年我到台湾看了以后，在日记上记着这样一句话，"只要有了台湾，共产党就无奈我何！"就算整个大陆被共产党拿去了，只要保着台湾，我就可以用以恢复大陆。因此，我就不顾一切，毅然决然的下野。

　　1948 年 12 月 29 日，国民党行政院长孙科发布命令，正式任命蒋介石的亲信陈诚为台湾省政府主席，"大太子"蒋经国为台湾省党部主任，以便在最后时刻退守台湾，作为反攻大陆的基地。

　　这道命令，连时任副总统的李宗仁和台湾省主席魏道明都事先毫不知情。

　　陈诚得令后，仅用一个星期的时间便迁入台北主持政事，其办事效率之高

败逃台湾后的陈诚

在国民党历史上可谓前无古人。随后，蒋介石又任命陈诚兼台湾省警备区总司令、台湾省党部主任。这样，陈诚总揽了台湾的党政军大权，开始替蒋介石苦心经营台湾。

蒋介石深知，若在台湾建立自己的小朝廷，没有物质基础作保证是万万不行的。

1949年1月10日，蒋介石令蒋经国速往上海与中央银行总裁俞鸿钧洽谈，火速将中央银行库存的美元和黄金白银统统运往台湾。

当时，国民党经过所谓的"币制改革"，发行金圆券，强行将民间的几乎所有黄金和美元收归国库，仅中央银行就有库存黄金390万盎司以及7000万美元的外汇和相当于7000万美元的白银，合计约5亿美元。

在蒋介石的精心策划下，这笔巨额财富背着代总统李宗仁，由海军舰只全部抢运到台湾。每到黄昏时分，就有军舰停泊在靠近中央银行的黄浦江上，沿途是荷枪实弹的士兵，一个个大箱子从中央银行的大楼里抬出来，搬到军舰上。夜深人静后，军舰便悄悄离开码头，径直朝南开去。

纸里终究包不住火。

李宗仁得知此事，雷霆大怒，将俞鸿钧撤职查办，命令陈诚把已运到台湾的黄金白银和外汇如数运回大陆。但这位李代总统自己也明白，此事的幕后主使是蒋介石，自己下的命令不过是一张废纸，只能眼睁睁地看着国库"大搬家"。

事实上，被抢运到台湾的还远远不只金钱。

台北故宫博物院

在上海解放前的几个月里，蒋介石动用军舰将大批机器设备、原料、药品、棉纱等物资和一批技术专家向台湾转移，仅从上海一地就装走了1500多船。蒋介石还逼迫国民党资源委员会委员长孙越崎将一些重要的工厂拆迁运台，将珍藏在南京故宫博物院的原北京故宫所藏历代古玩字画精品，包括铜器、瓷器、玉器、字画等1424箱，图片画册1334箱，历史档案204箱，合计文物23万多件全部抢运到台湾，成为现在台北故宫博物院的镇院之宝。

对于搬不走的或来不及搬走的水电站、发电厂等，蒋介石则命令统统炸毁。总之就是一句话，绝不能留给共产党。

在军事、政治、财政等方面做了精心部署后，蒋介石对第三次复出颇为自信，甚至当他离开老家溪口去台湾之前，仍信心十足地对当地的父老乡绅伸出三个手指头说，只需三年他就能回来。

当蒋介石把"反攻大陆、复兴党国"的基地最终选在了台湾后，便开始把国民党海空军实力逐渐南移，以台湾为中心，将经营重点放在上海、福建沿海及西南地区。

5月底，上海失守后，蒋介石愈发看重福建及东南沿海的防务，不止一次地强调："台湾是党国复兴基地，台湾是头颅，福建就是手足，无福建即无以确保台湾。"

为此，蒋介石调集国民党军第6、第22、第8、第12兵团等部共15万人，在福州、厦门、漳州和闽粤交界地区设防，企图阻止人民解放军向闽中、闽南推进，以屏障台湾。

毛泽东同样也看到福建的重要性。就在上海战役打得热火朝天之际，5月23日，毛泽东、中央军委电示第三野战军："你们应当迅速准备提早入闽，争取于六、七两月占领福州、泉州、漳州及其他要地，并准备相机夺取厦门。入闽部队只待上海解决，即可出动。"

为顺利解放福建，毛泽东亲自点将，把入闽重任交给了刚刚攻下上海的第三野战军第10兵团司令员、素有"小叶挺"之称的虎将叶飞。

叶飞，原名叶启亨，福建南安人，生于菲律宾吕宋岛。1918年归国，1928年加入中国共产主义青年团。1929年起任共青团福建省委宣传部部长、代理书记，福州中心市委书记。1932年转入中国共产党，同年到闽东参与创建闽东苏区和游击武装。1935年后任中共闽东特委书记、闽东军政治委员员会主席兼红军闽东独立师政治委员，领导军民坚持了极其艰苦的三年游击战争。

第三野战军第 10 兵团司令员叶飞正在指挥作战

全国抗日战争爆发后，叶飞任新四军第 3 支队 6 团团长，曾率部夜袭浒墅关，火烧虹桥机场。后北渡长江，任挺进纵队政治委员兼副司令员、苏北指挥部第 1 纵队司令员兼政治委员，曾指挥郭村保卫战和参加黄桥战役。皖南事变后，任新四军第 1 师 1 旅旅长兼政治委员和苏中第 3 分区中共地委书记、副师长。1945 年任新四军第 1 师师长兼苏中军区司令员和中共苏中区委员会书记、苏浙军区副司令员，曾参与指挥车桥、天目山等战役。

解放战争时期，叶飞任山东野战军第 1 纵队司令员，华东野战军第 1 纵队司令员兼政治委员、第 1 兵团副司令员兼第 1 纵队司令员，先后参加宿北、鲁南、莱芜、孟良崮、豫东等战役。

叶飞回忆道：

五月二十七日中午，解放上海之战甫告结束，我十兵团就接到三野首长电示：未担任警备任务各军于战斗结束后撤至市郊休息，十兵团全部进行入闽准备。

兵团部及所属三个军随即集结于苏州、常熟、嘉兴一带休整，进行入闽的各项准备工作。

开始，三野司令部认为逃到福建的国民党军，都是残兵败将，不会有大的战斗，入闽兵力的部署只准备使用十兵团的两个军。二三十年代我在厦门、福州做过秘密党的地下工作，又在闽东坚持三年游击战争，对福建的情况我是熟悉的，我深感以两个军入闽兵力不足，因此，建议以十兵团全部三个军担负解放福州、厦门及福建全省的任务。华东局和野司同意了我的建议，决定以十兵团全部兵力入闽。并为防备在解放福州、厦门时美帝国主义的可能介入，进行军事干涉，以二野主力控制浙赣线，掩护十兵团遂行上述任务。

1955 年被授予上将军衔的叶飞

……毛主席要我带部队回福建，早就有这个打算。我在回述抗日战争和解放战争的往事时就提到，一九四四年底南下浙西，解放战争初期、外线出击和组建一兵团南下等史实。要我去福建，因为我熟悉福建。同样，毛主席要张鼎丞同志去福建，外线出击时就有这个打算了。张老在福建影响很大，特别是闽西，老百姓把他叫"土地爷"的。

此次入闽作战，毛泽东知人善任，考虑到叶飞是福建人，又有长期在福建开展游击作战的经验，对福建情况比较熟悉，故选定了叶飞。

能够率大军亲自解放自己的家乡，叶飞格外兴奋，立即与兵团政治委员韦国清着手准备工作，深入动员教育，整顿和充实组织；并于 6 月上旬派第 29 军参谋长梁灵光率 1 个工兵营为先遣队，先期入闽，在地方党和人民解放军闽浙赣边纵队的配合下，侦察敌情，筹集粮草，抢修道路，以保障主力部队开进。

经过周密准备后，7 月 2 日，第 10 兵团第 28、第 29、第 31 军冒着酷暑，兵分两路大举南下入闽。至月底抵达尤溪、古田、建瓯、南平地区集结，计划首先攻取福州。

福州为福建省省会，地处闽江下游，毗连重要军港马尾，闽江横贯市区南部。四周环山，中央低平，北部、东部有大、小北岭和鼓岭为屏障。国民党福州"绥靖"公署主任朱绍良、第 6 兵团司令官李延年率 5 个军 13 个师约 6 万人驻守福州地区。

7 月 9 日，蒋介石飞抵福州督战，并在机场召集团以上军官训话："福州、

第 10 兵团向福建进军

厦门系台湾之门户，不独系中国战略要地，而且为世界战略要地；不独今日为前进基地，将来并作为反攻基地。"

不过，此时蒋介石的头脑清醒了许多，私下叮嘱朱绍良、李延年等高级将领："如果实在形势不利，不能固守时可退守沿海岛屿，以沿海岛屿为基地。"

直到这时，福州守军才增修工事，调整兵力，加强防御。具体部署是：

以第 106 军驻防市区；以第 96、第 25 军及独立第 37 师为左翼防守雪峰、大湖和闽清至徐家村闽江两岸，控制福（州）古（田）公路；以第 74 军为右翼防守罗源、连江、琯头沿海一线；以第 73 军驻防福清、平潭岛；以独立第 50 师扼守大、小北岭；以从台湾调来第 201 师 1 个团增防马尾，保障闽江口水道安全。企图将人民解放军阻于闽清、罗源以北，守住福州。如防线被突破，即以逐次抵抗手段退据海岛，或沿陆路南撤漳州、厦门。

根据当面敌情，叶飞、韦国清决心对福州采取钳形攻击，首先断其陆、海退路，而后会歼被围之敌。具体部署是：

以第 29 军从右翼远程迂回，揳入福州守军侧后，攻取福（州）厦（门）公路要点宏路、福清、长乐，断敌陆上逃路；以第 31 军从左翼迂回，攻占丹阳、连江、马尾，控制闽江下游，断敌海上逃路；以第 28 军进行正面突击，其中 2 个师由闽江北岸进逼福州，1 个师沿闽江南岸东进，策应第 29 军行动，并防敌南北夹击。若守军退马尾、长乐，从小路外逃，则第 28 军速占福州，并继续向东追击；倘守军越闽江南撤，则第 29 军坚决予以阻击，第 28、第 31 军

人民解放军某部追击溃退的国民党军

跟踪追击。

23 日，第三野战军批准了第 10 兵团的作战计划，并决定调第 7 兵团第 21 军第 63 师归第 31 军指挥，夺占宁德、罗源，保障该军侧后安全。

战役原定 8 月 15 日发起，因发现福州外围守军有收缩迹象，叶飞决定提前发起攻击。

8 月 6 日，福州战役打响。第 10 兵团各部队在闽浙赣边纵队一部兵力配合下，隐蔽向战场开进。

右翼第 29 军于 11 日袭占永泰城，守军第 73 军一部 400 人东逃平潭岛。17 日，第 29 军迂回到福州东南，占领长乐，控制营前、尚干、琯口等地，逼近市区。

左翼第 31 军于 11 日占领三都澳，13 日攻占丹阳，14 日全歼丹阳逃敌。后兵分三路，1 个师向连江攻击，1 个师直插闽江北岸要点闽安镇，1 个师进逼大北岭，控制了 10 公里江面，并占领罗源城。16 日攻克连江城和琯头，守军第 74 军残部经琅岐岛逃往平潭岛。同日第 31 军攻克马尾港，进占大北岭。

担任正面突击的第 28 军于 14 日攻占闽江北岸的祥溪口、大坪、下局等要点，15 日占领闽清城和雪峰、大湖、江洋店，而后以 2 个师沿闽江两岸追歼逃敌，1 个师向小北岭，16 日攻占徐家村、小北岭，逼近西郊的中房和北郊的新店。

至此，第 10 兵团对福州形成合围之势，并从东、西、北三面逼近市区。

16 日晚，朱绍良、李延年见大势已去，慌忙乘飞机逃跑。福州守军一部在

第 10 兵团某部通过福州市追歼逃敌

南台掩护，大部弃城抢渡乌龙江南逃。

17 日晨，第 10 兵团攻占福州市区后，留一部兵力担任警备任务，主力追击逃敌。

至 23 日，除第 96 军一部逃往漳厦地区外，其余均被歼灭于福清、永泰以北和乌龙江以南地区。

此役，第 10 兵团以伤亡不足 500 人的微小代价，歼灭国民党军 4 万人，解放了福州市和周围县城 9 座及军港马尾，为迅速解放福建全省创造了有利条件。

17. 漳厦金战役

    1949 年 8 月 17 日福州解放后，蒋介石为固守以漳州、厦门、金门岛为重点的闽南沿海地区，以屏障台湾，撤销了福州"绥靖"公署和第 6 兵团，任命刚从上海败逃出来的汤恩伯为福建省政府主席兼东南军政长官公署厦门分署主任，坐镇指挥。

    闽南地区不仅是福建工商农渔密集的富庶之地，而且厦门、金门正扼海上航运要冲，对于台湾安危关系重大，历来是兵家必争之地。

    为保住闽南这块华东大陆的最后一个立足点，蒋介石于 7 月 22 日亲自赶到

第三野战军某部在福州马尾登船渡闽江

厦门，主持防御部署。

汤恩伯重新调整部署，将第73、第74军余部合编为1个师驻守平潭岛，以第8兵团第68、第96军残部防守漳州地区，以第55军及第5军第166师驻守厦门岛及嵩屿、集美、澳头等外围阵地，以第22兵团第5军主力和第9、第121、第25军（留厦门1个团）及空军警备第2旅缩编成的第5、第25军和台湾调来的第201师（欠1个团）驻守金门岛。

叶飞、韦国清决定首先攻歼漳州地区及金门、厦门岛外围守军，扫清南下的海陆通道，而后同时攻取金门、厦门岛。具体部署是：以第31军攻取漳州；以第29军一部攻取厦门以北澳头、集美，而后以第31军会同第29军主力攻取厦门；以第28、第29军各一部攻取金门岛。

9月10日，第10兵团主力由福州、福清南下泉州、安溪地区，稍作准备后即发起漳厦金战役。

19日，第31军2个师分别攻占同安、长泰、南靖等城镇，漳州守军弃城东逃，该2个师跟踪追击，至22日攻占海澄、漳浦、屿子尾等地；另1个师于20日沿漳厦公路南下，25日攻占嵩屿半岛。

第29军于19～23日先后攻占马巷、刘五店、沃头、集美等要点，控制了夺取厦门岛的有利阵地。28日，第28军主力到达厦门东北石林地区集结。闽粤赣边纵队也攻占平和等城镇。

1949年10月7日，蒋介石在厦门召开地方干部会议，希望当地军民能固守该岛。但会议开完数日后，中国人民解放军即解放厦门

至此，第 10 兵团对厦门岛形成了三面包围之势。

厦门岛是中国东南沿海的重要门户之一，也是重要军港和商埠。全岛面积 128 平方公里，自然形成南北两部分。东与金门岛隔海相望，西、南、北三面被大陆环绕，最近处与大陆仅相隔 1 海里，西南与小岛鼓浪屿邻近。岛上东南部多山，沿岸多沙滩和断崖；北半部为丘陵，地势开阔，沿海多淤泥和峭壁。厦门岛西南 700 余米是鼓浪屿，面积只有 1.09 平方公里，距大陆最近处只有约 1 公里，四周多礁石陡壁，能登陆地段较少。

厦门岛守军为国民党军第 29、第 74、第 166、第 181 师和要塞守备总队等部。其中，以第 55 军第 74、第 181 师驻守北半岛，以第 29 师驻守市区和鼓浪屿，以第 166 师及第 68、第 96 军残部位于南半岛。

国民党守军在岛上构筑了以钢筋水泥永久工事为骨干，以野战工事和障碍相结合的前沿阵地、主抗阵地和纵深核心阵地。前沿阵地敷设雷区、铁丝网、鹿砦、外壕，构成要塞环形防御体系。岛上有坦克、雷达、大口径火炮，并有海、空军火力支援，形成要塞式环形防御体系，企图以此守卫金门、台湾，并作为反攻大陆的跳板。

为了给退守厦门的国民党军官兵打气，蒋介石率国民党军政要人多次抵厦门巡视、慰问。汤恩伯似乎忘记了刚刚经历的上海失利之痛，向蒋介石吹嘘厦门岛的防御"固若金汤""守三五年没有问题"。

尽管话说的很大，但这位汤上将内心里并没有守住厦门的信心和勇气，将总部后方和厦门补给司令部悄悄移到了小金门，军级以上指挥机关也统统搬到军舰上办公，技术兵团干脆撤往台湾。

遵照第三野战军关于首先攻取厦门的指示，叶飞、韦国清决定集中第 31 军及第 29 军 2 个师先攻取厦门岛，而后转兵会同第 28 军攻取金门岛。具体部署是：以第 31 军第 91 师和第 93 师 1 个加强团，担任佯攻鼓浪屿的任务；以第 29 军第 85、第 86 师和第 31 军第 92 师，在集美强大炮兵群的火力支援下，从西、北、东北登船，采取多箭头，在厦门北部高崎两侧 30 里的正面登陆突破，先歼灭北半岛守军，而后歼灭南半岛守军。同时，把第 28 军配置在大小嶝岛、莲河、围头沿海阵地，监视金门守军，并以炮火压制金门进行牵制。

为迷惑守军，10 月 10 ~ 13 日，第 28、第 29 军各 1 个团先后攻歼大、小嶝岛守军 3 个多团。

15 日下午，解放军集中火力炮击鼓浪屿。傍晚时分，攻击部队分乘数百只

人民解放军为适应渡海作战，苦练登船技术

木帆船，在茫茫夜色中，顺风顺流，箭一般地驶向各自预定的登陆点。

第31军第1梯队左翼2个团对鼓浪屿的攻击，因风向不利，部分船只被风刮回，大部分船只也未能在预定的突破口抵滩，仅少数部队登陆，在滩头遭到国民党守军火力杀伤。叶飞回忆道：

在济南战役中荣获"青年战斗模范班"称号的二七一团一连八班，抵滩时遭敌火力严重杀伤，班长丛华滋高喊口号，带领全班勇猛突击上陆。二七一团二连一个排单独于鼓浪屿西南面岩石下登岸后，在副团长田军指挥下，连续炸开鹿寨、铁丝网，突入滩头地堡。这时，七连二排也打上来，两个排合力继续向里突进。九十一师炮二连指导员赵世堂在抵滩时，船只被击沉，他率领十余名战士强行涉水登陆，突入前沿阵地，直插日光岩西侧制高点，最后剩他一人，仍然坚持战斗。

战士们英勇顽强的战斗，果然造成了汤恩伯的判断错误，误认为鼓浪屿是我军的主攻方向，以为我军夺取鼓浪屿后，从鼓浪屿直攻厦门市区，立即将他掌握的预备队一个师投入鼓浪屿，包围了我军登陆部队，战斗更为激烈。并将其控制于厦门腰部的机动部队南调。我们战士无愧于英雄称号，顽强战斗，直至全部壮烈捐躯，终于牵制了敌人，震慑了敌胆。

与此同时，第31军第1梯队右翼1个团在厦门本岛石湖山、薛厝地段登

厦门战役群雕

陆。不料，这里是一片宽约千米的淤泥滩，又正逢落潮，一脚踩下去，淤泥陷没膝盖，行动困难，被国民党守军发现，以密集火力封锁。

第274团3营8连在副连长、排长和2名班长相继负伤的紧要关头，8班长挺身而出，指挥全排剩下的12名战士，攻下了山腰地堡，打退了敌军5次反扑，最后在兄弟连队的策应下，夺取了山头，被授予"厦门登陆先锋排"荣誉称号。苦战至16日晨，终于登陆成功，在击退守军数次反击后，向园山方向扩大登陆场。

第29军第1梯队3个团于15日夜在神山、后莲尾、墩上登陆突破，抢占并巩固了登陆场，击退守军数次反击，乘胜向坑园山、园山方向扩大登陆场。

战至16日中午，第10兵团突击部队在10公里宽的正面上，全线突破厦门北半部国民党守军的一线防御，建立了稳固的登陆场。其中，第31军攻占湖里、圹边；第29军攻占园山、枋湖。随后乘胜向纵深猛插，后续部队源源不断地从各突破口上陆。

直到这时，汤恩伯才恍然大悟，知道又中了共军的声东击西之计，急忙收罗残部，并调集机动部队向北反扑。然而为时已晚。叶飞命令已上岛的部队，迅速抢占岛腰部的一线高地，抗击国民党军的反扑。经激烈较量，至16日黄昏，国民党军向北反扑的计划彻底失败。

战后，被俘的国民党军第74师中将师长李益智供称：从解放军进攻北岛开始起渡直至抵滩登陆，国民党军一直被鼓浪屿方向的登陆所迷惑，放在岛腰部的机动部队，始则左顾右盼，继而南调增援鼓浪屿，北半岛就只有挨打了。没

第31军将红旗插上厦门岛

有想到你们从石湖山攻下来，从来没有想到你们这样打厦门。

北半部失守，反扑又未奏效，国民党军彻底动摇了固守厦门的决心，纷纷向岛南溃退，准备下海逃跑。

叶飞立即命令登岛各部队大胆穿插分割，追歼逃敌。第29军直插云顶岩、曾厝垵、黄厝；第31军直插厦门市区。

汤恩伯见势不妙，带上亲信跑到海边，准备乘军舰逃往台湾。他命人用报话机直接呼叫军舰放下小艇前来接应。谁知，适逢退潮，艇只难以靠岸。听着身后越来越急促的枪炮声，急得汤恩伯在海滩上团团乱转，连连跺脚。叶飞回忆道：

这情况，我们从监听的报话机中收到了，听得非常清楚。我也用报话机，命令追击部队迅速向厦门港追击，活捉汤恩伯。但是我们追击部队只顾追击敌人，不向后方联络，报话机呼叫数次一直不通。汤恩伯在海滩上足足停了一个小时才喊到小艇，夺路而逃。只是由于我军在追击中不注意通讯联络的毛病，被汤恩伯逃掉了，真是可惜！

17日晨，第31军1个营再次攻击鼓浪屿，登陆成功，守军投降。11时，厦门全岛解放。

此役历时两昼夜，除第166师逃往小金门外，第10兵团共歼灭国民党军2.7万余人。

俯瞰金门岛

这时，福建大陆基本上已全部解放，叶飞的下一个攻击目标自然就是毗邻大陆、正扼厦门出海口的金门岛了。

与厦门岛相比，金门当时只是一个并不知名的小岛。

位于厦门以东海域的金门岛，由大金门、小金门、大担、二担等岛屿组成。其中，大金门面积为124平方公里，小金门为15平方公里。

主岛大金门位于厦门以东10公里处，北距大陆也是10公里，全岛形如哑铃，东西宽约16公里，最窄处为岛中部蜂腰地带，仅3公里，南北长约13公里，金门县城位于岛西部。岛东半部为山地，山高岸陡，又多礁石，不易登陆；西半部则是相对较为平坦的丘陵地带，尤其是西北部海岸是泥沙质海滩，是登陆的理想地区。

这个荒僻的小岛被蒋介石看重，主要在于它的地理位置。早在1949年4月，蒋介石曾携陈诚、蒋经国乘飞机视察金门。

蒋介石在空中注目金门良久，突然发问："你们看，金门像什么？"

蒋经国答："金门像个红黄色的大哑铃，横卧在厦门湾的大嘴巴里。"

见蒋介石不置可否，一旁的陈诚连忙讨好地说："金门岛的形状像一根丢在地上的人骨头，两头大，中间小。"

"金门是根刺。"蒋介石说。

当时国民党军还没有在金门岛上设防，甚至未部署一兵一卒。随着福建战事的发展，蒋介石下决心固守金门。因为他明白共军如渡海攻台，厦门港将是

驻守金门岛的国民党军

重要的船只集结地，控制了金门，就可以封锁福建主要港口——厦门的出海口。

这时的蒋介石要比三年前刚刚发动内战时清醒得多了。他知道在陆地上国军已经无法抵挡共军横扫千里的攻势；可共军没有空军和海军，他完全可以依恃自己并没有受到损失的海空军优势，着重经营福建沿海的几个岛屿作为台湾海峡的第一道防线，也作为将来反攻大陆的第一道跳板。

于是，蒋介石开始向金门派兵设防。到叶飞发起漳厦金战役时，驻防金门的国民党军为李良荣的第22兵团，加上刚从台湾调来的青年军第201师，兵力总数不过2万余人。

厦门丢失后，蒋介石大骂汤恩伯无能："娘希匹！厦门工事何等坚固，也只守了两天两夜。"随即命他退守金门，并严词电示："金门不能再失，必须就地督战，负责尽职，不能请辞易将，否则军法论处！"

汤恩伯不敢怠慢，急忙调兵增防金门，以第22兵团部及第201师驻守金门城及附近地区，第25军第45师驻守西半岛，第40师及刚由潮汕地区撤出的第11师驻守东半岛，第18军位于料罗湾附近地区，守军共3万余人。

金门对于蒋介石来说，太重要了！当他意识到金门地区部队数量和战斗力均不足以担负起防御重任时，便毫不犹豫地将手里最后一个主力兵团——胡琏的第12兵团，从汕头调往金门岛。同时考虑到汤恩伯自从长江防线及京沪杭守备，直至厦门防卫，连遭败绩，深恐金门岛也会为其断送，因而决定由胡琏接替汤恩伯出任福建省主席，死守金门。

战前换将，兵者大忌。但蒋介石已顾不得这么多了。

10月24日，厦门刚刚解放了一个星期。叶飞将第10兵团指挥部从同安县迁到厦门。

像中国大陆所有刚解放的大中城市一样，厦门解放后也是乱麻一团。城市接管工作千头万绪，对叶飞来说真好像比打仗还忙还头疼。包括他在内的兵团领导都认为金门基本没有坚固的防御工事，守军不过2万来人，又多是战斗力较弱的残兵败将，攻取金门不在话下，因此主要忙于主持城市接管，而将攻打金门的任务交给了第28军。

当时，第28军军长朱绍清因病在上海治疗，政治委员陈美藻在福州负责城市接管，参谋长吴肃则刚刚调职，新参谋长尚未到任，因此以副军长肖锋和政治部主任李曼村组成前线指挥部，统一指挥该军第82师、第84师第251团、第29军第85师第253团和第87师第259团等7个团攻取大金门岛，另以第31军夺取小金门岛。

由于此时已筹集到可运载3个团的民船，预计第一拨运送3个主力团上岛，船只当夜返回，第二拨再运送2个团上岛，趁敌援兵未到或到后立足未稳时发起攻击，可完成预定任务。故肖锋等人决定集中使用船只，先夺取大金门岛，后夺取小金门岛。

对于金门岛国民党军守备力量的骤增，第10兵团事先已有所了解。

几天前，第28军攻占金门北面的大、小嶝岛时，就抓获了国民党第18军第11师的俘虏。经审问，得知胡琏兵团第18军的2个师已经全部抵达金门。这一重要情报本该引起高度重视，可是部分领导主观认为国民党军是要逃跑，而对这不合乎主观意向的客观情报未予重视，甚至还怀疑俘虏供词的可靠程度。

负责指挥作战的肖锋听到俘虏供词后，对原作战意图有了新的考虑，其他一些领导也提出疑问。问

1955年被授予少将军衔的肖锋

题反映到第三野战军主管作战的粟裕副司令员那里。粟裕立即感到金门作战不可轻敌大意，曾特别指示：以原敌第 25 军第 108 师 1 万 2 千人计算，只要增敌 1 个团也不打；没有一次载运 6 个团的船只不打；要求苏北或山东沿海挑选 6 千名久经考验的船工，船工不到不打。可惜粟裕的这些指示事后并没有落实。

许多年后，叶飞在回忆录里写道：

当时我们已经知道蒋军十二兵团（胡琏兵团）已乘船撤出潮汕，去向不明。我查问胡琏兵团是否已到达金门？参谋人员回答说，胡琏兵团在海上徘徊，尚未到达金门。就在这时，机要人员送来一份情报，是胡琏向台湾蒋介石请求撤回台湾。可惜这份电报是昨天的！蒋介石的回电是严令胡琏按照命令执行。但蒋介石的这份回电，我们当时没有截到。我分析胡琏兵团的行动有两种可能，一是增援金门，一是撤回台湾；可能是蒋介石命令胡琏增援金门，而胡琏不愿意，所以打电报给蒋介石要求撤回台湾，因而在海上徘徊。趁胡琏尚未到达金门之时，发起登陆，攻取金门，是最后的一个战机，如再延误，金门情况就可能发生变化。我经过反复考虑，最后批准了二十八军开始攻击金门的战斗。

24 日晚 9 点，攻击金门的第一梯队 3 个团又 1 个营分别于澳头东北海湾及大嶝岛、运河一带登船完毕，在夜幕的掩护下，隐蔽着向金门开进。这场解放

人民解放军就是乘坐这样的木帆船向金门发起进攻

军步兵用轻武器乘木船，向有国民党优势兵力加上现代化海、陆、空立体防御的岛屿进攻的金门之战，就此打响了。

事后看来，登船和起航时间太晚了。既没有制海制空权，又不能抓紧时间使部队早些起航，以争取到较多的夜间时间巩固和扩大滩头阵地，并争取使船只返回，在当晚运送第二梯队。3个团从三处起航，组织不善，起渡地区又狭窄，船只大半在午夜才开航，起航后又要到大嶝海面会合，再一起向金门开进，这就延误了时间。虽然在开航后遇到有利的三四级东北风，但部队登陆后不到4个小时就已经天亮。不仅船只来不及返航运送第二梯队，已上岸的部队也未能有足够的时间整顿建制、巩固和扩大滩头阵地，就面临和国民党军联合兵种的反扑作殊死的搏斗。

当时解放军部队中只有第四野战军装备有较多的远程火炮，第三野战军缺乏这种远射程火炮，登陆作战中隔海担负火力掩护的仅是80余门美制105毫米榴弹炮和75毫米山炮，射程勉强达到金门北岸滩头。

更为严重的问题是部队于25日2时分别在古宁头、垅口、湖尾等地登陆时，正值涨潮，国民党军设在海滩的铁丝网和许多水下障碍物都被潮水覆盖，许多登陆船只船底被挂，船只一时动弹不得，登陆部队只好下水前进。

此时，船队仍有返航的可能。

然而，第一梯队的3个团来自3个不同的建制师，没有1个师级指挥员随同前往统一指挥，出现了各部不相统辖的现象。结果，除古宁头留有一部兵力外，其余登陆部队均未巩固滩头阵地，只在每船派有押船的干部战士各一名，即向纵深猛插。这些干部战士见前面的船只未返回，就在海边犹豫等待。而部分新船工没有经历过实战，看到炮火猛烈，就弃船跳海。由于无人组织船只返航，错过了涨潮高峰，海水退潮使已经抢滩的船只和海边其他船只全部搁浅在沙滩上。

25日天大亮时，所有的木船都暴露在无遮无拦的沙滩上。国民党守军在海空军火力支援和坦克掩护下向登陆部队发起连续反扑，并以空军、炮兵火力轰击船只，还专门派了2个团去执行烧船任务。

经过激战，国民党守军逼近了船只，放火烧掉了所有的木船，封闭了突破口。隔海看到的是沙滩成列的木船在海风中起火燃烧。没有了船队，使在岸边待命的第二梯队4个团无法增援！原定的作战部署已不可能实现。这就造成了已登陆的第一梯队在金门岛上孤军浴血奋战。

古宁头战斗中增援的国民党军队

　　第一梯队3个团的突击部队在已经既无退路又无后援只持步兵轻武器的劣势情况下，同据有防御阵地及重型武器，还有坦克、飞机与军舰助战而兵力高于5倍的国民党守军苦战1昼夜，至26日晨，先后攻占林厝、埔头、双乳山等地，歼守军一部。但因兵力不足，缺乏统一指挥，被守军各个击破。

　　第10兵团即紧急动员船只，运送4个连于26日凌晨在古宁头、湖尾附近登陆，又陷入守军重围。

　　登陆部队在极端困难的情况下，临危不惧，英勇战斗。至28日，终因寡不敌众，后援不继，弹尽粮绝，难以挽回局面，最终失败。

　　金门岛之战，虽使国民党军付出伤亡约9000人的代价，但解放军两批登陆部队连同船工共9000余人，一部牺牲，一部被俘。这场战斗是解放军战史上空前悲壮的一页。

　　对于久经沙场的叶飞来说，金门失利是他一生中最难忘却的经历。多年以后，他在回忆录中仍一再感叹：四个团一个营渡海消失了。九千壮士的血染红了海，染红了金门岛！

　　四十年后，叶飞登上厦门云顶岩，眺望金门。天突然下起了雨。白发苍苍的叶飞拒绝家人要他避雨的要求，伫立山顶，任凭雨水将他浇得透湿。随从们发现，将军的双手在微微颤动。的确，将军一世英雄，金门一仗却留下了永生的遗憾。

　　10月28日，负责金门之战指挥的第28军副军长肖锋和政治部主任李曼村

金门岛古宁头战斗遗址

来到第 10 兵团司令部。

两人一见到叶飞就失声痛哭。

叶飞说："哭什么，哭解决不了问题，现在你们应该鼓励士气，准备再攻金门。此次失利，我作为兵团司令，由我负责，你们先回去吧。"

两人走后，叶飞即向第三野战军起草报告："我们检讨造成此次金门作战之惨重损失原因，主要是急躁，被胜利冲昏头脑、盲目乐观。"

第三野战军随即复电："查此次损失为解放战争以来最大者，其主要原因是轻敌与急躁所致。"并要求第 10 兵团将此次教训加以检讨。

29 日，中央军委向各野战军、各大军区发出《关于攻击金门失利教训的通报》，指出当此解放战争结束之期已不再遥远之时，各级领导干部主要是军以上干部中容易发生轻敌思想及急躁情绪，必须以金门事件引为深戒。对于尚在作战的兵团进行教育，务必力戒轻敌急躁，稳步有计划地歼灭残敌，解放全国，是为至要。

同日，中共华东局致电第 10 兵团，金门作战的失利仅系局部问题，并不能改变全局胜利，希望第 10 兵团总结战斗经验，鼓励士气，积极准备，在条件成熟时再攻金门。

金门之战，规模并不大，只是师级规模，但是其深远的影响，却远非普通的一场师级规模战斗可比。

纵观 20 世纪前半叶，可以说蒋介石是旧军阀的克星，而毛泽东则是蒋介石

"金门精神堡垒"墙，是 1967 年金门防卫司令官尹俊为纪念"古宁头大捷"而修建的

的克星。内战二十年，生生锻出一支铁军。共产党无一地而夺天下，国民党坐天下而失天下。共军打国军，左右都是赢。国军打共军，横竖都是输。国民党对共产党的心理优势崩溃于零，至 1949 年，更是士气土崩，精神瓦解，一败涂地。在这种情况下，金门战役像一针强心剂，注入国民党濒死的肌体，奠定了国民党经营台湾的心理基础。

指挥金门之战的胡琏称："金门战役的胜利既是军事上的，也是政治上的，更是精神上的。"

蒋经国则称："金门战役是国民党的转折点。"

蒋介石更是大肆宣扬国军潜在的威力，吹嘘金门之战是国民党反共复国的开始，以鼓舞士气民心。

漳厦金战役，解放军共歼灭国民党军近 4 万人，解放了福建省南部大陆和除金门、马祖、东山等岛以外的全部沿海岛屿。同时，金门之战的惨重失利，也使解放军对登陆战的艰巨有了切肤了解，对以后渡海登陆作战提供了经验教训，开始积极加强海空军力量建设，而再不像过去那样无知无畏地单靠陆军发起登陆作战。

18. 一江山岛战役

1953 年 7 月 27 日，《朝鲜停战协定》签字仪式在板门店举行，历时三年的朝鲜战争就此宣告结束。

国际形势虽因朝鲜半岛的停火而趋向缓和，但依旧是暗流涌动，战争的阴云正悄悄地从北向南，笼罩在台湾海峡的上空。

这时，新中国已经有了一支数量居世界第一位，并经过当时世界上现代化水平最高的战争锻炼的陆军，其战斗力令国际上一切敌人生畏。人民解放军空军在战斗中成长，已拥有飞机 3000 余架，战斗实力已跃居当时世界空军的第三位。只有海军在抗美援朝期间，本着忍耐的原则，发展不大。

这年 10 月，中央军委在杭州西子湖畔的刘庄召开会议。军委主席毛泽东亲自主持，讨论朝鲜停战后共和国的军事斗争战略方针。因朝鲜战争而被搁置起来的解放东南沿海诸岛屿、继续追击国民党残余势力的问题又提到了议事日程。

《朝鲜停战协议》签字仪式

1953 年，毛泽东视察中国人民解放军海军舰艇部队

　　会上，朱德总司令提出了一个"清理门户"的对策，就是"把沿海那些被国民党占领的岛屿解放过来，把我们的门户打扫干净，既解除了对我东南沿海的威胁，海上的南北航道，也等于砍掉了台湾的手脚，进而使我们解放台湾没有后顾之忧"。

　　这一提议得到了毛泽东的首肯，与会者也纷纷表示赞同。

　　陈毅无疑是受到了朱老总的启发，深有感触地说："当前，国民党占据着从浙东沿海诸岛屿到福建的金门、马祖，像是一条套在我们脖子上的绞索，捆住了我们与友好国家开展国际交往的手脚，同时对东南沿海的经济建设和人民生命安全构成了极大的威胁。"

　　的确，对新生的中华人民共和国来说，浙东沿海诸岛是上海、宁波等重要港口和京沪杭地区的海上门户，也是海上航道的必经之路，控制这些岛屿，等于为大陆建立起了一道海上屏障，同时也为之后解放台湾建立了一个巩固的海上前进基地。而对于退守台湾岛的蒋介石来说，浙东沿海诸岛则是护卫台湾的屏障，又是封锁、骚扰大陆的海上基地，也是以后反攻大陆的海上跳板。因此，国共双方对浙东沿海诸岛均高度重视，重兵对峙。

　　陈毅时任华东军区司令员（1949 年 6 月，华东军区、第三野战军两机关合并，番号仍保留），对浙东沿海诸岛的敌情了如指掌："特别是位于长江口和杭州湾航道的大陈岛，既是国民党在浙东沿海岛屿的指挥中心，也是整个防御体系的核心。国民党军重兵据守，其海、空军把大陈岛作为专门用来袭扰上海

解放军在海岛巡逻

及江浙地区的基地，封锁海上航道，抢掠过往商船，破坏渔业生产，轰炸沿海城镇，可谓无恶不作。"

对于大陈岛的情况，与会者都很清楚。

1950年4月，人民解放军大兵压境，准备发起解放舟山群岛战役。国民党守军自知不敌，战前仓皇撤退。盘踞浙东沿海诸岛的国民党守军如惊弓之鸟，也准备撤逃，但被蒋介石严令制止。两个月后，朝鲜战争爆发，人民解放军暂停解放台湾。国民党军得以继续盘踞着浙东沿海的渔山列岛、东矶列岛、台州列岛、北麂山列岛、南麂山列岛。

台州列岛上的上大陈、下大陈岛，位于这些岛屿的中心。北距舟山群岛100余海里，南离台湾岛220多海里，而抵浙东海岸仅14海里，就像一座桥头堡，控扼着三门湾、台州湾、乐清湾以至温州湾的南北航道，是"雄峙东海，防卫台湾的一个最北方的反共前哨"。蒋介石在此建立了"游击指挥所"，任命心腹爱将胡宗南坐镇指挥。胡宗南把收编的散兵游勇编成了6个突击大队，1个海上突击总队。同时在岛上构筑了蜘蛛网般的战壕、防御工事，形成了以大陈岛为核心的浙东沿海诸岛防御体系。

1953年5月，人民解放军一举攻占温州口外的大鹿山、小鹿山、羊屿、鸡冠山四座岛屿，稳固控制了浙江沿海的海上航线。蒋介石一怒之下，撤了胡宗南的职，派第67军军长刘廉一中将主持大陈岛的防务。

原本名不见经传的刘廉一因1949年11月率部固守登步岛成功而名声大噪，

20 世纪 50 年代初，敌人在东南沿海实施窜犯，屡屡失手。图为被俘的匪特

获得"克难英雄"称号，深得蒋介石器重。后被保送到美国陆军参谋指挥学院深造，专攻防御作战理论。

上任伊始，刘中将便把"浙江人民反共游击总指挥部"更名为"浙江人民反共救国军总指挥部"，以示反攻大陆的决心，随后在渔山、一江山、披山、南麂山等岛设立"地区司令部"，并在美国军事顾问的指导下，利用海岛上的险峻地形，在滩头和纵深建筑了永久性、半永久性的明、暗碉堡，设置重重铁丝网，埋设地雷和爆炸物，从而在浙东沿海岛屿形成了以上、下大陈岛为核心，以一江山、头门岛、披山、渔山等岛屿为外围的海上防御体系，构成了"反攻大陆"的前哨阵地。

刘廉一力主以正规军出战，要求台湾直接出动海军，并派遣空军配合，在整个浙江沿海地区与解放军进行全方位的较量。

蒋介石慨然应允，将全副美械装备的第 46 师调往大陈岛，使国民党军在浙江沿海岛屿的总兵力，达到 1 个主力师、6 个突击大队，另有海军舰艇 10 多艘，总兵力 2 万余人。

手握重兵的刘廉一胆子越来越大，以大陈岛为核心基地，以东矶列岛的雀儿山岛、高岛、头门山等岛为前哨据点，指挥海军舰艇，在飞机的掩护下，四处抢劫和扣留过往商船，抢劫、杀害渔民，浙江沿海地区一时间血雨腥风，正常的航运和渔业生产被迫中断。

"清理门户，我认为应从大陈岛开始。攻克大陈岛，一刀直插老蒋的要害，浙东其他岛屿可能不战而克！"陈毅把朱老总"清理门户"的提议进一步具体化。

"好，大陈岛就交给你陈毅了！"毛泽东当即拍板。

解放浙江沿海诸岛决心已定，陈毅将此重任交给了自己的小老乡、时任华东军区参谋长的张爱萍。

张爱萍，1910年生于四川达县。16岁参加革命，19岁参加红军。抗日战争时期，曾任新四军第4师师长，成为陈毅麾下一员所向披靡、决胜千里的骁将。1949年参加渡江战役后，组建人民解放军第一支海军部队——华东军区海军，出任司令员兼政治委员，后任第7兵团兼浙江军区司令员、华东军区暨第三野战军参谋长。

从筹建华东军区海军时起，张爱萍就在东南沿海一带奔波，对那里的每一个岛屿都十分熟悉。陈老总可谓知人善任。

领受任务后，张爱萍深入浙江、福建沿海，查看地形，了解敌情，运筹作战方案。在他的主持下，1954年1月，华东军区向中央军委提交了一个陆海空三军联合解放浙东沿海诸岛的作战计划，很快得到了军委的批准。

这是人民解放军历史上第一次陆海空三军协同登陆作战。筹划指挥这场战役的历史重任，又落在张爱萍的身上。

1949年5月1日，人民解放军华东海军成立，张爱萍任司令员。图为在"井冈山号"军舰上举行命名典礼

张爱萍主持召开陆海空三军联合作战会议，讨论确定作战方案。

会上，大家你一言我一语，对首战目标选在何处产生了分歧。经激烈争论，形成了三种意见：

多数人主张直取大陈，理由是打蛇打头。大陈岛是国民党军在浙江沿海诸岛的指挥中心和防御中心，攻克了大陈，其他岛屿的守敌就会不战自溃。

少数人主张先打一江山岛，理由是一江山岛是大陈岛的前哨阵地，拿下它既可扫清解放大陈岛的障碍，孤立大陈岛，也可解除部队的后顾之忧，同时还可取得三军协同登陆作战的经验，如果发展顺利，则以一江山岛为依托，乘胜攻占大陈岛；如果发展不顺利，也可以把部队顺利撤下来。

还有人主张先打披山岛，理由是该岛守敌力量薄弱，完全有把握取胜，这符合首战必胜的传统。

张爱萍最后发言："我的意见是先打一江山岛。"

一江山岛位于浙江台州湾的东南方，西北距黄岩县海门镇约30公里，东南距大陈岛16公里，北距头门山9公里，由相距200米左右的南、北两岛组成，面积约1.4平方公里。北一江山岛稍大，东西宽约1900米，南北长100～700米；南一江山岛东西宽约1000米，南北长约300米。

就是这么一个弹丸小岛，地理位置却十分重要，既是大陈岛的门户，更像一块巨石，堵塞在台州湾的大门口。不仅关系到大陈岛的得失，而且也关系着台湾的巩固。台湾当局对此深有体会。蒋介石说："保卫台湾，必须固守大陈，

华东海军司令员张爱萍在向部队做动员报告

人民解放军海军在水上巡逻剿匪时，水兵们英勇地冲出小艇，占领滩头阵地

要固守大陈，必确保一江山。"

"国防部长"俞大维也说："一江山是大陈的门户，大陈是台湾的屏障；一江山不保，大陈难守，台湾垂危。"

蒋经国更是把一江山岛看作"反攻大陆的大门"，"不仅要守住这个大门，而且要从这个大门出去反攻大陆"。

一江山岛四周全系岩石岸，峭壁兀陡，浪花飞溅，激流湍急，不宜靠船攀登，利守不利攻。附近海区气象多变，通常每月良好天气仅有五六天。据守此岛的是"一江山地区司令部"，下辖突击第4大队、第2大队第4中队和1个炮兵中队共1100余人。守军以岛上几个高地为核心，修筑了154个坚固防御工事，设置了三道阵地和四层火力网，平均每百米正面就有火炮两门，机枪两挺，前沿各突出部和阵地前密布铁丝网和地雷，形成坚固的环形防御，号称"生物通不过的钢铁堡垒"，是"不沉的战舰"。

会场上顿时有些骚动，谁也没有想到张爱萍会选择一江山岛这个难啃的硬骨头作为战役突破口。

"大陈岛是浙江东南沿海岛屿国民党守军的指挥中心和防御中心，直取大陈岛，这种主张雄心可嘉，但目前我们还难有取胜的绝对把握。不要忘记美国第7舰队陈兵东海这个事实。对美军，我们在战略上要藐视它，但在战术上又要重视它。在考虑作战方案时，必须把美军可能的干预估计进去，采取更加稳

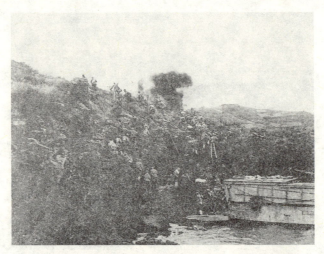

一江山岛战役中，解放军战士攀上海礁向敌阵地攻击前进

妥的战法。这一点，军委早有指示。"

说到此，张爱萍环视与会者，然后走到巨幅地图前，指着上面的大陈岛和一江山岛解释道：一江山岛距大陈只有14公里，是去大陈的必经之地。如若绕过一江山打大陈，势必增加航程，加大航渡的困难，弄不好就会导致失败。披山岛离大陈较远，容易取胜。但对大陈岛守敌毫无作用，如隔靴搔痒，没有战略意义。而一江山岛则不然，它是大陈岛的门户和前哨据点，与大陈唇齿相依。拿下一江山岛，可使大陈彻底孤立。此外，一江山岛守军不多，仅1100多人，为大陈岛的十分之一；同时一江山岛离头门山岛仅9公里，处于我军海岸火炮射程之内，中间还有大、小茶花诸岛可以设置炮兵阵地，直接轰击一江山。因此只要周密准备，取胜把握极大。

"既然敌人设了大门，那我们不必客气，首先砸开他的大门，然后堂而皇之地登堂入室。"

会场响起了一片笑声，显然大家都被司令员的情绪所感染，也被这个绝妙比喻所折服，已经同意了张爱萍的意见。

8月2日，张爱萍赴北京向中央军委汇报作战方案：首先攻占一江山岛，然后乘胜前进，集中力量解放大陈岛，彻底解决浙江沿海岛屿的问题。

听完张爱萍的汇报，国防部长彭德怀认为这个作战方案是可行的，当即表示同意："俗话说'杀鸡不用牛刀'，但这次我们就用牛刀去杀鸡！"

8月25日，中央军委电告华东军区：批准成立浙东前线指挥部，代号为中国人民解放军东海部队，归中央军委直接指挥，张爱萍任司令员兼政委。

30日，浙东前线指挥部在宁波市区"草马路"南侧的一座教堂里正式运转。

根据中央军委的指示，华东军区对解放一江山岛渡海登陆作战作了精心部署，确定了参战部队：陆军第20军第60师1个团又1个营，地面炮兵1个多团，高炮1个多团，火箭炮兵2个营及喷火兵、工兵各一部；海军航空兵7个大队，华东军区所属的小型舰队、鱼雷艇、登陆运输船艇各一部和部分海岸炮兵；空军航空兵15个大队又1个夜航中队。总兵力约1万余人，步兵3倍于敌，炮兵5倍于敌，舰艇188艘，各种作战飞机184架。

这一天，张爱萍主持作战讨论会，研究落实军委关于一江山岛登陆作战的命令。

对整个战役如何进行，大家的意见产生了分歧。一种意见主张陆海空三军一起出动，同时展开争夺制空权、制海权和登陆作战；另一种意见主张分作两个阶段进行，首先夺取制空权、制海权，然后实施登陆作战。

张爱萍在细心听取了与会指挥员的意见后，定下决心：一江山岛战役分做两个阶段实施，第一阶段夺取战区制空、制海权，掩护参战三军部队进行战前训练，同时创造孤立、围困、封锁大陈守军的战场条件；第二阶段为渡海登陆作战阶段。

在讨论具体的登陆地点时，一种意见主张在暗礁少的海滩上登陆，以便登

中国人民解放军某部在一江山岛战役中实施登陆

1950 年 5 月，第四野战军一部在炮兵和广东军区江防部队舰艇的配合下，向万山群岛挺进。此役是人民解放军陆海军协同作战的开端

陆艇抢滩靠岸，提高登陆速度。另一种意见则主张将登陆点选在山脚的突出部，这样可以避开敌军重兵防御的海滩地段，避开敌军的严密火力封锁，一举占领制高点。

对登陆时间，大家也有两种不同的意见。有人说白天登陆有利，组织起来更有效。多数人则认为登陆时间必须选在夜间，夜间航渡，拂晓登陆。

最后还是张爱萍表态："第一，登陆地段只能选在登陆条件较差的岛岸突出部，避开滩头地段国民党军防御重点地段和其火力封锁，这样既可以出敌不意，又能利用地形，直接而迅速地登上岛岸各主要阵地，割裂敌军的防御体系，各个歼灭。第二，我军是首次举行联合渡海登陆作战，缺乏经验，夜间登陆突击难度大，而白天能够准确掌握登陆点，减少因登陆地段狭窄而造成的混乱，有利于三军协同作战。更为重要的是，我们已经集中了大批海空军部队，有把握控制战区的制空权和制海权，为白天发起进攻提供了十分有力的保障条件。"

解放一江山岛战役，是一次陆海空军协同登陆作战。而成功与否的关键，首先在于能否夺取战区制空权和制海权。

从战区双方力量对比看，人民解放军虽然在总体上处于优势，但空军、海军力量薄弱，浙江沿海的制空权、制海权尚在国民党军队手里。

为保证解放浙江沿海岛屿作战的胜利，根据中央军委决定，华东军区确定：在陆军进行登陆作战训练的阶段，以空军、海军部队南下，夺取大陈附近战区制空权和制海权。

早在 1954 年 3 月，人民解放军海军、空军部队就已开始大批南下，增强浙江沿海地区海空力量，与国民党军展开了一江山岛战役的前哨战——争夺制空权、制海权的战斗。

3 月 18 日，国民党海军出动 6 艘军舰，进入大陈附近的猫头洋渔场，企图破坏捕鱼作业。人民解放军海军的护卫舰和炮艇编队马上出击，在三门湾海区与国民党军展开激战，击伤敌舰 2 艘。国民党空军出动飞机参战，解放军海军航空兵起飞迎敌，击落敌机 2 架。

三门湾海空战斗，是人民解放军第一次海空协同作战。争夺战区制空权和制海权的战斗由此拉开帷幕。

5 月 11 日，华东军区发起解放东矶列岛战斗，一举控制浙江沿海航线，扫清了大陈、一江山岛的外围。此战，人民解放军海军击伤敌舰 5 艘，航空兵击落、击伤敌机 13 架，彻底扭转了战区海空斗争形势。

国民党军空军遭此沉重打击，被迫停止了昼间到大陈海域上空活动，有时夜间出来活动一下，见到解放军飞机起飞拦截，调头就逃。

11 月 1 日，解放军空军首次对大陈岛实施轰炸。随后，空军和海军航空兵对大陈、一江山、渔山、披山等岛屿的国民党军军事目标及其附近海域的国民

人民解放军海军舰艇巡逻在祖国海疆

党军舰船实施反复轰炸，大量摧毁了国民党军的岛上军事设施。

"太平"号是国民党海军的主力舰之一，也是台湾当局在浙江沿海的最重要的海上作战力量。排水量 1430 吨，舰上设备好、火力猛，经常在夜间到温州湾、三门湾和台州湾一带窜扰，破坏人民解放军的登陆作战准备。华东军区海军决定派鱼雷艇 6 艘在高岛附近海域设伏，寻找有利战机。

11 月 14 日零时 5 分，高岛雷达站发现国民党海军"太平"号护卫舰驶入伏击海域。

零时 52 分，人民解放军海军鱼雷艇 4 艘在岸上指挥所引导下接敌。1 时 28 分展开攻击。1 时 37 分，"太平"号被鱼雷击中，燃起了熊熊大火，失去动力，逐浪飘荡，最后于 7 时 42 分在高岛东南 18 海里处沉没。

1955 年 1 月 10 日，浙江沿海海域大风呼啸，海浪翻滚。国民党海军船只无法出海，同时分析解放军飞机这种天气无法出动，均躲在大陈岛港湾中避风。

经历过抗美援朝战争和东南沿海作战洗礼的解放军空军早已具备了全天候作战的能力。浙东前指空军指挥所司令聂凤智果断决定：抓住战机，集中兵力，奇袭大陈港，彻底消灭国民党军海上力量。

这天，解放军空军出动轰炸机 28 架次、强击机 40 架次，在歼击机的掩护下，4 次集中轰炸停泊在大陈岛锚地的敌舰，击沉"中权"号坦克登陆舰，重创"衡山"号修理舰，击伤"太和"号、"中字"号和"中海"号坦克登陆舰

1954 年 11 月 14 日，人民解放军海军某鱼雷快艇大队击沉国民党军"太平"号护卫舰。图为"太平"号护卫舰在下沉

各 1 艘。

国民党海军经此沉重打击后，成为惊弓之鸟，白天驶离港湾，疏散隐蔽，不敢轻易在大陈海域活动和锚泊大陈港。

至此，人民解放军基本上控制了战区的制空权和制海权。

就在人民解放军积极准备发起一江山岛战役之际，美国正与台湾当局秘密进行签署"共同防御条约"的谈判。

浙江沿海诸岛成为蒋介石与美国人谈判的一个重要筹码。他以为，只有守住这些岛屿，才能将其纳入"共同防御条约"的范围。而有了美国的保护，一旦解放军进攻这些岛屿，美国人就不能袖手旁观，必定要介入，那时他就可以高枕无忧了。

蒋介石非常清楚毛泽东绝不会容忍他的军队在浙江沿海盘踞骚扰，而且情报显示，大批共军正在浙江沿海地区集结，一场大战即将到来。虽有美国支持，但他的军队能否守住浙江沿海岛屿还是一个变数。为此，他亲自乘坐"峨嵋"号军舰到大陈岛视察，并一改外出视察来去匆匆的习惯，在大陈地区逗留了两天。

在巡视阵地和看望驻军的同时，蒋介石数度伫立海滩，用望远镜向大陆方向遥望。望远镜中出现的是大陆浙江的海岸，而海岸纵深不远处，便是他的老家溪口。他最后一次回老家是 1949 年，河山依旧，只是换了人间。

岁月匆匆，此时蒋介石已经 67 岁的老人了。

溪口顽童，黄埔起家，北伐督军，南京登基，抗战烽火，兵败大陆……多少往事涌上心头，不由得老泪纵横。而今，一切均成了过眼云烟，蒋介石不得不感叹历史的无情。故土可望而不可即，令他肝肠欲裂，却也无可奈何。

离开大陈岛前，蒋介石紧紧握

蒋介石用高倍望远镜远眺大陆

停在台湾桃园空军基地上的美军 F-104 战斗机

住刘廉一的手，嘱托道："国家安危，光复大业，系于一身。大陈防御，拜托了！"

刘廉一受宠若惊，高声应答："卑职誓死效忠党国，誓与大陈共存亡！"

1954 年 12 月 2 日，台湾当局"外交部长"叶公超和美国国务卿杜勒斯，分别代表台美双方在华盛顿签署了《台美共同防御条约》，正式确认了美国政府给予台湾当局军事支持的义务。

美国海军作战部长卡涅随即宣布，美国在太平洋的海军部队已"处于准备停当状态"，"可以接受分配给他们的任何任务"。美国第 7 舰队随时准备给予国民党军以海空支援。

有了美国人的撑腰，台湾当局欣喜若狂。"国防部"副部长黄镇球称：我们对于保卫外岛（主要指浙闽沿海岛屿）一事，确具决心。

美国军队可能的军事介入使得浙江沿海斗争形势发生了根本性变化，不仅为人民解放军即将发起的解放浙江沿海岛屿作战增添了困难，而且也使得这次作战更显得意义重大，既要不战则已，战则必胜，彻底打掉台湾当局和美国的嚣张气焰，同时为以后的军事斗争积累经验，又要高度节制，掌握政治和军事斗争的主动权，避免扩大战争，形成与美国的直接军事冲突。这需要有高度的政治和军事艺术。

根据中央军委的指示，浙东前线指挥部制定了具体的对美斗争措施，要求部队在对待美军挑衅上，做到既不主动挑衅，也决不示弱，既要打掉敌人的嚣

人民解放军某部正在演习涉水登陆抢占滩头阵地

张气焰，又不能给美国以干涉的口实。

1955年1月12日，浙东前指召开党委扩大会议，张爱萍在会上宣布：13日至19日完成登陆一江山岛作战的最后准备，准备发起登陆作战。

一江山岛登陆战役进入了倒计时。

可就在这时，沿海的天气骤变，海上风浪加大。张爱萍心里有些着急，对参谋长王德说："你要尽快弄清近3天内浙东战区的气象情况。"

王德马上找来空军指挥所气象科科长徐杰询问。

徐杰从抗美援朝战争时期就从事气象工作，具有丰富的经验。自从承担了一江山岛战役的气象预报工作任务后，他会同华东军区海军和上海市气象部门的专业人员，收集分析了近12年一江山海区的气象资料，并深入渔民中间反复调查，经过精细的综合研究，做出了1月17日至19日为好天气的预报。

徐杰很肯定地说："这个风是从西北方向来的高压气流，马上就要过去，过两天气象一定会转好的！"

张爱萍立即追问："绝对可靠吗？可不能来个天有不测风云啊！"

徐杰胸有成竹地回答："绝对可靠，请首长放心，我敢立军令状！"

张爱萍高兴地说："你说3天气象预报绝对准确，我是信任的，我相信你这个秀才会搞准确。军令状嘛，就不要立了，要立的话，由我向中央军委、毛主席来立吧！"

王德在一旁插话道："前指在昨天就向中央军委、华东军区首长发了电报，

人民解放军某部实施泅渡攻击训练

要坚决打好这一仗，这就是军令状！"

17日晨，天刚刚放亮，张爱萍和王德就乘车由宁波经奉化、临海、海门等地向头门山前线指挥所进发。与此同时，前指司令部下达了战役预令：登陆时间为1月18日14时30分。

临行前，张爱萍对聂凤智说："老聂啊，我到头门山前线，你在宁波坐镇，战区制空权你们要紧紧地掌握在手中，一分钟也不能放松，不准敌人一架飞机窜到大陈、一江山岛上空。这可是重要关头啊！"

聂凤智坚定地说："一定让陆军、海军放心，我们全力以赴务歼入侵之敌，否则先打我的屁股，后砍我的脑袋。"

张爱萍哈哈大笑："千军易得，良将难求，怎么能砍你的脑袋啊！"

张爱萍放心地驱车前行。车到临海时，收到了总参谋部来电：

爱萍、王德同志并华东军区：

1月16日电悉，我们认为1月18日攻击一江山岛为时过早，必须继续充分准备，在气象条件好的情况下，确有把握时实施。过早发起进攻受挫后，将会造成不良影响，于我不利。总之，应以准备充分，气象良好。攻击时间可自由选择，甚至推迟二三月亦可。望照此执行。

面对突如其来的变化，张爱萍感到非常不安：如果推迟进攻，很可能错失良机，也可能暴露意图，增加今后作战的困难。但总参谋部决非横生枝节。天气条件对于登陆作战的意义，确实是太大，历史上因为天气状况而失败的登陆战役，实在是太多了。他不能不三思而后行。

物资源源不断运上一江山岛前线

张爱萍和王德重新分析了整个作战准备情况，特别是天气预报的情况，认为部队准备充分，并已经展开，同时经过多方面的气象分析，18日应该是个晴朗天，打好这一仗是有把握的。

战机稍纵即逝，张爱萍毫不迟疑地给总参谋部分管作战的陈赓副总长打了一个电话，详细说明情况和理由，并表示了必胜的决心，要求按原定计划发起渡海登陆作战。

陈赓立即将张爱萍的建议报告了中央军委。主持军委日常工作的彭德怀在请示了毛泽东后，同意按原计划实施一江山岛登陆作战。

然而，老天似乎要考验张爱萍的决心。黄昏时分狂风大作，头门山岛上帐篷被风吹走好几顶。张爱萍心急如焚，亲自给徐杰打电话。

徐杰已与上海气象台进行了电话会商，胸有成竹地回答："司令员放心，这只是局部的天气现象，到明天拂晓时，风就会停止。明天绝对是好天气！"

张爱萍听后甚喜："没风就好，'军令状'我已向军委立了！"

1月18日凌晨，浙东海面风平浪静，万里晴空，海鸟飞翔。

张爱萍禁不住高声说道："真是天助我也！"

上午8时，张爱萍登上头门山主峰，下达了"攻击开始"的命令。

浙江沿海各机场刹那间马达轰鸣，3个轰炸机大队和2个强击机大队，在歼击机的掩护下，铺天盖地压向一江山岛。

几分钟后，混合机群对北江岛的中心村、中山村、了望村、重要村、海门礁、黄岩礁以及南江岛的胜利村、180高地等处国民党军的纵深集团工事、火力支撑点与前沿阵地，进行了猛烈轰炸和扫射。

张爱萍（中坐者）、王德（站立者）在头门山岛面对一江山岛的高地上，向即将率主攻营的登陆的指挥员、战斗英雄张苗（右蹲者）下达阵前作战命令

一江山岛火光四起，到处都是炸弹的爆炸声、弹片的啸叫声，淹没在硝烟和尘埃中。

与此同时，海军航空兵1个轰炸机大队和1个强击机大队在大陈岛上空袭击"大陈防卫区司令部"、炮兵阵地和通信设施。

9时整，炮兵和海岸炮兵部队开始试射。55门大炮从不同角度，一起轰鸣，向一江山岛和大陈岛发射。一群群炮弹带着尖厉的嘶叫声，划过海面，准确地覆盖在一江山岛和大陈岛上。

12点30分，张爱萍下达新的命令："登陆艇队准时出发！"

散布在高岛、雀儿岛、头门山岛的登陆输送船艇依次出港。70多艘登陆艇满载着5000多名指战员，同40多艘作战舰艇一起，迅速在海上形成严整的编队，分两批向一江山岛

人民解放军空军轰炸航空兵在一江山岛战役中

进发。

13时，两支登陆部队在茶花岛两侧会合后，按照原定计划，两路纵队展开为一路横队，变成战斗队形向一江山岛扑去。

只见宽阔的海面上，100余艘威武的战舰快速行驶，激起的浪花，像一条漫长的白色缎带串连着，形成一条条直线射向一江山岛。

14时，第二波空中突击开始。3个轰炸机大队准时出现在一江山岛上空，以雷霆万钧之势猛烈轰炸岛上的纵深核心工事和指挥中心，"一江山地区司令部"的营房和通讯设施遭到毁灭性破坏，岛上指挥系统全部瘫痪。

紧接着，2个强击机大队轮番攻击一江山守军前沿阵地，压制岛上守军的火力点，对登陆部队实施直接火力支援。

第二波炮兵火力准备也同时开始。地面炮兵调整射击诸元，转入延伸射击。茶花岛上的重型迫击炮开始抵进射击，早已在茶花岛隐蔽待命的炮艇分队迅即出动，进至距一江山岛500多米处，10门艇载"喀秋莎"火箭炮，二次齐放，炮弹像冰雹一般砸向了一江山岛前沿阵地。已进至距一江山岛3公里距离的登陆艇队和海军舰艇也向岛上猛烈射击。

一江山岛几乎被夷为平地。在前沿阵地上，国民党军精心设置的铁丝网被炸成尺把长的铁丝。地堡有的大门被打塌，有的顶盖被揭开，有的干脆被炸成一堆碎石。各种装备被炸得四分五裂，成为废铁。岛上的弹药库也被击中，起火爆炸。国民党守军指挥机关瘫痪，部队失去了指挥，士兵尚未开战就已丧魂

人民解放军位于头门山的炮兵阵地

落魄，躲在防空洞内不敢出来。

大陈岛上的国民党守军预感到大事不好，组织炮兵拼死反击，对解放军登陆艇队进行拦阻射击。解放军海岸炮迅即发射，轰炸机群也对大陈岛炮兵阵地猛烈轰炸，仅用 5 分钟就把国民党军的大炮打成了哑巴。

空中飞机轰鸣，地面炮声隆隆，海上千帆竞发。人民解放军各军种、兵种部队在张爱萍的协调指挥下，各司其职，各显神通，协同准确，犹如一个技艺高超的交响乐队，在大师的指挥下，演奏出了一部气势磅礴的交响曲，在东海上绘出了一幅壮丽的陆海空立体作战的壮丽画卷。

14 时 20 分，人民解放军登陆部队准时在指定的登陆点——乐清礁、黄岩礁、海门礁等地抢滩成功。

岛上残存的国民党守军突然清醒过来，似乎是意识到末日来临，开始了最后的顽抗。设置在崖壁、礁石旁的各种暗堡，突然喷出了火舌，扫向解放军登陆部队。

负责掩护的海军作战舰艇开至距海岸不足 300 米的距离上抵近射击，连续击毁多座国民党军的暗堡，将其火力压了下去。国民党军士兵被迫放弃滩头阵地，退至二线阵地。

虽然战前进行了周密的侦察，并设计了种种作战方案，但部队登陆后方发现，情况比预想的要严重许多。在登陆地点乐清礁、海门礁、黄岩礁附近，都是悬崖陡壁，怪石犬牙交错。从海边岩石到前沿阵地，洞穴、暗堡到处喷射着

登陆部队登上舰艇，待命向进攻地域转进

中国人民解放军陆军在海空军掩护下登上一江山岛

火舌。

突击队的官兵没有一个退缩，冒着敌军的密集火力，奋力向一江山岛主峰攀登。

张爱萍见状，立即对空军下达命令："强击机继续对敌人冲击。只要油料够，即使没有炸弹、炮弹，也应该对敌人阵地实施俯冲攻击，从精神上打垮敌人。"

此时，空军强击机机群已按作战计划完成了三次对地攻击，正准备编队返航。但接到命令后，空中指挥员立即率队掉转机头，对一江山岛展开俯冲攻击。炸弹、炮弹打完了，就用机枪沿战壕扫射。强击机尖厉的啸声在一江山岛上空回荡。国民党守军被压得不敢抬头，失魂落魄。

在航空兵和舰炮的支援下，登陆部队在南江、北江两岛 20 多个登陆点实施登陆突击。14 时 29 分，一发绿色信号弹在乐清礁滩头阵地升起。登陆作战成功。

头门山岛一片欢腾。张爱萍心里稍稍松了一口气。

按照前线指挥部的命令，登陆部队分头展开，第一梯队 5 个营沿着 3 个方向在火力的掩护下不停地向敌纵深进攻。

一江山岛坡陡路窄，怪石嶙峋，又多悬崖峭壁，进攻十分困难；加之正面敌人凭险顽抗，背后残存之敌又以冷枪射击，登陆部队战斗队形被割裂，伤亡增多。登陆部队随即采取灵活的小群战术，主动协同，勇猛穿插，逐点逐地进攻，一米一米地向前推进。

红旗插在一江山岛的高地上

　　工兵分队对残余的工事连续实施抵近爆破，为步兵冲击扫清障碍。喷火兵分队对守敌顽抗的暗堡实施喷火攻击。一道道火龙从暗堡中穿过，堡中的敌军被烧得皮焦面黑，呼天喊地。残存的守军见大势已去，纷纷缴械投降。

　　17 时 55 分，登陆部队将胜利旗帜插上了一江山岛的主峰 203 高地。人民解放军以雷霆万钧之势，将被国民党称为"固若金汤"的大陈岛的大门——一江山岛，砸得土崩瓦解，蒋介石苦心经营的"不沉的战舰"沉没了。

　　此役，华东军区部队全歼一江山岛守敌 1086 名，其中击毙一江山地区司令王生明以下 519 人，俘虏突击第 4 大队大队长王辅弼以下 567 人，缴获各种火炮 27 门，轻重机枪 87 挺，各种枪支 334 支，弹药 20 余万发以及大批军用物资。

　　张爱萍再也按捺不住心中的激动，从头门山的指挥所里走出来，对身旁的参谋方宗岳说："走，上一江山岛。"

　　张爱萍不顾前指人员拦阻，乘坐炮艇登上了一江山岛。只见岛上硝烟尚未散尽，沟沟壑壑几乎都经过了炮火的翻耕，许多地方浮土积了尺把厚，到处是地堡、障碍物的残骸，以及武器装备和炸弹的碎片，钢筋水泥工事被掀起来，钢筋赤裸裸地露在外面，海风刮起一股股火药味。

　　此情此景，张爱萍豪情满怀，不由得诗兴再发，一首《沁园春·一江山渡海登陆战即景》脱口而出：

　　东海风光，寥廓蓝天，碧波卷狂。看骑鲸蹈海，风驰虎跃，雄鹰猎猎，雷击龙翔。雄师易统，陆海空直捣金汤，锐难挡！望大陈列岛，火海汪洋。

料得帅骇军慌，凭一纸空文岂能防。忆昔诺曼底、西西里岛、冲绳大战，何须鼓簧。固若磐石，陡崖峭壁，首战凯歌震八荒。英雄赞，似西湖竞渡，初试锋芒。

参 考 书 目

中国军事百科全书编审委员会：《中国军事百科全书》，军事科学出版社，1997 年

南京军区《第三野战军战史》编审室：《中国人民解放军第三野战军战史》，解放军出版社，1996 年

中国人民政治协商会议全国委员会文史和学习委员会：《文史资料选辑》合订本，中国文史出版社，2010 年

《星火燎原》（1-20），解放军出版社，2009 年

中共中央文献研究室：《毛泽东年谱》，人民出版社、中央文献出版社，1993 年

《毛泽东传（1893-1949）》，中央文献出版社，1996 年

《毛泽东军事文集》：军事科学出版社、中央文献出版社，1993 年

《陈毅传》，当代中国出版社，2006 年

《粟裕传》，当代中国出版社，2000 年

《许世友回忆录》，解放军出版社，1986 年

《叶飞回忆录》，解放军出版社，2007 年

金冶等：《许世友传》，上海人民出版社，2000 年

王辅一：《华东军区、第三野战军简史》，中共党史出版社，2002 年

柳江南、罗英才、胡兆才：《第三野战军》，长征出版社，2012 年

丁炳生等：《第三野战军征战记》，军事科学出版社，1997 年

魏白：《雄师狂飙：第三野战军征战纪实》，中央编译出版社，1994年

张斌、龚连娣、柳军等：《中国雄师：第三野战军》，中共党史出版社，2006年

张少宏、李阳、李涛：《中国人民解放军战例》，黄河出版社，2014年

王清魁：《中国人民解放军战役集成》，中国人民解放军出版社，1987年

声　明

　　本书在编写过程中，参考引用了大量的图片资料。由于资料的来源广、头绪众多，在客观上难以逐一进行核实。特在此郑重声明：希望图片资料版权的所有者予以谅解，并向他们致以衷心的感谢。凡认定自己是本书所使用的某张图片资料的版权所有者，请提供可靠的证明材料，并请及时与作者或出版社联系，我们将根据有关规定，合理支付报酬。

图书在版编目（CIP）数据

战典.10，第三野战军征战纪实 / 李涛著 . — 北京：作家出版社，2017.10
ISBN 978-7-5063-9768-1

Ⅰ．①战… Ⅱ．①李… Ⅲ．①纪实文学－中国－当代 Ⅳ．① I25

中国版本图书馆 CIP 数据核字（2017）第 266374 号

战典 10：第三野战军征战纪实

作　　者：李　涛
责任编辑：张　平
装帧设计：北京高高国际文化传媒
出版发行：作家出版社
社　　址：北京农展馆南里 10 号　　　邮　　编：100125
电话传真：86-10-65930756（出版发行部）
　　　　　86-10-65004079（总编室）
　　　　　86-10-65015116（邮购部）
E-mail:zuojia@zuojia.net.cn
http://www.haozuojia.com（作家在线）
印　　刷：北京亚通印刷有限责任公司
成品尺寸：170×240
字　　数：337 千
印　　张：20
版　　次：2018 年 1 月第 1 版
印　　次：2018 年 1 月第 1 次印刷
ISBN 978-7-5063-9768-1
定　　价：45.00 元